I0669381

Veröffentlicht von
DREAMSPINNER PRESS

5032 Capital Circle SW, Suite 2, PMB# 279, Tallahassee, FL 32305-7886 USA
www.dreamspinnerpress.com

Liebe und Loyalität
Urheberrecht der deutschen Ausgabe © 2022 Dreamspinner Press.
Originaltitel: Love and Loyalty
Urheberrecht © 2014 Tere Michaels
Original Erstausgabe. November 2014
Übersetzt von Nora Lys.

Umschlagillustration
© 2014 Aaron Anderson
aaronbydesign55@gmail.com
Umschlaggestaltung
© 2022 L.C. Chase
http://www.lcchase.com
Die Illustrationen auf dem Einband bzw. Titelseite werden nur für darstellerische Zwecke genutzt. Jede abgebildete Person ist ein Model.

Deutsche ISBN. 978-1-64108-497-0
Deutsche eBook Ausgabe. 978-1-64108-496-3
Deutsche Erstausgabe. Oktober 2022
v 1.0

Gedruckt in den Vereinigten Staaten von Amerika.

TERE MICHAELS

Liebe & Loyalität

1

JAMES – FÜR fast alle Jim – Shea schob sich eilig durch den Pulk aus Reportern und Gaffern, die auf der Vordertreppe des Gerichtsgebäudes in Seattle kampierten. Er war seinem Partner, Terry Oh, dicht auf den Fersen, der voraus joggte und mit einem harschen „kein Kommentar" Mikrofone und Kameras aus ihren Gesichtern schob.

Kein Kommentar von den Polizisten, die Tripp Ingersoll monatelang verfolgt hatten und jeder Spur nachgegangen waren, um den mondgesichtigen Studenten mit dem Mord an der Prostituierten Carmen Kelly aus Seattle in Verbindung zu bringen. *Kein Kommentar* nach einem sechswöchigen Prozess, der von allen Beteiligten seinen Tribut gefordert hatte.

Terry erreichte die Eingangstür und gab einem uniformierten Polizisten ein Zeichen. Nicht nötig, die Dienstmarke zu zeigen. Jim machte sich nicht einmal die Mühe, in die Tasche zu greifen. Sofern möglich, waren sie jeden Tag hierher zum Prozess gekommen und wurden jetzt, zur Urteilsverkündung, mit Sicherheit erwartet.

„Komm schon", forderte ihn Terry auf und drängte Jim vor sich her. Jim verspürte eine Mischung aus Dankbarkeit und Verärgerung über die Hand auf seinem Arm – er mochte es nicht, wenn man ihn anfasste, konnte aber gut Hilfe gebrauchen, um nicht zu explodieren.

Das große öffentliche Interesse, die Berichterstattung der Fernsehsender und Klatschpresse trieben ihn in den Wahnsinn. Hohe Aufklärungsraten bedeuteten Jim nichts, wenn der Schuldige nicht weggesperrt wurde. Und der Hintern dieses vermögenden, privilegierten Kerls gehörte für den Rest seines irdischen Lebens ins Gefängnis. Jim hatte keine Ahnung, was er tun würde, wenn auf nicht schuldig entschieden wurde.

Er wusste, dass das falsch war. Er *wusste* es. Nach fast zwanzig Jahren im Dienst hatte er die Rede wieder und wieder gehört. Er selbst hatte sie vor Neulingen und neuen Kripobeamten gehalten – verdammt, auch Terry hatte sie ein paar Monate nach seinem Wechsel zur Mordkommission bekommen. Du hast die Verdächtigen verfolgt, die Beweise gesammelt, dem Staatsanwalt den bestmöglichen Fall überreicht und das war's. Das war alles, was du im Rahmen deines Jobs tun konntest.

Aus welchem Grund auch immer – wegen der Kellys, der arroganten Weigerung des Angeklagten, sie oder die Anklagepunkte ernst zu nehmen – hatte ihn dieser Fall emotional mitgenommen. Er konnte es auf eine Midlife-Crisis, ein Burn-out oder irgendeinen Zustand schieben, den schwule Männer mittleren

Alters bekamen und über den Seelenklempner Bücher schrieben. Der Grund spielte zu diesem Zeitpunkt jedoch keine Rolle mehr. Jim war psychisch am Ende und sein letzter Funken geistiger Gesundheit hing davon ab, was auf dem Zettel stand, den die fünf Frauen und sieben Männer freundlicherweise zur Verfügung stellten.

Terry gelang es, sie ohne allzu viele Schwierigkeiten in den Gerichtssaal zu bringen. Sie tauschten ein Nicken und eine kurze Umarmung mit Carmens Eltern, Ed und Della Kelly, aus. Ihre zerbrechliche Selbstbeherrschung, die Linien der Trauer und des Schmerzes, die sich in ihre Gesichter gegraben hatten, schienen den Aufruhr in Jims Eingeweiden widerzuspiegeln.

Er nahm Platz und versuchte zu atmen.

Neben ihm vibrierte Terry, drehte seinen Ehering hin und her. Das hier war sein erster großer Prozess, seine erste Erfahrung mit einem Fall, der einem unter die Haut geht und den Körper einengt, bis man das Gefühl hat, platzen zu müssen vor Verlangen, ihn zu lösen. Er war frisch verheiratet und nicht sehr erfolgreich darin, seiner Frau die Ängste zu erklären, die er jeden Abend mit nach Hause brachte – eine Situation, die Jim zusätzlich belastete. Scheidungen und Trennungen waren im Dienstraum so üblich, dass sich niemand die Mühe machte, eine Karte zu schreiben oder zu einem Junggesellenabschied zu gehen. Das schien unehrlich zu sein. Es war deprimierend, wenn man den Ausgang ziemlich gut vorhersehen konnte.

So lautete seine Entschuldigung, wenn die Leute wissen wollten, warum er mit niemandem zusammen war.

Der Gerichtssaal füllte sich mit neugierigen Zuschauern, Familienmitgliedern beider Parteien, den Staatsanwälten und Verteidigern. Dann kam der Moment, in dem jeder den Atem anhielt: die Ankunft von Tripp Ingersoll. Seine Eltern und Freunde lehnten sich vor, um ihm den Arm zu tätscheln und mitfühlend zu schniefen. Jim bemühte sich sehr, sie nicht zu hassen und sich in Erinnerung zu rufen, dass sie ihn vielleicht – nur vielleicht – wirklich für unschuldig hielten.

Denn wenn er sich vorstellte, dass es ihnen einfach egal war oder ihrer Meinung nach eine tote, erdrosselte, auf einem verlassenen Parkplatz zurückgelassene Prostituierte im Teenageralter diese „Unannehmlichkeiten" nicht wert wäre, könnte er explodieren.

Der Gerichtsdiener rief alle zur Ordnung und sorgte mit seiner dröhnenden Stimme im murmelnden Gerichtssaal für Ruhe, bis Richter Crenshaw aus dem Richterzimmer trat. Jim erhob sich mit fest verschränkten Händen, hörte, wie Terry neben ihm schnaufte und auf Koreanisch vor sich hinmurmelte, vernahm das Raunen von der Empore.

Die Jury wurde hereingeleitet. Alle schienen sich gemeinsam gespannt vorzubeugen.

Jim musterte die zwei Reihen der Geschworenen, versuchte, mit wachsender Sorge im Bauch, ihre Mienen zu lesen. Sie blickten nicht auf die Seite der Empore, auf der die Polizisten und die Kellys saßen. Sie schauten nicht zum Tisch des Verteidigers, an dem sich Tripp mit den Händen durch die jungenhaften Locken fuhr und den Kragen seines 150-Dollar-Seidenhemds richtete.

Sie sahen zu Mr. und Mrs. Ingersoll und Tracey, der treuen Freundin. Und wirkten erleichtert.

Jim schluckte krampfhaft und drückte Terry den Ellenbogen in die Seite, wie um ihn zu warnen, was passieren würde. Er blendete alles aus – die Wut, die Verzweiflung, die Verwirrung – und hielt die Luft an.

Nicht schuldig.

Im Gerichtssaal brach Tumult aus, obwohl Richter Kenshaw mit seinem Hammer schlug und die Polizisten im Raum sich auf die Menge zubewegten. Freudenschreie und die weinende Mrs. Ingersoll dominierten die Geräuschkulisse, während die Kellys in sich zusammenzusacken schienen.

Jim konnte sich nicht bewegen. Terry erwachte aus seiner geschockten Benommenheit und begann leise zu fluchen. Hinter ihnen polterten andere, mit dem Fall vertraute Polizisten, los. Einige von Carmens Jugendfreunden, die für den Prozess aus Tacoma gekommen waren, weinten.

Schnell herrschte wieder Ruhe. Alles nahmen wieder Platz und Jim erhaschte einen Blick auf Tripp Ingersolls grinsendes, fröhliches Gesicht, als er nach hinten über seinen Stuhl griff, um Traceys Hand zu halten. Er hatte es getan und war raus aus der Sache, war mit Mord davongekommen. Jim verdrängte die leise Stimme, dass es seine Karriere wert wäre, aufzustehen, die paar Schritte zu Tripp zu gehen und ihm die Scheiße aus dem Leib zu prügeln ...

Doch er tat es nicht. Er blieb sitzen, als Richter Crenshaw finster blickend den Rest der erforderlichen Worte ausspuckte. Der Richter war ganz eindeutig ebenso wenig erfreut über den Urteilsspruch wie der Rest von Carmens Unterstützern.

Dann war es vorbei.

„Komm, lass uns mit den Kellys reden", flüsterte ihm Terry ins Ohr.

Jim nickte automatisch, stand auf und begab sich zu der Stelle, an der die Staatsanwälte Nick Nathan und Heather Gomez versuchten, das am Boden zerstörte Paar zu trösten.

„Ich bin ...", setzte Jim zu einer Entschuldigung an, doch Mr. Kelly schüttelte bereits den Kopf. Der Mann war lediglich zehn Jahre älter als er, doch im Moment hätten es durchaus hundert Jahre sein können.

„Nicht Ihre Schuld", krächzte er, ließ mit einer Hand seine weinende Frau los, um damit zuerst Jims, dann Terrys zu schütteln. „Danke, dass Sie es versucht haben."

Versucht. *Versucht.* Jim fühlte, wie eine Welle der Wut in ihm aufstieg, die ihn schwindelig machte. Er hatte es nicht versucht – er war erfolgreich gewesen. Er hatte Tripp Ingersoll gefunden, Nick und Heather die Beweise in die Hand gedrückt, es einwandfrei belegt. Seine Berichte waren so verdammt exakt nach Vorschrift, dass sie *besser* als die Vorschriften waren. Alles, er hatte alles richtig gemacht und doch blieb jetzt dieser winzige Kreis geschockter Menschen mit bleichen Gesichtern mit nichts zurück.

Carmen Kelly war tot und Tripp Ingersoll würde im besten Restaurant von Seattle den Urteilsspruch feiern gehen.

Das Leben war nicht fair, wie Jim wusste. Aber das hier war in jeder Hinsicht falsch. Sie standen schweigend da, bis Nick Heather etwas zuflüsterte.

„Stimmt. Gute Idee", erwiderte Heather. „Ich werde den Wagen wieder herkommen lassen, damit wir Sie alle hier rausbekommen, weg von den Reportern."

Und weg von der Pressekonferenz mit Tripp und seiner Familie, die zweifellos stattfinden würde und in der die Anwälte auf der Vordertreppe hochtrabend über die erwiesene Unschuld ihres Klienten reden würden.

Terry und Jim halfen den Kellys hoch und schoben sie, flankiert von Polizisten, zum Nebeneingang. Die winzige, vogelähnliche Della Kelly schien völlig am Ende zu sein. Sie stützte sich so stark auf ihren Mann, dass es aussah, als würde er sie mitschleppen.

Eine Sekunde bevor sie fiel, setzte Jim gerade zu einem „Holen Sie einen Arzt" an, da lag sie schon mit schlaffem und kränklich blassem Gesicht auf dem Boden und rang verzweifelt nach Luft.

JIM MARSCHIERTE um halb fünf morgens in das leere Loft. Er war sechsunddreißig Stunden weggewesen, fast ein neuer Rekord.

Fast.

In der Küche schälte er sich aus dem schweißnassen Anzug, zog sich nackt aus und warf alles in den Wäschekorb unter der Spüle, sogar seine Schuhe. Er wollte keine Erinnerung an diesen Tag, besaß bereits genügend Stoff für zehn Jahre voller Albträume.

Della Kelly war tot – ein schwerer Herzinfarkt. Gestorben im Krankenwagen, während sie durch die Straßen zum Krankenhaus gerast waren. Jim hatte gesehen, wie sie starb, gesehen, wie eine weitere Dekade des Schmerzes auf Eds Schultern gelandet war.

Wenn das hier der schlimmste Tag – oder die schlimmsten sechsunddreißig Stunden – in Jims Leben waren, konnte er Eds Schmerz nicht einmal erahnen.

Benommen und erschöpft ging Jim ins Badezimmer und drehte die Dusche auf. Heiß. Gab sich nicht mit kalt ab. Hätte er sich auf den Grund einer Hummerreuse mit brühendem Wasser werfen können, er hätte es getan.

An ihm haftete der Geruch nach Tod und Trauer, er sickerte regelrecht aus seinen Poren. Er trat unter den heißen Duschstrahl und lehnte sich gegen die weiß gefliese Wand. Seit er vor zwei Tagen aufgewacht war, um sich für die

Gerichtsverhandlung fertig zu machen, hatte er keinen Schlaf mehr gehabt. Kein Essen, nur eine unglaubliche Menge an schwarzem Kaffee und drei Whiskeys, die ihm Terry an der Hotelbar eingeflößt hatte, nachdem sie Ed Kelly in sein Zimmer gebracht hatten.

Sie würden ihn am Vormittag abholen und ins Krankenhaus bringen, damit er dort alle Vorkehrungen treffen konnte, um Dellas Körper zurück nach Tacoma zu bringen.

Er brauche wirklich keine Hilfe, hatte Ed mit dumpfer, matter Stimme versichert, bevor er die Tür geschlossen hatte. Er habe das schließlich bereits zuvor schon mit Carmens Körper getan.

Die angestaute Trauer hatte Jim bis ins Mark getroffen. Er hatte noch nie wegen eines Falls geweint. Noch nie. Er war ein mitfühlender Mann mit Herz, doch er hatte noch nie wegen seines eigenen Schmerzes, geschweige denn dem eines anderen geweint.

Doch die hohlen, schwarzen Flecken, die Ed Kellys Augen jetzt waren – lebloser als jede Leiche, die er je untersucht hatte – verfolgten ihn. Stachen wie Messer auf ihn ein, als er wieder und wieder die sich schließende Tür vor sich sah.

Er rechnete fast damit, Ed Kelly tot vorzufinden, wenn er morgen zurückkehrte. Weil er, wenn er innehielt, um darüber nachzudenken, Jim niemals so viel Schmerz überleben könnte. Er konnte sich nicht vorstellen, die beiden Menschen, die er am meisten auf der Welt liebte, unter die Erde zu bringen und als einziger Überlebender zurückzubleiben. Er konnte sich nicht vorstellen, sich so machtlos zu fühlen.

Er konnte sich nicht vorstellen, jemanden so sehr zu lieben. Erschreckend.

Jim keuchte auf, als seine Haut letztendlich doch die strafende Hitze des Wassers wahrzunehmen schien. Blind griff er nach der Seife und wusch sich mit militärischer Präzision, wobei jeder einseifende Kreis einen meditativen Moment bildete. *Konzentriere dich, konzentriere dich, verschließ die Tür vor dem Schmerz, verschließ die Tür vor dem Mitgefühl. Schlag die Tür zu vor der Angst, sich hilflos vorzukommen und dem Bedürfnis, alles in Ordnung zu bringen.*

Er konnte Carmen oder Della nicht zurückbringen. Er konnte Tripp nicht ins Gefängnis stecken. Er konnte nicht einmal in irgendeiner dunklen Gasse – nur er und dieses Stück Scheiße – Rache einfordern, weil in seine Seele zu viele moralische Grundsätze eingewoben waren.

Er musste eine Möglichkeit finden, damit klarzukommen, denn letzten Endes war er alleine. Er hatte niemanden, den er anrufen, niemanden, an den er sich anlehnen konnte. Ben, sein früherer Mitbewohner und Schwarm, war verheiratet und glücklich, wohnte mehrere Hundert Kilometer weit weg und schlief fest neben der Person, die er liebte.

Terry ging nach Hause zu seiner Frau.

Seinen Vater kümmerte nicht, was er tat.

Sein Bruder erinnerte sich vermutlich nicht einmal mehr daran, *was* er tat.

Jim war alleine. Und so schrecklich sich das in diesem Moment auch anfühlte, war es beinahe eine Erleichterung.

Denn er brauchte keine Angst vor Verlust zu haben, wenn er sich nie die Mühe machte, jemanden zu lieben.

2

Sechs Monate später

TERRY KAM zwei Stunden nach Jim, aber immer noch fünf Minuten vor Schichtbeginn, in den Dienstraum. Höflich wie er war, kommentierte er weder die frühen Morgen- oder späten Abendstunden, wenn man bedachte, wie oft Jim nicht nach Hause ging, noch den schlammähnlichen Kaffee. Er seufzte nur und setzte sich mit seinem gesunden, großen Starbucks Tee.

Jim unterdrückte den Drang, mit den Augen zu rollen. „Morgen."

„Morgen", erwiderte Terry und wandte sich seinem Computer zu. „Möchtest du meinen Bagel haben? Es ist einer mit Zwiebeln. Sie haben meine Bestellung falsch verstanden."

Jim drehte den Kopf, bis er um die niedrige graue Wand der Arbeitsnische herum zu Terrys Schreibtisch blicken konnte. „Schon wieder? Das ist das dritte Mal diese Woche. Du solltest was sagen."

Terry zuckte nur mit den Schultern und holte die braune Papiertüte aus seinem Rucksack. „Sie haben viel zu tun. Das ist keine große Sache. Außerdem muss ich auf meine knabenhafte Figur achten."

Jim nahm die Tüte und widmete sich mit einem Knurren wieder seinem Stapel Papierkram. Terry war so leicht zu durchschauen *und* wog nicht mehr als 75 Kilo. Seine Figur war genau richtig. Nicht, dass Jim das zu erwähnen pflegte.

„Mimi möchte wissen, ob du am Freitagabend zum Essen kommen kannst. Nick und Heather werden auch da sein."

Das monatliche Essen des heterosexuellen Ordnungshüter-Kabale-Zirkels. Jims Lieblingsveranstaltung. Kam direkt nach einer Wurzelbehandlung, aber kurz vor dem Abendessen mit seinem Vater im Speisesaal des betreuten Wohnens.

„Ach, das ist *diesen* Freitag? Mann, das ist echt blöd. Da habe ich ein Date", log Jim, während er das Papier von dem Bagel pellte.

„Mhm. Warum bringst du ihn nicht mit?", fragte Terry mit beinahe sanfter Stimme. Jim knüllte das Wachspapier zusammen, um es über die Trennwand zwischen ihren Nischen zu werfen.

„Er ist schüchtern. Und er mag keine Heteros." Jim redete absichtlich mit vollem Mund, um Terry zu ärgern, merkte dann jedoch, dass es ihn selber störte und ließ es bleiben.

„Du hast ein Date mit einem Spießer, Jim? Das passt gar nicht zu dir. Oh Moment … ein Date … das passt ja noch weniger zu dir."

Jim vernahm den vertrauten Ton, mit dem Terrys Handy geöffnet wurde und stöhnte innerlich auf. Es folgten gedämpfte, geflüsterte koreanische Worte, dann klingelte wie erwartet Jims Telefon.

„Ach, jetzt komm schon. Dafür ist es viel zu früh", motzte Jim und nahm ab. „Hey Mimi."

Aus der Nische nebenan ertönte möglicherweise ein triumphierendes „Ha", das jedoch von Mimis fröhlicher Stimme übertönt wurde.

„Wenn du am Freitag tatsächlich ein Date hast, solltest du ihn mitbringen", meinte sie mit der übertriebenen Geduld einer Kindergärtnerin. „Ich kann so tun, als wäre ich begeistert von Heathers Brüsten, falls das hilft, schwulenfreundlichere Schwingungen zu erzeugen."

Unwillkürlich musste Jim lachen. „Sie hat tatsächlich großartige Brüste …"

Mimi kicherte. „Sogar Schwule bemerken Brüste … warum?"

„Keine Ahnung. Ich werde den Schwulenrat anrufen und dir Bescheid sagen."

„Gut. Du kannst mir das Ergebnis am Freitag mitteilen."

„Mimi …"

„*James*. Du wirst kommen müssen, wenn ich dir sage, wer das vierte Paar ist."

„Ich traue mich fast nicht zu fragen."

„Ben und Liddy kommen am Wochenende runter, um ihre Eltern zu besuchen, daher werden sie auch da sein. Es sollte eigentlich eine Überraschung für dich werden. Da du aber so unmöglich bist, ändere ich meine Taktik. Bring Wein und Bier mit und sag' Bescheid, falls dein Date irgendwelche Lebensmittelallergien hat."

Ben, sein ehemaliger Mitbewohner und „bester Freund". Der Mann, in den er jahrelang unerwidert heftig verliebt gewesen war. Natürlich mussten er und seine Frau das vierte Paar sein! Genau diese Art Glück hatte Jim in letzter Zeit.

„Nun, jetzt kann ich nicht mehr Nein sagen." Jim täuschte Begeisterung vor. „Ich werde da sein und verspreche, einen überraschten Eindruck zu machen."

„Toll. Danke, James", erwiderte Mimi. Sie verspürte eindeutig Triumphgefühle. „Es gibt vegetarisches Sushi und Tempura."

„Was hast du gesagt? Steak und Hummer?"

„Ist dein Date Veganer?"

„Du bist witzig, weißt du das?"

„Ist dein Date *real*?"

„Tschüss Mimi. Ich muss los. Einige von uns müssen schließlich für ihren Lebensunterhalt arbeiten." Er ignorierte ihre letzte Frage und machte Kussgeräusche ins Telefon, bis sie etwas Unhöfliches auf Koreanisch ausstieß und auflegte.

„Deine Frau flucht wie ein Seemann", rief er zu Terry hinüber. „Heiß, oder?"

JIM HATTE seit über einem Jahr kein richtiges Date mehr gehabt. Dass darauf ein zweites gefolgt war, war noch länger her.

Blowjobs in Toiletten von Bars zählten nicht wirklich, insbesondere, wenn man sich nicht die Mühe machte, sich vorzustellen. Doch das war okay für ihn. Ehrlich. Jemanden mit ins Loft zu bringen, war nie eine regelmäßige Gewohnheit gewesen. In der Anfangszeit, als er eine Beziehung in Erwägung gezogen hatte, hatte er mit ein paar Partnern zusammengelebt, danach, als die Beziehungen zu ernst wurden, mit einigen Hetero-Mitbewohnern. Die Arbeit und einen Partner unter einen Hut zu bringen, hatte nie zu seinen Stärken gehört.

Nach dem Missgeschick des fünfjährigen Zusammenlebens mit Ben (toller Mitbewohner, toller Freund, mehr hetero ging nicht – natürlich hatte sich Jim in ihn verliebt), hatte Jim auch die Sache mit den Mitbewohnern aufgegeben. Er zog eine Katze in Erwägung, da sie – ebenso wie Jim – üblicherweise in der Lage zu sein schienen, Zuneigung zu verteilen und dann ihres Weges zu gehen.

Selbst sein letzter zufälliger One-Night-Stand war seltsam verlaufen: eine Konferenz in New York City, ein netter Kerl in der Bar, guter Sex ... und Seelenstriptease. Verdammt, er hatte sogar den Kontakt zu Matt gehalten. Nicht, weil er sich mehr erhoffte, sondern sich einfach auf leicht masochistische Art an dessen „Happy End" erfreute.

Das war nicht sehr klug. So nett er Matt auch fand, so schön es auch war, sich alles über seinen Freund Evan, Evans Kinder, die Renovierung des Hauses und im Grunde genommen den gesamten Lebensplan anzuhören, Jim wollte nicht in den Kopf, dass das im echten Leben passierte.

Es war gleichzeitig lebensbejahend und deprimierend.

Seine Freunde konnten es nicht verstehen und sagten die ganze Zeit: *„Du bist so nett! Du siehst so gut aus! Du bist viel zu gut, um alleine zu bleiben! Hast du nicht Lust, meinen Bruder/Nachbarn/Cousin/Ex kennenzulernen?"*

Mimi war zweifellos die Schlimmste. Nach dem verdammten Fiasko des Ingersoll Prozesses schien sie „Polizistenfrau" als heiligen Eid zu begreifen, statt ihre Koffer zu packen und nach Hause zurückzukehren. Die Anrufe an Terry, wann er nach Hause kommen würde, waren verschwunden. Stattdessen tauchte sie mit Abendessen (oder Mittagessen oder Frühstück) auf und strahlte Geduld aus. Nicht nur, dass sie Terry zusätzlichen Freiraum gewährte, sie hatte auch beschlossen, dass Jim bemuttert werden musste und ging die Sache an.

Mimis Ansicht nach brauchte er einen Mann. Einen anständigen Freund mit guten Absichten, einem Job und einer Reihe anderer Dinge, die Jim ihrer Meinung nach verdient hatte. Es war eine *lange* Liste. Auf keinen Fall würde er einen Mann zum Kabale-Zirkel-Essen mitnehmen. Mimi war eine Wahnsinnsköchin und erstklassige Verhörspezialistin und würde sie beim Servieren des Desserts so weit haben, dass sie eine Heiratsgenehmigung beantragten.

Unzählige Male hatte Jim bereits vorgeschlagen, dass sie über eine Tätigkeit in der Strafverfolgung oder als Kredithai nachdenken sollte.

Jetzt hämmerte er die Zahlen in den Verkaufsautomaten, den Blick auf ein Snickers gerichtet und versuchte, sich eine gute Entschuldigung für Freitag auszudenken, wenn er alleine kam.

„Hey, Jim?"

Als er seinen Namen hörte, drehte er sich um und sah Heather Gomez den Gang hinab auf sich zu eilen.

„Hallo, Heather." Jim griff nach seinem Schokoriegel und versuchte, nicht daran zu denken, dass er mit Mimi über ihre Brüste gesprochen hatte. „Alles in Ordnung?"

„Oh ja, alles gut. Nur … du weiß schon … jede Menge Dinge zu erledigen und nicht genug Stunden." Lächelnd nahm sie ihre überfüllte Aktentasche von einer Hand in die andere. „Ich habe mich nur gefragt, ob du einen Anruf von Ed Kelly bekommen hast."

„Kürzlich? Nein, habe ich nicht. Ist alles in Ordnung?"

„Ich denke schon. Er klang nicht dringend oder so. Bei Nick hat er ebenfalls eine Nachricht hinterlassen. Ich dachte, dann wärst du bestimmt auch auf seiner Liste." Sie lächelte traurig. Die Augen hinter den quadratischen Brillengläsern schauten mitfühlend. „Netter Mann. Ich wünschte nur, wir hätten mehr für ihn tun können."

Natürlich war es nicht Heathers Schuld. Oder Nicks. Niemand hatte Schuld. Das war es, was Jim sich mitten in der Nacht sagte, wenn er nicht schlafen konnte. Niemandes Schuld, nur die von Tripp Ingersoll.

„Ich auch." Jim packte sein Snickers aus und bot ihr ein Stück an. Lachend lehnte sie ab.

„Nein danke. Ich muss in ein Hochzeitskleid passen." Der Prozess hatte einen netten Nebeneffekt gehabt: Nick hatte endlich den Hintern hochbekommen und seiner Freundin, mit der er seit sieben Jahren zusammen war, einen Antrag gemacht.

„Pfff. Du siehst toll aus". *Besonders deine Brüste.* „Danke für die Info über Ed Kelly. Ich werde meine Nachrichten abhören."

Sie machten noch ein paar Sekunden Small Talk. Heather sprach die Party am Freitag an, dann schleppte sich Jim mit dem Snickers zwischen den Zähnen wieder an seinen Schreibtisch.

Es gab tatsächlich eine Sprachnachricht von Ed Kelly auf Jims Handy. Die schnarrende Stimme klang ruhig und konzentriert. Er müsse mit Jim über etwas bezüglich Carmens Fall reden und bräuchte einen Rat. Nachdem Ed seine Nummer – die Jim auswendig kannte – genannt hatte, war das alles. Auf der Suche nach einem Hinweis, worum es ging, spielte Jim die Nachricht drei Mal ab.

Vielleicht die Zivilklage? Ein paar Leute hatte Ed empfohlen, Tripp Ingersoll auf Schadenersatz zu verklagen, doch daran hatte Ed kein Interesse. Er hatte bis an sein Lebensende genug von Ingersoll und Gerichtssälen. Außerdem würde ihm das Geld Carmen oder Della nicht zurückbringen.

Alle Anfragen von Talkmastern und Pseudojournalisten waren unbeantwortet geblieben. Ed hatte nie Interesse daran gehabt, sich zu Katie Couric oder Oprah zu setzen. Auch Hollywood hatte die Tür ins Gesicht bekommen. Ed war nicht käuflich.

Während Jim Eds Festnetznummer anrief, trommelte er besorgt mit einem Bleistift gegen den Schreibtisch. Nachdem es ein paar Mal geläutet hatte, ging der Anrufbeantworter an. Jim kaute auf seiner Lippe.

„Hey Ed. Ich bin's Jim. Ich habe deine Nachricht mit der Bitte um Rückruf bekommen. Melde dich auf meinem Handy, okay? Ich sorge dafür, dass ich erreichbar bin."

Er legte auf und betrachtete den endlosen Stapel Akten auf dem Tisch. Noch mehr tote Mütter, Väter, Söhne, Töchter. Mehr trauernde Familien, die sich nie erholen würden. Die endlose Spirale der Gewalt, die Jim jede Stunde des Tages umgab.

Manchmal fragte er sich, welchen Sinn das Ganze überhaupt machte.

3

„HIER LINKS abbiegen ... da wo Oak Street steht. Die Straße, an der du gerade vorbeigefahren bist? Das wäre die Oak Street gewesen."

Griffin Drake verdrehte die Augen, als seine Mitfahrerin Daisy Baylor die ausgedruckte Wegbeschreibung zerknitterte. Der Mietwagen hatte kein GPS und keiner von ihnen besaß allzu gute Navigationskenntnisse. Er lief viel zu Fuß und sie wurde als glanzvolle Schauspielerin überall hin chauffiert. Von ausgebildeten Profis mit GPS ... und um auf Nummer sicherzugehen, sehr wahrscheinlich auch mit Orientierungssinn.

Doch hier waren sie nun: orientierungslos in Tacoma – *Notiz an mich selbst* dachte er, als er eine Einfahrt gefunden hatte, in der er wenden konnte, *das ist ein großartiger Titel* – um sich mit einem äußerst wichtigen Mann namens Ed Kelly zu treffen. Griffin wollte nicht zu spät kommen. Nicht hierbei. Und er wollte nicht hören, wie Daisy ihn auf seine mangelnden Fahrkünste hinwies, die vermutlich zu „orientierungslos in Kanada" führen würden.

„Okay ... links in die Oak ..."

„Nein! Rechts in die Oak. Wir kommen jetzt von der anderen Seite!"

„Was du nicht sagst, Daisy Mae", murmelte er und hob seine Sonnenbrille an, um das verrostete Straßenschild lesen zu können.

Oak Street. Okay.

„Ich glaube, ich bin overdressed", sorgte sich Daisy neben ihm und strich das Originaldesignerstück über ihren Knien glatt. Als Nächstes würde sie anfangen, an ihren Haaren herumzufummeln; dann, wenn sie nicht in den nächsten fünf Minuten ankamen, würde er ihr die Zigarette ausreden. Und dann sich selber ausreden, ihr dabei Gesellschaft zu leisten. Neujahrsvorsätze klangen bedeutend leichter, wenn man betrunken auf dem Villendach eines millionenschweren Regisseurs abhing und nicht zu einem Verkaufsgespräch fuhr, das für die Zukunft der weiteren Karriere entscheidend sein konnte.

„Du siehst toll aus und er wird vermutlich weder den Designer noch den Wert deines Kleids kennen. Von daher ist alles gut." Dennoch wollten sie Ed Kelly wissen lassen, dass sie die Finanzierung im Griff hatten. Auf eine dezente Art und Weise. Das war wichtig.

„Okay, das war ein halber Kilometer. Wohin jetzt?"

„Links auf die Mill, rechts auf die Percy, dann ist es das fünfte Haus." Zu Griffins Glück konzentrierte sich Daisy jetzt auf die Beschreibung und nicht auf ihr Outfit. Sie kannten sich seit über fünfundzwanzig Jahren, aber aus irgendeinem Grund wurde es nie leichter, zeitgleich ängstlich zu sein.

Einzeln? Normalerweise sie. Er kümmerte sich professionell darum. Nach dem Drehbuchschreiben war das praktisch sein Vollzeitjob. Zeitgleich? Jemand sollte sofort einen Seelenklempner und einen Psychiater rufen.

Er hatte schon genau im Kopf, wie er Mr. Kelly seine Filmidee schmackhaft machen wollte, wie er ihm versichern wollte, wie gerne sie seine, Dellas und Carmens Geschichte ohne die ganze Sensationshascherei im Hintergrund erzählen wollten. Wie er auf die guten Dinge hinweisen wollte, die Ed mit seinem Teil des Gewinns tun konnte: ein Stipendium, ein Gemeinschaftsgarten. Alles, was der Mann wünschte. Es musste nicht für *ihn selbst* sein. Griffin musste das Gespräch nur einfach halten, ehrlich und aufrichtig sein. Und verschweigen, wie wichtig es für Daisy und ihn war.

Er kannte Ed Kellys Geschichte aus den Presseartikeln rund um den Prozess und durch ein paar wohlwollende Berichte aus den örtlichen und nationalen Zeitungen. Der Mann, der so viel verloren hatte, sich aber trotzdem weigerte, Rache oder Wiedergutmachung zu fordern oder seine Geschichte zu verkaufen. Die Geschichte eines Mannes, der sehr gut in der gleichen Straße wie Griffins Familie hätte wohnen können. Ein Mann, der in einem heruntergekommenen Haus in einem Vorort der unteren Mittelschicht lebt und nichts vorzuweisen hat außer einen inneren Frieden, für den die meisten Menschen einen Mord begehen würden. Oder Tausende von Dollar ausgeben, um ihn mithilfe von Psychiatern, Pillen oder Zuflucht in einem Ashram zu finden.

Da so viele Superhelden-Filme mit großem Budget die Kinos dominierten, gab es einige Leute, die nach dem unerwarteten nächsten großen Ding Ausschau hielten – einem inspirierenden und düsteren Oscar-Köder, vor allem, da die Auswahl so gering war. Einige Produzenten streckten ihre Fühler nach einem einheimischen Talent aus, damit nicht immer die verdammten Briten die ganzen Auszeichnungen bekamen. Hollywood wollte Ed Kellys Geschichte haben. Natürlich aufgebauscht und überzogen – vor allem, da der Mann so unglaublich unberührbar war. In einer Welt, in der man seine Geschichte verkaufte, während der Sanitäter einem gerade den Hai vom Bein abschnitt, rief der Kerl nicht mal zurück.

Daisy und Griffin hatte er jedoch zurückgerufen. *Sie* besaßen seine Adresse und wurden in diesem Moment dort erwartet. Irgendetwas in ihrem Brief hatte ihn neugierig gemacht, ihn dazu gebracht, zu antworten. Griffin war immer noch ganz aus dem Häuschen wegen der ganzen Sache.

Als Daisy verkündete: „Hier, genau hier", war Griffin überzeugt, dass seine Anfrage angenommen werden würde. Sie würden es machen.

Er schaltete den Motor aus und gab Daisy einen Klaps auf die Schulter. Sie schoss das international berühmte Lächeln in seine Richtung, rückte ihre Sonnenbrille zurecht und öffnete energisch die Tür.

„Oh, ich glaube, es ist noch jemand hier", stellte Daisy fest, während sie den zweiten Pick-up auf der unbefestigten Auffahrt beäugte. Der näher am Haus stehende Wagen hatte schon bessere Tage gesehen und war verrostet, aber tadellos sauber. Bei dem zweiten handelte es sich um einen riesigen, glänzenden schwarzen Chevy Silverado, der Respekt einflößend wie ein Wachposten war.

„Nicht einmal ein skurriler Aufkleber auf der Stoßstange", bemerkte Daisy trocken und hängte sich die Handtasche über die Schulter.

„Ich würde mit meinem Prius nicht gegen die Karre stoßen wollen", sagte Griffin, während er sich beeilte, sie einzuholen.

„Wenn du es tust, werde ich die Trauerrede für deine Beerdigung schreiben." Sie nahm seine Hand und ging mit ihm zusammen die knarrende Holztreppe zur Fliegengittertür hinauf.

„Mit Sicherheit würdest du das großartig machen. Vergeben sie eigentlich Emmys für Trauerreden?"

„Halt die Klappe oder ich hetze den Wagen auf dich."

„Ich frage mich, wer das ist", flüsterte er. Selbst in ihren Plateauschuhen reichte sie ihm nur bis zur Schulter. Er widerstand dem Drang, ihr den Kopf zu tätscheln.

„Ein Anwalt?"

„In einem Pick-up?"

„Das hier ist *Tacoma*."

Daisy klopfte an die Tür und linste durchs Fliegengitter in das dunkle Haus.

Griffin hörte drinnen Männerstimmen. Dann kam eine sehr große, eindrucksvolle Person aus dem Dunklen. Ihm war sofort klar, dass es sich dabei nicht um Ed Kelly handelte.

Der mögliche Anwalt besaß breite Schultern und war auf der Hut – eine aggressive Silhouette hinter dem Fliegengitter. Und er öffnete nicht die Tür.

„Hi", grüßte Daisy strahlend. „Wir sind mit Mr. Kelly verabredet. Ms. Baylor und Mr. Drake."

Aufgrund des militärischen Haarschnitts und der abgewetzten Jeans vermutete Griffin, dass der mysteriöse Mann weniger ein Anwalt, sondern viel mehr ein Mann war, der mit einer Waffe umgehen konnte. Vielleicht ein Polizist? In einigen der Artikel über Kelly und den Prozess wurden ein paar Polizeibeamte erwähnt, mit denen er sich angefreundet hatte.

„Sie sind einer der Kripobeamten von Carmens Prozess", sagte Griffin kühn und trat auf die oberste Stufe, um mit dem anderen Mann auf gleicher Höhe zu sein – und um ihn anzustarren. „Ich habe schon vermutet, dass Mr. Kelly Sie anrufen würde."

Der Bluff funktionierte und der Mann griff mit einem Nicken nach der Klinke.

„Detective Shea", stellte er sich vor, trat einen Schritt zurück und bedeutete ihnen, einzutreten.

„Griffin Drake und Daisy Baylor. Schön, Sie kennenzulernen." Griffin streckte schnell seine Hand aus, um den Bluff aufrechtzuerhalten.

14

„Ed hat mich angerufen und mir von dem Treffen erzählt. Ich habe beschlossen, ihm beizustehen." Detective Shea schüttelte erst fest Griffins Hand und griff dann nach Daisys. Sie starrte ihn an und Griffin wusste, dass sie dachte: *Oh Mann, der Kerl ist heiß.*

Weil sie stets den gleichen Männergeschmack gehabt hatten.

„Und das wissen wir zu schätzen", meldete sich Daisy zu Wort, die urplötzlich ihre Filmstaralüren wiedergefunden hatte. „Ich finde es wirklich toll, dass Sie immer noch für ihn da sind."

Über Detective Sheas beeindruckendes Gesicht huschte so etwas wie Trauer oder Schuldgefühle. Griffin bohrte die Stiefelspitze in das dicke Linoleum des Eingangsbereichs.

„Er ist ein guter Mann. Ich will sichergehen, dass er nicht ausgenutzt wird", meinte Detective Shea leise. Der finstere Blick hatte etwas nachgelassen, doch die Warnung war eindeutig.

„Bring sie rein, Jim. Ich denke, du hast ihnen jetzt genug Angst eingejagt", rief eine Stimme aus dem Nebenraum und die Fassade des Polizisten bekam leichte Risse.

Die Hand auf Daisys Rücken gelegt, überließ Griffin ihr den Vortritt. Die Menschen liebten Daisy, ob nun auf der Leinwand oder in der Schlange im Supermarkt. Sie brauchte nur mit den Wimpern zu klimpern und alle himmelten sie an. Er hatte diesen Blick mehr als einmal als ihren „Bitte-knüppel-nicht-auf-mich-ein-sagte-die-Babyrobbe-Ausdruck" bezeichnet. Da sie es dank dieses Blicks und ihrer D-Cups zu einer ziemlich anständigen Karriere gebracht hatte, versuchte er, sich nicht allzu oft darüber lustig zu machen.

Mr. Kelly saß in einem Lehnstuhl aus den Siebzigern. Er trug alte Jeans und ein Karohemd und hatte eine Brille auf. Aus seinen Notizen wusste Griffin, dass Mr. Kelly ungefähr zehn Jahre jünger war als sein eigener Vater in Albany. Es hätten jedoch genauso gut dreißig Jahre sein können. Der Tribut, den ihm die letzten Jahre abverlangt hatten, war schmerzlich und offensichtlich. Der Mann sah noch hagerer aus als auf den Prozessfotos.

„Mr. Kelly, vielen Dank, dass wir kommen durften", sagte Daisy und streckte ihm die Hand entgegen.

„Es ist mir eine Freude, Miss Baylor." Der Mann wurde in dem dämmrigen Raum ein wenig rot, als er aufstand, um ihr die Hand zu schütteln. „Ich habe mehrere Ihrer Filme gesehen. Carmen war ein großer Fan von Ihnen. Ich glaube, das ist auch der Grund, warum ich beschlossen habe, mir anzuhören, was sie wollen."

Daisy zögerte keinen Augenblick. Sie umarmte Mr. Kelly vorsichtig, trat dann aber verlegen zurück. „Tut mir leid. Das mache ich manchmal."

„Eine Umarmung von einem Kinostar werde ich nicht ablehnen", lachte Ed Kelly. Um sie herum bot er Griffin seine Hand an. „Werden Sie mich auch umarmen, Mr. Drake?"

15

„Vielleicht nachdem Sie mir einen Drink ausgegeben haben." Griffin hustete, als der Satz aus seinem Mund rutschte, doch er schien das Eis noch weiter gebrochen zu haben. Selbst der Wachposten, Detective Shea, musste grinsen. Ein winziges Lächeln, das möglicherweise nur ein Zucken gewesen war, aber dennoch … Bislang hatte er noch nicht mit der Waffe auf sie gezielt, was eine gute Sache war.

Ed Kelly ließ sie auf einer mit einer Decke bedeckten Couch Platz nehmen und setzte sich wieder in seinen Lehnstuhl. Der Polizist verschwand in einem anderen Zimmer – den klirrenden Geräuschen nach zu urteilen, schien es die Küche zu sein.

„Wir haben Kaffee oder Tee. Lipton. Ich hoffe, das ist okay. Jim hat uns ein paar Kekse aus seiner Schickimicki-Bäckerei in Seattle mitgebracht."

„Sie hätten sich nicht so viele Umstände machen sollen", bemerkte Daisy und stellte die Handtasche neben ihre Füße.

„Ein Filmstar in meinem Haus? Mann, ich habe sogar gesaugt."

Daisy kicherte und machte diese „oh, sie Schlimmer" Handbewegung, auf die Männer aus Ed Kellys Generation hereinfielen wie mächtige Eichen auf die Gnade einer Axt. Griffin verdrehte heimlich die Augen, während er in seiner Tasche – für den siebten zwanghaften E-Mail Check seit Verlassen des Flughafens – nach dem iPhone griff.

Detective Shea – Jim – tauchte mit einem ausgefallenen Silbertablett voller nicht zusammenpassender Kaffeetassen, einer Kaffeekanne und einem Teller Kekse wieder auf. In Griffins Augen sah er aus wie ein sehr großer, schrulliger, aber attraktiver Kellner.

Wie Lurch aus der Addams Family in dem Nobelrestaurant Tavern on the Green.

SIE MACHTEN Small Talk über die Fahrt zu Eds Haus, den Verkehr, das Wetter, den Verkehr in Hollywood, das Wetter dort und darüber, woher jeder von ihnen stammte. Griffin versuchte, mit „der Ostküste" durchzukommen, aber Daisy liebte es, Geschichten darüber zu erzählen, wie sie als Kinder in den Adirondacks an Camps für darstellende Künste teilgenommen hatten. Dafür gingen eine Tasse Kaffee, einmal Nachschenken, sechs Kekse und fast vierzig Minuten von Griffins Leben drauf.

Griffin wollte sein Anliegen anpreisen, aber Daisy schien darauf erpicht zu sein, Ed Kelly einen glücklichen Tag zu bescheren. Je länger sie das tat, desto mehr entspannte sich Ed und desto mehr ließ Jim Sheas Alarmbereitschaft nach.

Daher hielt Griffin den Mund.

Bis eine Gesprächspause eintrat und Jim Shea Griffin direkt anschaute, die Tasse der örtlichen Gewerkschaftsniederlassung fest in der Hand. „Sie sind hergekommen, um Ed zu bitten, seine Geschichte zu verkaufen", stellte er geradeheraus fest und kniff die Augen zusammen. „Wie Sie wissen, sind Sie nicht die Ersten, die das versuchen."

Los ging's. Der Fehdehandschuh war ihm vor die Füße geworfen worden. Er befand sich in keinem schicken Büro in LA, in keinem angesagten Restaurant und lotete auch nicht vorsichtig seine Chancen im Aufzug eines Hotels beim Sundance Filmfestival aus. Das hier war das echte Leben, etwas, das er seit langer Zeit nicht mehr erlebt hatte. Sein übliches Rumgeeiere passte hier nicht.

Daher entschied er sich für die aufrichtige Vorgehensweise, die er monatelang geübt hatte.

„Wir sind die Ersten, die in sein Wohnzimmer durften", erwiderte Griffin genauso geradeheraus und warf Ed Kelly einen entschuldigenden Seitenblick zu.

„Ich werde niemanden beleidigen, in dem ich so tue, als ginge es nicht um einen Film und darum, Geld zu verdienen. Ich werde Mr. Kelly keinen Vortrag halten, dass es einem höheren Zweck dient. Aber ich denke, Carmens Seite der Geschichte Eds Seite der Geschichte zu erzählen, ist keine schlechte Sache. Beim Prozess wurde nicht die ganze Geschichte erzählt. Die Presse hat kein vollständiges Bild bekommen."

„Und …", Griffin holte tief Luft und wandte sich mit ernster Miene an Ed, „… ich weiß, dass Sie kein Geld damit verdienen wollen. Das verstehe ich. Wenn ich in Ihrer Lage wäre, würde ich sagen, dass ich mir mein Geld sonst wohin stecken soll, weil es nichts ändert. Aber … aber ich glaube, dass sie ein gutes Herz haben und etwas mit dem Geld bewirken können. Etwas, das ein geeignetes Vermächtnis für Carmen und Della ist."

Unter Griffins Hemd breitete sich Schweiß aus und kitzelte an seiner Stirn. Zwischen dem Ticken der Kaminuhr hätte er eine Stecknadel fallen hören können.

Er umklammerte seine Hände und blickte auf den verfilzten Vorleger unter seinen Füßen. *Bitte*, dachte er, *bitte gib mir diese Chance.*

Ed Kelly räusperte sich und trank einen Schluck Kaffee. Auf der Seite der Tasse stand *# 1 Dad*. Plötzlich war sich Griffin nicht mehr sicher, ob er stolz auf sich selbst war, weil er versuchte, diesen Deal durchzuziehen oder nicht eher ein echtes Arschloch, überhaupt den Mund zu öffnen. In dem Moment war das völlig offen.

„Ich will nichts auf der Leinwand sehen, das Della peinlich gewesen wäre", erwiderte Ed leise mit brüchiger Stimme. „Kein nacktes Zeug und nicht allzu viel Gefluche. Und ich würde gerne das Drehbuch lesen, bevor ihr anfangt zu drehen. Und …" Mr. Kelly geriet in Fahrt. „Und Jim liest es auch, damit keiner der Polizisten oder Staatsanwälte in schlechtes Licht gerückt wird."

Griffin wäre am liebsten auf die Couch gesprungen, um darauf herumzutanzen, blieb jedoch ganz ruhig. Sollte es wirklich so einfach sein? „Sie haben mein Wort, dass das Drehbuch genau das sein wird, was sie suchen. Und wir wollen niemanden schlecht aussehen lassen, Mr. Kelly. Das hat keiner verdient."

Bis auf Tripp Ingersoll, doch den Namen würde Griffin nicht laut aussprechen.

„Okay. Sie haben ja vermutlich Anwälte." Ed schaute zu Jim, der bisher keinen Ton gesagt hatte. „Ich sollte mir wohl ebenfalls einen besorgen."

„Ich werde meinen Freund Ben anrufen. Er und seine Frau haben eine kleine Kanzlei weiter nördlich. Sie werden sich um alles kümmern, was du willst."

„Perfekt. Wenn du ihnen traust, traue ich ihnen auch."

„Oh mein Gott, wir werden das tatsächlich tun", stieß Daisy plötzlich aus. Schnell schlug sie sich die Hand vor den Mund, als sie merkte, dass sie es laut ausgesprochen hatte. „Sie werden es nicht bereuen, Mr. Kelly. Das verspreche ich Ihnen von ganzem Herzen."

„Ich nehme Sie beim Wort, junge Dame." Mit der Tasse deutete er auf Griffin. „Und Sie ebenfalls, junger Mann. Ich neige nicht zu Wutausbrüchen, aber Jim …" Ein Lächeln umspielte seine Lippen. „Er ist ein verdammt guter Wachhund."

Jim stieß ein verlegenes Geräusch aus. Dann klatschte Daisy in die Hände. „Okay, das wär's. Einen Drücker für alle." Sie stand auf und umarmte Ed auf seinem Lehnstuhl.

Um Jim machte sie einen Bogen, wie man es bei einem hungrigen Berglöwen tun würde und warf die Arme um Griffin.

„Wir haben's geschafft", flüsterte sie in sein Ohr. „Wir haben die erste Hürde genommen."

Während er die Umarmung erwiderte, beobachtete er über ihre Schulter Jim. Die kühlen blauen Augen spiegelten Ed Kellys scherzhafte Worte wider: Wenn sie das hier versauten, würde Jim Shea sie in Stücken reißen.

4

JIM HATTE in letzter Minute einen Urlaubstag beantragt, um nach Tacoma zu fahren. Da er Urlaubstage für vierundsiebzig Jahre angehäuft hatte, würde ihn ein einzelner Tag nicht umbringen. Natürlich kam er dadurch um das Abendessen des heterosexuellen Kabale-Zirkels mit den Überraschungsgästen Ben und Liddy herum. Das ließen ihm jedoch alle durchgehen, als sie hörten, dass es um Ed und eventuell haiähnliche Arschlöcher aus Hollywood ging, die einen Film über Eds Martyrium nach Carmens Ermordung machen wollten.

Er versprach Ben, sie am nächsten Wochenende in ihrem neuen Haus zu besuchen. Mimi schwor er, zum nächsten freitäglichen Ordnungshüter-Essen im kommenden Monat zu kommen. Er machte jede Menge Versprechungen, von denen er wusste, dass er sie halten musste, bevor er in seinen Wagen sprang und sich auf den Weg nach Tacoma machte.

Alle waren der Meinung, dass es der Beweis für Jims exzellenten Charakter war, dass er so viel für Ed tat. Besuche, Anrufe, Geld – nur Terry und Jims Steuerberater wusste von dem Geld – was auch immer der Mann brauchte, Jim sorgte dafür. Auf seiner Kurzwahlliste befand sich sogar ein örtlicher Handwerker, der sich um alles kümmerte, damit Ed das nicht musste.

Jim machte es nichts aus, diese Bürde zu tragen. Ed hatte viele Lasten zu tragen und konnte die Hilfe brauchen. Andere taten, was sie konnten, doch Eds Vertrauen in Jim ging über Obstkörbe und monatliche Telefonanrufe, um sich zu vergewissern, dass es ihm gut ging, hinaus.

Jim wusste, dass Ed starb.

Eine Verletzung nach der anderen, das Leben Hiobs. Bei einer Untersuchung vor ein paar Monaten war herausgekommen, dass Ed fortgeschrittenen Bauchspeicheldrüsenkrebs hatte. Die einzige Person, die abgesehen von seinem Arzt darüber Bescheid wusste, war Jim.

Zusätzlich zur Prognose wusste Jim auch, wo sich Eds Testament befand, welches Beerdigungsinstitut beauftragt werden sollte und wo Ed den Vertrag für die Parzelle aufbewahrte, auf der Della und Carmen begraben waren. Beim letzten Besuch hatten sie besprochen, was Jim mit dem Haus und dem Auto machen sollte.

Ed ging völlig sachlich mit der ganzen Angelegenheit um. In seinem Leben war ihm schon Schlimmeres passiert.

Jim begegnete seinem Realismus mit der ihm eigenen beschützenden Gelassenheit. Sie gaben ein tolles Paar ab, das war sicher.

Manchmal fragte sich Jim, ob es sich nicht um unangebrachte Schuldgefühle handelte, nicht nur wegen der Unfähigkeit, für Gerechtigkeit zu sorgen, sondern auch wegen der Probleme mit seinem Vater, der in Vancouver in einem gehobenen Pflegeheim mit rund um die Uhr Betreuung lebte – versorgt von Fremden.

Oder vielleicht Schuld, nicht genug getan zu haben, um Tripp Ingersoll ins Gefängnis zu bringen. Und ihn nicht einfach ein paar Wochen nach dem Prozess eines Nachts getötet zu haben. Altmodische Selbstjustiz, nach der Jim auf vorübergehende Unzurechnungsfähigkeit plädiert hätte. Er wusste voller Scham und Gewissheit, dass er es hätte tun können, wenn Ed ihn darum gebeten oder ihm die Erlaubnis erteilt hätte.

Seine Beziehung zu Ed hatte also eine Menge mit Schuld zu tun. Zu viele Schattierungen, um sie benennen zu können.

DER AUTOR und die Schauspielerin waren nett. Fast zu nett. Daisy Taylor war ein echter Filmstar, strahlend schön mit perfekt zerzausten roten Locken und einem Kleid, das vermutlich mehr als seine letzten Winterreifen gekostet hatte. Sogar Jim hatte sie in einigen Filmen gesehen und er ging nur ins Kino ... tja, er ging nie ins Kino. Sie war herzlich und nett zu Ed und Jim beobachtete, wie er zum ersten Mal seit ... vielleicht zum ersten Mal überhaupt aufleuchtete.

Das Einzige, was dem nahekam, war, wenn Ed sich dazu hinreißen ließ, von Carmen und Della zu erzählen. Jims Vermutung nach erinnerte Daisy Baylor Ed ein bisschen an Della in ihrer Blütezeit damals, bevor alles den Bach runterging, Carmen in Schwierigkeiten geriet und schließlich weglief.

Zweifellos hatte das in Verbindung mit dem fortschreitenden Krebs in Ed den Wunsch ausgelöst, diesen Deal jetzt zu machen.

Jim konnte das zwar nachvollziehen, aber es gefiel ihm nicht.

Der Autor – Drake – hatte den für Ed genau richtigen Ton getroffen. Und das machte Jim misstrauisch. Diese ganze Ehrlichkeit? Die Ernsthaftigkeit? Der bittende Unterton? Musste vorgetäuscht sein. Musste.

Auf eine streberhafte Art war der Mann attraktiv. Unter der ganzen adretten Zurschaustellung vermutete Jim einen scharfen Sinn für Humor. Mit erschreckender Sicherheit wusste er, dass Griffin Drake einer dieser namenlosen Blowjobs gewesen wäre, wenn sie sich in einer Bar begegnet wären. Unglücklicherweise hatten sie sich jedoch in der echten Welt kennengelernt und Jim schrieb ihn ab, als jemanden, den man genau im Auge behalten musste.

Nachdem Drake und Daisy gegangen waren, spekulierten Jim und Ed noch einige Stunden darüber, wie das Ganze ablaufen würde. Jim wollte seinen Standpunkt verdeutlichen, aber dann ließ Ed – wie es seine Art war– die neueste Bombe platzen.

„Du wirst mein Testamentsvollstrecker und alles verwalten. Auf diesen juristischen Papieren, die deine Freunde aufsetzen, muss stehen, dass du in Bezug auf diesen Film meine Meinung vertrittst, wenn ich nicht mehr hier bin. Du sorgst dafür, dass sie allen gerecht werden."

Und Jim – wie es seine Art war – wehrte sich nicht und protestierte auch nicht dagegen, als sein Magen auf Achterbahnfahrt ging.

MONTAG MORGEN war Jim zurück an seinem Schreibtisch. Es war fast sechs Uhr morgens und damit für seine Verhältnisse spät. Er konnte sich nicht daran erinnern, in den letzten sechsunddreißig Stunden viel geschlafen zu haben, abgesehen von einem kurzen Nickerchen auf Ed Kellys Couch. Zwischendurch hatte er etwas zu essen und eine Dusche eingeschoben, bevor er sich dann, mit literweise Kaffee im Magen, auf den Weg zur Wache begeben hatte. Seiner Schätzung nach müsste das etwa zehn Stunden gut gehen, dann würde er gegen eine Wand laufen und im Pausenraum zusammenbrechen,

Im Dienstraum war es ruhig. Ab und zu klingelten einige Telefone und über die Arbeitsnischen wehten gedämpfte Gesprächsfetzen. Jim überprüfte seinen Kalender und stellte dabei zwei Dinge fest: In zwei Wochen hatte er Geburtstag und morgen ging Captain Hedges in den Ruhestand.

Was bedeutete, dass er seinen blauen Anzug bügeln musste.

Und dann die nächsten zwei Wochen alle Versuche seiner Freunde abblocken musste, seinen Geburtstag zu feiern.

Jim stieß einen Seufzer aus. Fünfundvierzig. Wirklich? Schon? Der letzte Geburtstag, an den er sich einigermaßen deutlich erinnern konnte, war sein einundzwanzigster. Damals hatte sein Vater ihm während eines steifen, teuren Essens in einem französischen Restaurant die Unterlagen zu seinem Erbe von seinem Großvater überreicht. Danach hatten seine Freunde – zum Großteil Mitspieler aus dem Footballteam und sein Mitbewohner, mit dem er heimlich zusammen war – ihn mit nach Las Vegas genommen. Sie hatten so sehr die Sau rausgelassen, dass er sich selbst heute noch fragte, ob er sich nicht besser wegen mehrerer Vergehen selbst verhaften sollte. Öffentliche Trunkenheit, Glücksspiel und jede Menge Sex mit seinem Freund im Hotelzimmer, während sich alle anderen auf die Suche nach Nutten begeben hatten. Mann, das war ein großartiger Geburtstag gewesen, weil er jung, heiß und reich war, außerdem nicht mehr von seinem Vater abhängig und vollkommen sorglos.

Fünfundvierzig fühlte sich völlig anders und sehr deprimierend an.

„Hey, Detective Shea, für Sie liegt ein Paket unten am Empfang." Ein vorbeilaufender uniformierter Polizist unterbrach seinen Tagtraum. „Soll ich es Ihnen hochbringen?"

„Tickt es?" Jim scherzte nur halb.

„Nein." Der junge Mann begann zu lachen und lehnte sich gegen die Wand der Arbeitsnische. Er musterte Jim kurz und schenkte ihm ein flirtendes Lächeln. Jim fühlte sich *alt*. Genau genommen steinalt. Damals, in seiner Anfangszeit, als er noch eine Uniform getragen hatte, hätte man nie auch nur überlegt, in aller Öffentlichkeit mit einem anderen Polizisten zu flirten – vor allem nicht im Großraumbüro. „Das ist wirklich kein Problem."

„Schon okay. Ich werde es selber holen." Jim richtete den Blick auf seinen Schreibtisch und versuchte, Papiere zu mischen, um beschäftigt auszusehen.

„In Ordnung. Bis dann." Der Polizist trödelte noch ein wenig herum, um dann langsam wegzugehen. Es war wie in einer Bar. Nur voll beleuchtet und … *auf der Arbeit.* Jims Hände zitterten leicht. Seine sexuelle Neigung war allgemein bekannt und in der Regel kein Problem.

Im liberalen, gottlosen Seattle verschwieg man besser, dass man bigott oder homophob war. Nicht aber, dass man schwul war. Alle seine Partner hatten es gewusst und keiner hatte jemals um einen Wechsel gebeten. Terry Oh war an seinem ersten Tag darüber „unterrichtet" worden und hatte Jim nur höflich versichert, dass er heterosexuell und verlobt wäre, sich jedoch geschmeichelt fühlen würde, sollte Jim ihn unter die Lupe nehmen, wenn er es gerade nicht mitbekam.

Jeder wusste es. Aber keiner sagte etwas. Keiner machte ihn an. Er kannte andere schwule und lesbische Kollegen und Kolleginnen, aber es gab keine Treffen oder wöchentliche Essen mit bedeutungsvollen Gesprächen darüber, wie es war, schwul und deprimiert zu sein.

Jim vermischte nicht gerne Arbeit und Privates. Er mochte es nicht, von jemandem in den Zwanzigern angemacht zu werden, der keine Ahnung hatte, wie es sich anfühlte, Angst zu haben.

Er hatte vergessen, sich über das Interesse des Kerls geschmeichelt zu fühlen.

Terry erschien mit einem weiteren „falschen" Zwiebelbagel, den er ohne eine ausgedachte Geschichte auf Jims Schreibtisch plumpsen ließ.

„Wie lief die Sache bei Ed? Hast du die Hollywood-Spinner verjagt?" Terry lehnte sich an genau die gleiche Stelle der Arbeitsnische wie der Flirter und trank einen Schluck von seinem Latte.

„Genaugenommen …" Mit einem Seufzen schob Jim seinen Stuhl zurück und testete, wie weit er sich zurücklehnen konnte, ohne dass es quietschte. „Ed hat ihr Angebot angenommen."

„Du machst Witze!" Terry wirkte geschockt. „Das hast du zugelassen?"

„Was hätte ich tun sollen?" Jim schluckte die Information über Eds Gesundheit hinunter. „Sie waren wirklich aufrichtig und nett. Und weißt du, wer die Schauspielerin war? Daisy Baylor"

Terry verschluckte fast seine Zunge. „Verdammt, Jim. Daisy Baylor?" Seine blasse Haut färbte sich rosa. „Sie ist ganz oben auf meiner Liste."

„Liste?"

„Du weißt schon, die Liste der Leute, mit denen deine Frau oder dein Mann dich schlafen lässt, solltest du die Chance dazu bekommen – ohne Konsequenzen."

„Heteros sind komisch."

„Ist sie in natura genauso heiß wie in *The Betrayed Night?* Denn wenn sie so ist ..." Terry schüttelte mit weit aufgerissenen Augen den Kopf. „Echt."

Jim versuchte, sich an den Film zu erinnern. Seiner Meinung nach war das der, in dem sie oft nackt war und weinte. „Sie sieht ganz normal aus, bis dir einfällt, dass normale Leute nicht so perfekt sind." Jim schüttelte den Kopf. „Anscheinend ist dieser Drehbuchautor ein Sandkastenfreund und sie machen diesen Film für ... keine Ahnung ... das Sundance Filmfestival oder so." Jim zuckte mit den Schultern. Er bevorzugte den Militär- oder Geschichtssender. „Vermutlich künstlerisch wertvoll. Ich muss das Script lesen, sicherstellen, dass sie keinen Müll über dich, mich oder Heather und Nick erzählen."

Terry blieb tatsächlich der Mund offen stehen. „Wir werden darin vorkommen?"

„Ich schätze eher Personen, die uns darstellen sollen. Wahrscheinlich bekommst du irgendwann Papiere, auf denen du deine Zustimmung bestätigen musst."

„Bringt Daisy Baylor diese Papiere vorbei?"

„Ich rufe Mimi an, du Perversling."

ERST NACH der Mittagspause fiel Jim wieder das Paket am Empfang ein. Terry und er hatten im Diner an der Ecke das Tagesgericht Hackbraten gegessen, als er auf dem Rückweg nach oben stoppte und Sergeant Filipano um das Paket bat.

Sie blödelten über die morgigen Feierlichkeiten zum Ruhestand und über gemeinsame Bekannte herum, dann nahm Jim ein mittelschweres Rechteck in die Hände. Als er den Fahrstuhl betrat, fiel ihm auf, dass die Absenderadresse Hollywood lautete.

Waren juristische Papiere so schwer?

An seinem Schreibtisch schnitt er mit einem Taschenmesser den Karton auf und klappte den Deckel hoch. Es waren keine Papiere.

Es war Kaffee, Schickimicki-Kekse und einige Bücher über die Geschichte des States Washington. Ganz oben lag ein grauer Umschlag. Jim öffnete die Lasche. Der gefaltete Zettel darin roch mädchenhaft süß, die Handschrift war jedoch männlich.

Detective Shea,
Daisy und ich wollten uns für Ihre Hilfe bedanken.

Wie wir Ihnen und Mr. Kelly schon mitgeteilt haben,
haben wir nur die besten Absichten bezüglich dieses Projekts.
Wir freuen uns auf die Zusammenarbeit mit Ihnen.
Viele Grüße
Griffin Drake

Jim durchstöberte das Paket. Es war … durchdacht. Selbst zusammengestellt, statt einfach im Internet bestellt. Vermutlich von einem Assistenten ordentlich eingepackt worden, aber dennoch war Jim leicht beeindruckt.

Dann rief er sich wieder ins Gedächtnis, dass man diesen Leuten nicht trauen konnte.

5

GRIFFIN DRAKE und sein MacBook waren die besten Freunde. Sie hatten eine innigere Beziehung als Geliebte. Er sorgte mit speziellen Reinigungstüchern und Sprühdosen dafür, dass es staubfrei blieb. Pflanzen und Fische waren in seiner Obhut stets mit erschreckender Regelmäßigkeit eingegangen, doch um den Computer kümmerte er sich wie um ein Kind.

Jetzt, da er all seine Zeit dem Ed Kelly Drehbuch widmete, schleppte er den Laptop ständig durch sein Viertel in West Hollywood. Für ein paar Stunden in den Park, zur Mittagszeit und ein paar Stunden darüber hinaus in den Coffeeshop, um sich Unmengen an Kaffee reinzuziehen und erfolglos den frisch gebackenen Macarons zu widerstehen. Auf die Vordertreppe seiner Eigentumswohnung, wo er erneut das weiße Dokument öffnete, um darauf zu starren.

Nichts. Kein einziges verdammtes Wort. Nicht einmal ein Titel fiel ihm ein, abgesehen von *Die Ed Kelly Story*.

In Bezug auf das Thema hatte er also den Coup des Jahres gelandet, und dann vergessen, wie man schreibt. Vielleicht steckte darin ein Drehbuch. Eindeutig eine schwarze Komödie.

Völlig niedergeschlagen und mit dem Laptop jonglierend, fummelte Griffin in seiner Tasche herum und holte seine Schlüssel heraus. Das Laptop war nicht schuld, dass er ein so schlechter Autor war. Wirklich nicht.

Seit fast zehn Jahren gehörte er zu den sehr wenigen Schriftstellern, die gut vom Drehbuchschreiben leben können. Kein Fernsehen, keine Bücher, kein Ghostwriting – nur Drehbücher und alle fünfzehn, die er geschrieben (oder neugeschrieben) hatte, waren verfilmt worden.

In dieser Branche war das äußerst selten, es sei denn, man hatte ein Ass im Ärmel. Was auf Griffin, wie er zu seiner Schande gestehen musste, zutraf. Daisy Maes Pakt mit dem Teufel – in anderen Worten ihre Ehe mit Claus – hatte sie nach dem Collegeabschluss aus dem Bundesstaat New York direkt in die heiligen Hallen eines riesigen Hollywood Studios katapultiert. Ganz zu schweigen davon, dass er Blockbuster-Drehbücher schreiben durfte – und das auch getan hatte – in denen Leute in die Luft gejagt und wild in Gassen herumgevögelt wurde. In jedem seiner fünfzehn Filme wurden Menschen auf die unterschiedlichsten kreativen Arten umgebracht, gab es viel Gefluche und pro Filmrolle mindestens zwei Titten in Großaufnahme.

Das war nicht schön, aber sowohl für das Studio als auch für ihn lukrativ.

Es finanzierte seine nette Eigentumswohnung hier und die in Aspen. Finanzierte das Haus seines Dads in Albany und ermöglichte zwei Nichten den Besuch des Colleges. Ermöglichte nette Belohnungen, Fitnessstudiomitgliedschaften, Reisen und Sicherheit. Er hatte nicht vor, irgendwann Immobilien zu verkaufen oder Pornos zu machen, vielen Dank auch. Griffin Drake war ein Autor, und zwar ein guter und er war noch nicht fertig.

Ed Kellys Film stellte den nächsten Schritt dar, eine höhere Stufe. Den Zeitpunkt, wenn irgendwo jemand endlich seinen Namen und „Academy Award" in einem Satz nennen würde, und zwar nicht den, als ein Kritiker die Szene in *Fire Water* gelobt hatte, in der The Rock einen Schurken aus der EU mit einer Oscar Statue tötet.

Nein, er würde ein mörderisches, herzzerreißendes Drehbuch schreiben, einen Film, der die Leute dazu brachte, über das Leben dieses Mannes zu reden, über sein furchtbares Schicksal und seinen Willen weiterzumachen. Dann würde Daisy ihn drehen und sie würden der starken Hand von Claus Miller und Bright Side Studios – mit ziemlicher Sicherheit das Studio mit dem am wenigsten passenden Namen der Welt – entkommen.

Daisy war es leid, ihre Titten zu zeigen, und Griffin war es leid, Drehbücher zu schreiben, in denen sie genau das tat.

Das war ihre große Chance.

Wenn Griffin nur endlich in der Lage wäre, ein verdammtes Wort davon zu schreiben.

Mit einem Fußtritt schloss er die Tür und warf die Schlüssel auf die Couch. Draußen zu sein half nicht. Unter Menschen zu sein half nicht. Seine üblichen Lieblingsplätze halfen nicht. Vielleicht erstreckte sich ihre Magie nur bis zu den Autoverfolgungsjagten und halb nackten Frauen, die ohne triftigen Grund auftauchten und die er üblicherweise raushaute, um damit seinen Lebensunterhalt zu verdienen.

Im Moment hatte er nichts, nicht einmal eine Gliederung – nur die Chronik der Ereignisse und jeden verdammten Artikel, der je über den Fall geschrieben worden war.

Das reichte nicht. Er brauchte eine Verbindung, einen Einblick in Ed Kelly, Carmen, Della und den Fall. Er war fast zu nahe dran, konnte die gescheiterten Werte der Mittelklasse spüren und die Verwirrung und Bestürzung der Eltern, die nicht verstanden, warum ihre Bemühungen ins Gegenteil umschlugen und ihre Teenagertochter sich mit den falschen Freunden einließ und vor ihrem siebzehnten Geburtstag von zu Hause weglief.

Er kannte solche Mädchen, war mit ihnen zur Highschool gegangen. Aber er schien nicht in der Lage zu sein, seine Erfahrung mit der Geschichte zu verbinden.

Detective Jim Shea, der Lurch in der Tavern on the Green, tauchte plötzlich vor seinem geistigen Auge auf.

Er hatte eine höfliche Dankes-E-Mail für das nette Paket erhalten, auf das Daisy bestanden hatte. Die Kanzlei, für die Detective Sheas Freunde arbeiteten, hatte sich schnell um Eds Teil des Papierkrams gekümmert, nachdem Griffin seinen Anwalt beauftragt hatte, ihnen alles Benötigte zu geben. Kurz versuchte er, sich vorzustellen, wie er mit Detective Shea über den Fall quatschte, wurde jedoch von dem Gedanken an ihm im Hemd abgelenkt.

Griffin griff sich seinen Handschuh und den Baseball und drehte nervöse Runden um seinen Schreibtisch. Bei ihrem ersten Treffen hatte er eine gewisse Schwingung von dem Polizisten empfangen. Daisys Gaydar war besser als seins und auf dem Rückweg von Ed Kellys Haus in Tacoma hatte sie bestätigt, dass Shea und Griffin im gleichen Team spielten.

Was würde es schaden? Ein wenig flirten, eine Unterhaltung. Vielleicht würde ihn das aus der lächerlichen Krise reißen, in der er sich gerade befand.

Er griff nach dem Telefon, wählte Detective Jim Sheas Handynummer und klemmte es sich zwischen Schulter und Ohr.

War es zu früh? Zu spät? Mittagessenszeit? Befand er sich an einem Tatort? Wäre er genervt von dem Anruf? *Oh verdammt.* Griffin hätte das Telefon fast wieder hingeworfen, als ihn ein barsches „Jim Shea" daran hinderte.

„Detective Shea, Griffin Drake ... Hoffentlich störe ich nicht." Er räusperte sich.

„Äh. Nein, Sie stören nicht." Der Tonfall änderte sich nicht, sodass Griffin feststellen konnte, ob der Mann ihn beschimpfen und auflegen oder redselig sein würde. „Kann ich Ihnen irgendwie helfen?"

„Nun, ich schreibe heute, versuche, das Drehbuch für Sie und Mr. Kelly so in Form zu bringen, dass Sie es lesen können", log er, während er den Ball in die Luft warf und mit einer Drehung des Handgelenks wieder auffing. „Ich hatte einige Fragen, aber jetzt, wo ich genauer darüber nachdenke ... ich befinde mich in der LA-Drehbuchautoren-Zeitzone und Sie in ... der Mann-mit-einem-richtigen-Job-Zone."

Ein Geräusch drang aus dem Hörer. Möglicherweise die Version eines Lachens. „Vielleicht könnte ich Sie später zurückrufen", erwiderte Jim widerwillig. „Um sieben oder acht." Er seufzte. „Ehrlich gesagt weiß ich nicht, wann ich zu Hause sein werde."

„Irgendwann müssen Sie aber doch essen, oder?" Griffin spürte einen Geistesblitz aufsteigen. Sein Hirn war wie verknotet und er benötigte Inspiration. Ein Flug von LA nach Seattle war praktisch ein Katzensprung. „Ich lade Sie zu einem späten Abendessen ein."

„Ähmmm..." Detective Shea blieb eindeutig die Sprache weg.

„Ich kann gegen neun dort sein." Griffin öffnete seinen Computer und ging auf die gespeicherte Reisewebsite. „So lange werden Sie vermutlich mindestens an Ihrem Schreibtisch sitzen."

„Ich ... meinen Sie das ernst? Sie fliegen heute Abend hierher, um mit mir essen zu gehen?"

27

„Genau. Ich brauche einige Informationen und Sie etwas zu essen." Ein paar Klicks später buchte Griffin einen Flug. „Neun Uhr dreißig spätestens."

„Äh ... okay. Klar." Jim Shea war so sehr aus dem Konzept gebracht, dass Griffin fast Mitleid mit ihm gehabt hätte, allerdings nur fast, weil es seinem Ego so guttat.

„Super. Bis dann."

Bevor Jim wieder das Gleichgewicht erlangen konnte, legte Griffin schnell auf.

ALS GRIFFIN zum Flughafen fuhr, hatte er schon fast eine Gliederung fertiggestellt. Während keiner seiner üblichen Tricks funktioniert hatte, hatten vier Minuten mit Jim Shea am Telefon ausgereicht, sich ein wenig besser zu fokussieren. Das und ein wenig Google-Recherche über das glanzvolle Leben von James Michael Edward Shea, mit dem ausgefallenen Stammbaum, militärischen Ehrungen und zahlreichen Auszeichnungen als Officer des Jahres.

Griffin war beeindruckt und ein wenig eingeschüchtert. Die Mitglieder seiner eigenen Familie waren wirklich keine Versager, aber wenn man sie googelte, würde bei keinem von ihnen mehr auftauchen als Todes- und Heiratsanzeigen. Die Drakes aus Albany, New York, wurden für gewöhnlich geboren, heirateten, vermehrten sich und starben. Den Großteil ihres Berufslebens blieben sie einfache Arbeiter.

Nur Griffin hatte beschlossen zu gehen. Sein Vater war bereits verwirrt genug über seinen einzigen Sohn – nach acht Töchtern hatte er keine Ahnung, was er mit einem Jungen anfangen sollte, noch dazu einem schwulen – aber stolz. Treu hatte er sich jeden von Griffins Filmen im Kino angeschaut und die DVDs gekauft, obwohl Griffin ihm versichert hatte, dass er sie gratis bekommen könnte. Er hängte Ausschnitte aus *Variety and Entertainment Weekly*, in denen Griffins Name oder Filme erwähnt wurden, an den Kühlschrank, zwischen die Bilder der Enkelkinder und Flyer der örtlichen Schulen für bevorstehende Autowaschaktionen zu wohltätigen Zwecken.

Griffin, der komische Vogel. Griffin, der schwule Drehbuchautor, der in Hollywood lebte. Griffin, der Kerl, der in seiner besten Jeans, einem weißen Hemd, Boots und Gel im widerspenstigen braunen Haar, auf dem Weg zum Flughafen war. Er hatte seine Kontaktlinsen eingesetzt, eine Reisetasche mit Wechselsachen und seinen Laptop dabei. Und er hatte kein Ticket für den Rückflug gekauft.

Er behandelte das Treffen wie ein Date. War ungewohnt mutig.

Er bezweifelte zwar ernsthaft, dass Detective Jim Shea Interesse haben würde, aber es war schön, so zu tun als ob.

AM FLUGHAFEN nahm sich Griffin ein Taxi. Mit wachsender Nervosität überprüfte er sein iPhone auf Nachrichten, Textmitteilungen und andere Ablenkungen.

Wirklich? Ernsthaft? Ein riesiger Cop, mit dem er zusammenarbeitete? Für ein *Essen* nach Seattle fliegen? Woher zur Hölle war das gekommen? Ein möglicher Vorgeschmack auf die Freiheit ohne Bright Sides Würgegriff und plötzlich jettete er (na gut, mit Meilen für die Businessclass) Richtung Norden, um jemandem den Hof zu machen.

Das war so sehr Daisys Fachgebiet.

Er wählte ihre Handynummer und beobachtete vom Rücksitz, wie Seattle vorbeiflog. Nervös wackelte er mit den Knien.

Seine Handflächen schwitzten.

„Halllooo. Wo bist du?" Daisys vertraute Stimme drang aus dem Hörer. Dem verrückten Trillern nach zu urteilen, hatte sie früh mit der abendlichen Cocktail-Therapie begonnen.

„Seattle."

„Oh, die Antwort habe ich nicht erwartet. Was ist los? Es gibt doch keinen Ärger wegen des Films, oder?" Panik sickerte in ihre Stimme. Bisher hatten sie die Sache vor Bright Side verschwiegen, hatten nicht mit dem Studio in Verbindung stehende Anwälte und eine Scheinfirma benutzt. In diesem Business gab es jedoch für nichts eine Garantie, vor allem nicht in Sachen Verschwiegenheit.

„Nein, nein. Ich war nur … ich hatte eine kleine Schreibblockade und mir gedacht, ich rufe Detective Shea an und …"

Daisy brach in Kichern aus.

„Warum ist das lustig?" Griffin blickte sein Spiegelbild im Taxifenster böse an.

„Weißt du, ich verstehe ja, dass er heiß ist und diese ganze Machoausstrahlung hat, auf die du abfährst, aber nach Seattle zu fliegen? Das ist eine telefonische Verabredung zum Sex."

„Wir werden über den Film reden. Beim Essen."

„Aha."

„Wir brauchen ihn auf unserer Seite, Daisy. Er muss hinter dem Film stehen oder Ed Kelly steigt aus. Das weißt du." Da er sich selbst nicht überzeugen konnte, war es erst recht unmöglich, sie zu überzeugen. Aber er würde eher sterben, als zuzugeben, dass es sich um eine Verabredung zum Sex handelte.

„Ich weiß. Aber ist es eine gute Idee, jetzt mit ihm zu schlafen?"

„Ach, hör auf! Es ist nur ein Essen. Du hast ihn doch kennengelernt. Ich vermute, er ist kein Mann, der gleich beim ersten Date aus der Hose steigt …"

„Du hast Date gesagt! Du hast Date gesagt!"

„Ich werde jetzt auflegen."

„Benutze ein Kondom und sei bitte gut in der Kiste. Wenn du schlecht bist, wird er verbittert sein und das können wir uns nicht leisten." Sie kicherte und legte nach einem Schwall Küsschen auf.

Das Taxi hielt vor der Wache und Griffin schlug die Stirn gegen die Scheibe. Keinerlei Druck.

6

HEUTE WAR Jim Sheas fünfundvierzigster Geburtstag.

Der heterosexuelle Ordnungshüter-Kabale-Zirkel hatte ihn am Abend zuvor zum Essen eingeladen und ihm ein Set teurer und hübscher Golfschläger geschenkt. Auf beiden Seiten der schicken grünen Tasche war sein Name eingestickt. Ein wohlüberlegtes Geschenk, das mit Sicherheit von allen diskutiert und mit großer Sorgfalt ausgesucht worden war.

So gut er konnte, gab er sich gleichermaßen ruppig und dankbar.

Terry und einige ranghohe Polizeibeamte gingen mit ihm in der Mittagspause in ihre Lieblingsspelunke und ließen ihn nicht für seine Hühnerpastete und den Eistee zahlen.

Die ehemalige Sekretärin seines Vaters, die sich immer noch um die Privatangelegenheiten kümmerte, schickte eine steife, formelle Geburtstagskarte und einen Scheck, so wie damals, als Jim sechzehn und im Internat gewesen war. Das rief eine Menge Erinnerungen hervor.

Er zahlte den Scheck ein und stellte sofort einen über den zweifachen Betrag aus, den er an Bens Frau, Liddy, schickte. Er bat sie, ihn für einen Klienten zu verwenden, der juristischen Rat benötigte, aber kein Geld für eine Vorauszahlung besaß.

Ed Kelly schickte ihm eine Karte mit einem Beagle, der einen Geburtstagshut trug. Darin stand nichts Sentimentales oder Süßes, sondern einfach nur ein Danke in Eds Sauklaue.

Diese Karte steckte sich Jim in die Jackentasche.

Der Rest des Tages bestand aus einer Leiche, die im Swimmingpool eines verlassenen Hauses trieb und einer Messerstecherei in einem Obdachlosenheim, nach der Jim sich eine andere Hose anziehen musste.

Es gab nichts Besseres als Leichen und Körperflüssigkeiten, um wieder in die Realität zurückbefördert zu werden.

Dann … überrumpelte ihn der Anruf von Griffin Drake. Jim ließ sich nie überrumpeln, war immer angespannt und vorausschauend. Aber der Drehbuchautor hatte im richtigen (oder falschen?) Moment angerufen, um ihn zum Essen einzuladen und Jim hatte zugesagt. Und so würde er seinen fünfundvierzigsten Geburtstag verbringen.

„Heilige Scheiße", murmelte er, als Terry seine Sachen zusammensuchte und gehen wollte.

„Du könntest heute zum Essen zu uns kommen." Sein Partner glaubte offenkundig nicht an die „mit jemandem ausgehen" Geschichte.

„Wir waren gestern Abend zusammen essen. Hast du noch nicht genug von mir?"

„Seinen Geburtstag alleine zu verbringen ist traurig und deprimierend."

„Ich habe dir doch gesagt, dass ich etwas vorhabe." Jim räumte auf seinem Schreibtisch herum und staubte sein Telefon ab. Dann schaute er auf die Uhr und versuchte, Terry durch die Kraft seiner Gedanken, dazu zu bringen, so schnell wie möglich durch die Tür zu verschwinden.

„Echte oder vorgetäuschte Pläne?"

„Echte." Und als hätte der Drehbuchautor das alles geplant, begann in genau dem Moment Jims Handy zu klingeln, als Fredericks aus der zweiten Schicht zu ihnen kam und verkündete, dass Jim Besuch habe.

„Tatsächlich echte Pläne!", stieß Terry aus. Er wirkte gleichermaßen selbstzufrieden und überrascht.

„Geh nach Hause. Bitte", bat Jim leicht verzweifelt und drehte seinen Stuhl, bevor er den Anruf annahm. Als ob Terry ihn nicht hören könnte, wenn er ihn nicht sah.

Natürlich vernahm er, wie Terrys Aktentasche wieder auf den Tisch gestellt wurde und sein Partner es sich gemütlich machte.

Oh Mann.

„Jim Shea", bellte er. Die Stille am anderen Ende verriet ihm, dass es tatsächlich Mr. Drake war.

„Äh, Griffin Drake. Ich stehe unten ..."

„Okay. Ich bin in einer Minute da." Mit der freien Hand fuhr Jim schnell seinen Computer hinunter und sammelte seine Sachen zusammen. Sein Gesicht war vor Verlegenheit heiß, weil sowohl Terry als auch Frederick ihm dabei zusahen. „Warten Sie einfach am Empfang auf mich."

„In Ordnung." Der Mann klang etwas nervös und bedauerte seine Reise nach Seattle zum Abendessen sicherlich bereits.

Jim gelobte sich, den ganzen Abend lang sein bestes Benehmen zu zeigen, wenn er nur ohne eine peinliche Szene aus dem Gebäude kam.

In einer einzigen schnellen Bewegung legte er gleichzeitig auf und erhob sich. Als er nach seiner Jacke griff, wich er Terrys belustigtem Blick aus.

„Hey, ich begleite dich nach draußen.".

Jim starrte ihn an. „Du bist unverschämt."

„Ich bin *neugierig*." Terry hielt mit ihm Schritt und gemeinsam verließen sie das Büro.

„Es ist kein Date, nur dieser Autor. Wir werden uns lediglich über den Film unterhalten."

„An deinem Geburtstag."

„Das weiß er nicht." Jim drückte den Knopf für den Eingangsbereich.

„Er hat also zufällig ausgerechnet heute angerufen und du hast zugesagt, weil du tatsächlich an deinem Geburtstag nichts vorhattest." Terry schüttelte den Kopf. „Wirklich Jim, wir müssen echt was wegen deines Soziallebens unternehmen."

„Ich will kein Sozialleben." Die Türen glitten auf und Jim verkrampfte sich, als er mit den Augen nach Griffin Drake suchte. Er stand am Empfang und wirkte tatsächlich wie ein Mann, der seinen Plan bedauert.

„Mr. Drake?", rief Jim und entfernte sich mit einem knappen „Nacht", von Terry. Mit Sicherheit würde er morgen ins Kreuzverhör genommen werden, doch jetzt wollte er einfach nur diesen Kerl schnell von hier wegbringen.

„Detective Shea." Griffin Drake streckte ihm vorsichtig die Hand entgegen. „Hoffentlich bin ich nicht zu früh."

„Nein, nein. Perfektes Timing. Lassen Sie uns gehen. Ich kenne ein Restaurant ganz in der Nähe", plapperte Jim los und drängte Mr. Drake Richtung Tür.

„Nacht, Jim!", rief ihm Terry fröhlich hinterher. Sie waren fast in Sicherheit, da fügte Terry ein „Happy Birthday!" hinzu.

Jim zuckte zusammen. Erwischt.

Als sie in die kalte Abendluft hinaustraten, wandte sich Griffin mit überraschter Miene Jim zu. „Sie haben heute Geburtstag? Das hätten Sie mir sagen sollen. Dann hätte ich mich doch niemals aufgedrängt …"

Jim schnitt ihm das Wort ab, zog die Schlüssel aus seiner Tasche und drückte den Knopf. Beim Näherkommen antwortete sein Truck mit einem bestätigenden Piepton. „Hören Sie, ich werde ehrlich sein. Ich habe nichts vor. Das können Sie gerne in ihren Film einbauen –Workaholic-Detective hat an seinem Geburtstag nichts vor", meinte er, während er die Beifahrertür öffnete. Er ließ den Blick einen kurzen Moment auf dem Gesicht des jungen Mannes ruhen und war betroffen von dem unerwünschten Verständnis. „Das ist doch eine gute Eigenschaft, oder?"

„Es ist ein Klischee und von denen will ich weg", erwiderte Griffin breit lächelnd. „Und genau genommen haben Sie an Ihrem Geburtstag etwas vor. Wir gehen zusammen essen."

„Geschäftlich …"

„Kumpel, ich bin aus Hollywood. Ich kann Geschäft und Vergnügen bestens miteinander verknüpfen."

Jim tat so, als würde er wegen eines plötzlichen Fiebers so rot anlaufen und nicht, weil er bezaubert war.

JIM WOLLTE in ein Diner in der Nähe der Wache gehen, das ihm gefiel, doch Griffin Drake legte sofort sein Veto ein. Er begann, die Tasten seines iPhones zu drücken, murmelte hin und wieder vor sich hin und dirigierte Jim dann in ein gehobeneres Viertel, in das er sich nicht allzu oft wagte.

„Hier?"

„Halten Sie am Bordstein. Der Wagenmeister erwartet uns."

„Wagenmeister?"

Griffin schaute ihn im schwachen Licht der Innenbeleuchtung an. Jim erkannte die Intelligenz in den dunklen Augen. Die gerunzelte Stirn ließ sich leicht deuten: Jim war aufgeflogen. Dieser Mann war Schriftsteller und kannte sich mit Recherchen aus. Er wusste also, dass Jim Shea nur allzu genau wusste, welche Gabel man in einem Restaurant wie diesem benutzte.

„Für einen derartigen Ort sind wir vermutlich nicht angemessen gekleidet …", unternahm er einen letzten Versuch. Griffin grinste.

„Gut, dass Sie einen Anzug zur Arbeit tragen und ich eine schwarze American Express Karte zücken werde", erwiderte er trocken und öffnete die Tür.

Jim hatte ganz eindeutig sowohl die erste als auch die zweite Runde des Abends verloren.

Innen war es dunkel und ruhig, voller gemurmelter Gespräche und dem Klirren von Gläsern, während Kellner um die dicht stehenden Tische herumwuselten. Vollständig schwarz gekleidet wirkten sie wie Geister, die die Räume mit Serviertellern voller köstlich riechender Speisen heimsuchten. Das modelähnliche Mädchen am Eingang nahm zwei Speisekarten und führte sie von den dicht nebeneinanderstehenden Tischen nach hinten in eine Nische, in der sie ihre Privatsphäre hatten.

Jim versuchte, nicht körperlich zu reagieren. War das hier ein Date? Das war kein Date. War der Kerl schwul? Ja, mit ziemlicher Sicherheit war der Kerl schwul und auf *ihn selber* traf das definitiv zu. Aber das hier war doch kein Date? Oder? Das konnte kein Date sein.

„Ihr Kellner für heute Abend ist Raul. Er wird gleich bei Ihnen sein", erklärte sie sanft, während Griffin in die Nische glitt und in der Mitte wartete, dass Jim es ihm nachtat.

Jim war sich bewusst, dass er nur eine Millisekunde davon entfernt war eine Szene zu machen und nahm Platz.

„Danke", sagte Griffin charmant mit jungenhaft verstrubbelten Haaren. Er öffnete die Speisekarte, sah dann hoch und bemerkte, dass Jim sich nicht rührte. Mit zwei Fingern klopfte er auf das Deckblatt.

„Bestellen Sie, was Sie wollen. Ich werde es absetzen. Schließlich ist das im Grunde genommen ein Geschäftsessen."

Etwas an der Art, wie er es sagte, löste ein Ziehen in Jims Magen aus und ließ ihn kribbelig werden.

„Und es ist Ihr Geburtstag."

„Die Kellner hier singen aber nicht, oder? Oder bringen einen Haufen Eis mit Wunderkerzen?" Jim widerstand dem Drang, sich am Kragen zu ziehen.

„Das bezweifle ich sehr. Aber, wenn Sie lieber woanders hin …"

33

„*Nein.*" Jim nahm die Speisekarte und kniff die Augen zusammen, um die extravagante Schrift besser lesen zu können. Verzweifelt suchte er nach dem Wort „Steak."

Schweigend saßen sie da, bis sich Raul, die Hände hinterm Rücken verschränkt, an ihrem Tisch materialisierte.

Bevor Jim auch nur ein Wort herausgebracht hatte, bestellte Griffin eine Flasche teuren Wein, Steak mit sämtlichen Beilagen (aber auf Französisch) und als Vorspeise Lachs-Forellen-Tatar und Kaviar.

Jim klappte die Kinnlade runter. Raul dampfte wieder ab.

„War das dreist?", wollte Griffin plötzlich wissen und lehnte sich erst in seinem Stuhl zurück, um sich dann Richtung Tisch vorzubeugen. Jim entdeckte ein winziges Zucken unter seinem linken Auge. „Das war dreist, stimmt's? Ich bin etwas nervös."

„Warum?"

„Eigentlich bin ich nicht so ... mutig."

„Mutig?"

„Ist Ihnen mal aufgefallen, dass Sie vorwiegend durch Starren und Einwortsätze kommunizieren?"

„Ich ... manchmal." Jim versuchte, sich zu erinnern, wann seine Schutzmauer vollständig verschwunden und er schwitzend im Dunkeln zurückgelassen worden war. Vielleicht erzeugte auch die winzige Kerzenscheibe in der Tischmitte viel zu viel Hitze. „Diese ganze Filmsache ist seltsam, okay? Mit jemandem Essen zu gehen ist ebenfalls seltsam", gestand er widerstrebend und begann mit den Fingern auf dem Tisch zu trommeln.

„Das ist ..."

„Armselig?"

Griffin zuckte mit den Schultern. „Ich verbringe viele Abende mit Lieferservice-Essen vor dem Laptop. Der Großteil meines Soziallebens besteht darin, auf Filmpremieren die Begleitung meiner besten Freundin zu spielen. Das klingt glamourös, läuft aber in Wirklichkeit nur auf Rumstehen und nicht genug zu essen bekommen heraus."

Jim hob eine Augenbraue. „Ist das hier ein Wettbewerb?"

Grinsend legte Griffin die Ellenbogen auf den Tisch. „Wann sind Sie zum letzten Mal Lebensmittel einkaufen gegangen?"

Jim öffnete den Mund.

„Und haben dabei mehr als nur für Abendessen und Frühstück gekauft?"

Schnell klappte Jim den Mund wieder zu. Griffin lachte.

Als die Vorspeisen – winzige Tellerchen mit teurem Fisch – kamen, hatte Jim Schwitzen und Stress überwunden und genoss Griffin Drakes Gesellschaft beinahe.

Und gestand sich selbst ein, dass es ihm überhaupt nichts ausmachen würde, wenn das hier zu einem Date wurde.

7

GRIFFIN STECKTE in Schwierigkeiten. Nicht die Art Schwierigkeiten, bei denen man um Hilfe ruft, sondern die Art, bei der man sich bekreuzigt, um sich dann direkt hineinzustürzen.

Detective Jim Shea, 1,95 Meter groß, mit kantigem Kinn und Augen in einer Blauschattierung, zu dem ihm nichts Kreatives einfiel. Himmel, was für ein Schriftsteller war er eigentlich? Richtig, einer, der einem Satzglied gegenübersaß, Teil eines großen Puzzles war und fast in seine Crème brûlée sabberte.

Sie redeten nicht viel. Detective Shea tat das hier eindeutig nicht sehr oft. Griffin ebenfalls nicht. Allerdings war er der geborene Redner, ein sozialer Schmetterling, der jede Vorstellung vom einzelgängerischen, nicht kommunikativen Schriftsteller zunichtemachte. Zwar trank er gerne, versuchte jedoch, das nicht alleine zu tun.

Was erklärte, warum der Boden der Weinflasche so schnell sichtbar wurde.

„Möchten Sie noch etwas?", fragte Griffin. Wie ihm sehr wohl bewusst war, hatten sie weder den Kelly-Fall noch irgendetwas damit Zusammenhängendes angesprochen und nur Small Talk über ihre jeweilige Stadt und über Sport gemacht. Er überlegte sich bereits Ausreden, um das zu wiederholen – und den Abend noch etwas zu verlängern.

„Ähm, ich sollte wohl besser eine Kanne Kaffee trinken." Jim Shea wischte sich mit der Leinenserviette den Mund ab und legte sie dann zurück auf seinen Schoß. Einerseits war es eine völlig natürliche Bewegung. Auf der anderen Seite hätte Griffin ihm am liebsten die verkrampften Schultern massiert. „Und hinterher nicht selber fahren." Bedauernd betrachtete er das leere Weinglas. „Kein kluger Schachzug."

„Ich würde ja anbieten, zu fahren, aber dann müssten Sie mich anhalten", meinte Griffin und fügte in Gedanken hinzu *und eine Leibesvisitation durchführen*. „Lassen Sie uns den Kaffee trinken und dann … vielleicht eine Runde spazieren gehen? Einen klaren Kopf bekommen."

Jim nickte und blickte sich nach dem Kellner um. Das verschaffte Griffin einen ausgezeichneten Blick auf das kantige Profil und den eines Filmstars würdigen Kiefer. Wenn der Kerl nicht so steif wäre, könnte er einen sündhaft heißen Hauptdarsteller abgeben.

Raul materialisierte sich und Jim bestellte eine Kanne Kaffee. Griffin fuhr sich mit den Händen durchs Haar und rieb das klebrige Gel diskret an der auf seinem Schoß liegenden Serviette ab.

Echt vornehm. Er war eine Klasse für sich. Und froh, dass es hier so verdammt dunkel war.

„Danke", stieß Jim plötzlich aus. Es war eine regelrechte Geräuschexplosion. „Für dieses Essen und dafür, dass wir nicht über die Arbeit reden. Der Abend ist netter, als ich gedacht hätte."

Griffin schaute den Polizisten überrascht an. Dann lächelte er, völlig mit sich zufrieden. „Gut zu wissen. Ich hatte geplant, Sie mit billigem Imbissfraß zu Tode zu foltern, aber das hier ist viel schöner", scherzte er und stützte die Ellenbogen auf den Tisch. „Aber mal im Ernst. Ich bin froh, dass ich Ihnen zu einem anständigen Geburtstagsessen verhelfen konnte. Sie haben es verdient."

Jims attraktives Gesicht verriet nicht viel Zustimmung. Er wirkte verlegen, als wolle er widersprechen, wenn das nicht unhöflich wäre.

„Kommen Sie schon, hören Sie auf, mich so anzusehen. Ich habe meine Schriftstellerfähigkeiten bei Google eingesetzt und bin ehrlich gesagt überrascht, dass es nicht eine Menge Leute gibt, die eine Party für Sie schmeißen."

Jim senkte den Blick. „Danke. Nett, dass Sie das sagen", erwiderte er steif.

Bevor einer von ihnen unter den Tisch kriechen konnte, kam der Kaffee.

Während Griffin beobachtete, wie Jim den Kaffee eingoss, begannen seine Handflächen zu jucken. Der französische Wein, der Abend, die Dunkelheit – das ließ ihn unvernünftig und mutig werden. „Warum glauben Sie das nicht?"

„Was?"

„Warum glauben Sie nicht, was ich gesagt habe? Soweit ich weiß, sind Sie beliebt. Werden respektiert. Sind erfolgreich. Es mangelt Ihnen weder an Geld noch an gutem Aussehen." Er kaute auf seiner Wangeninnenseite, nachdem ihm das letzte Wort entschlüpft war. „Ich weiß nicht, warum ich mich schlecht fühlen soll, wenn ich Ihnen Komplimente mache."

Jim rührte völlig unnötig aggressiv seinen Kaffee um. Als er mit dem Löffel gestikulierte, flogen winzige Tröpfchen über den Tisch. Griffin bekämpfte den Drang zu lachen.

„Ich mag keine Komplimente."

Griffin gab den Kampf auf. „Was? Das ist … Was heißt das? Wenn ich sage: ‚Hey Jim, schöne Schuhe', ist das dann ein Problem?"

„Ich traue ihnen nicht."

„Warum?"

„Ich weiß es nicht. Ich weiß es einfach nicht."

„Auf Partys sind sie bestimmt eine echte Stimmungskanone."

„Ich gehe nicht auf Partys."

Griffin verdrehte die Augen. „Keine Partys, keine Komplimente. Jetzt verstehe ich den Mangel an Dates."

Jims Schultern zogen sich bis zu den Ohren hoch und seine Augen wurden in dem dämmrigen Licht dunkel. Griffin befürchtete, sich eventuell unter dem Tisch neu ausrichten zu müssen. „Wer sagt, dass ich keine Dates habe?"

„Eine wohlbegründete Vermutung."

„Haben *Sie* Dates?"

„Gelegentlich." Wenn Daisy ihn zwang.

Jim schien schachmatt zu sein. Er wollte sich eindeutig Zeit verschaffen, indem er einen Schluck Kaffee trank. Griffin genoss die angespannte Stille.

Ein Jim, der sich im Griff hatte, war heiß. Ein leicht aus dem Lot geratener Jim war an der Grenze zu sittenwidrig.

„Warum haben Sie keinen Freund?" Jims „Aha" war beinahe hörbar.

„Will keinen", antwortete Griffin lässig.

„Niemals?"

„Ich will den Richtigen."

„Hochfliegend." Jim schüttelte den Kopf. „Unrealistisch."

„Eine Beziehung mit der richtigen Person? Warum ist das unrealistisch? Sie kennen doch mit Sicherheit Leute, die glücklich miteinander sind."

„Ein paar."

„Okay. Sie haben also eindeutig die richtige Person gefunden. Warum glauben Sie nicht, dass ich das auch könnte?"

„Ich habe nicht gemeint, dass *Sie* das nicht können."

„Sie haben gesagt ..."

„Ich meinte nur, dass es schwer ist, Menschen kennenzulernen, ganz zu schweigen von der richtigen Person."

Griffin griff in seine Tasche und zog sein iPhone hervor. „Einen Moment, lassen Sie mich nur schnell diese Weisheiten aufschreiben. Ich werde sie für meine nächste romantische Komödie nutzen."

Als Jim das Gesicht verzog, lachte Griffin auf. Laut. Himmel, vielleicht sollte er auch eine Tasse von dem Kaffee trinken, bevor er frech wurde. Noch frecher.

„Sie sollten es mit Kontaktanzeigen versuchen", zog ihn Griffin auf. „Wo-sich-Männer-treffen-dot-com."

„Seien Sie ruhig", murmelte Jim und begann erneut in seinem armen misshandelten Kaffee zu rühren.

„Vielleicht spricht gerade die Flasche Wein aus mir – möglicherweise auch die zweite – aber ich kann nicht glauben, dass Sie, wenn Sie auf der Straße unterwegs sind, nicht ungefähr zwanzig Mal am Tag angemacht werden, Detective Shea. Wenn ich Sie mit auf eine Party in meiner Gegend nehmen würde ..."

„Würde ich die ganze Zeit Menschen wegen des Besitzes unerlaubter Substanzen hochnehmen", beendete Jim den Satz.

„Hey ... nicht die *ganze* Zeit."

„Sie nehmen keine?"

Griffin überlegte. „Werden Sie mich verpfeifen, weil ich letztes Jahr auf dem Sundance Festival einen Joint geraucht habe?"

„Das lasse ich Ihnen dieses eine Mal durchgehen", meinte Jim trocken.

„Dann bin ich sauber. Ich mag meinen Wein. Ich mag meine Wodka Tonics, das gelegentliche Bier zu meinem Fleisch. Ich nehme keine Drogen. Ich rauche nicht, gehe nicht bei Rot über die Straße und fahre auf den Autobahnen nur so schnell, wie es das Gesetz in Südkalifornien erlaubt."

„Das hört sich nach einem tollen Mann an. Warum werden *Sie* nicht zwanzig Mal am Tag angemacht?"

Eindeutig das, was bei Detective Shea einem Flirten am nächsten kam. Griffin war begeistert.

„Nun", Griffin deutete auf sein Gesicht, „nicht direkt filmstar- oder modellmäßig. Dort wo ich lebe, würde das helfen. Wenn ich flachgelegt werden will, muss ich einfach nur in einen Starbucks marschieren und verkünden, dass ich Drehbuchautor bin. Dann habe ich die Auswahl zwischen Möchtegernschauspielern, einem Kopfschuss und Drehbuchentwürfen."

Jim runzelte die Stirn. „Sie sind sehr ... Sie sehen ..." Er schnaubte. „Das ist dumm."

„Was ist dumm? Ich habe nicht gesagt, dass ich hässlich bin. Verdammt, wahrscheinlich würde ich bestens klarkommen, wenn ich an einen weniger verlockenden Ort ziehe."

„Wie wollen Sie die richtige Person finden, wenn Sie glauben, dass alle Sie nur benutzen wollen?"

Griffin hatte nichts, mit dem er herumspielen konnte. Er wünschte, er hätte die Tasse nicht abgelehnt, als der Keller den Kaffee abgestellt hatte. Jetzt hätte er gerne eine Tasse voll – und einen Löffel zum Umrühren. „Ich glaube, es hat mir besser gefallen, als Sie noch in Einwortsätzen und Starren gesprochen haben", antwortete er schließlich und lächelte. „Und wie lautet Ihre Ausrede?"

„Ich ..." Jim verstummte und schien tatsächlich über eine ehrliche Antwort nachzudenken. „Ich bin nicht gut darin. Ich suche mir die falschen Leute aus. Ich sage die falschen Dinge. Ich bin besser mit ... weniger Worten, viel Starren."

„Keine Essen auswärts, Arbeit bis spät abends, alleine verbrachte Geburtstage." Griffin trommelte mit den Fingern auf die dunklen Schatten der Tischdecke. „Scheiße."

„Vielleicht. Oder es ist einfach, was es ist."

„Wenn ich Daisy irgendetwas davon erzähle, wird sie alles tun, um Sie zu verkuppeln." Daisy wäre entsetzt über die fehlende Romantik in Jims Leben. *Entsetzt.*

Jim schien Panik zu bekommen. „Bitte tun Sie das nicht oder ist das so ein wie-ein-altes-Ehepaar-wir-teilen-alles-Deal?"

„Wow, gute Idee."

„Warum heiraten *Sie* sie nicht?"

„Nun, zum einen ist sie bereits verheiratet, allerdings unglücklich. Zum anderen sind ihre weiblichen Teile für mich nicht von Interesse."

„Unglücklich also?"

„Ja." Griffin wurde nervös. Vielleicht sollte er besser die Klappe halten und um die Rechnung bitten. Über sein eigenes Liebesleben zu reden war geringfügig ungefährlicher, als sich das Maul über Daisys zu zerreißen. Nicht, dass Jim sich gleich entschuldigen würde, um *TMZ* anzurufen, aber trotzdem. „Eigentlich schon lange. Es ist kompliziert."

Er schaute Jim an, der eindeutig auf mehr wartete.

„Ihm gehört das Studio, für das ich arbeite. Bright Side." Griffin bemühte sich, die Worte nicht unfreundlich klingen zu lassen. Jim – und damit Ed Kelly – abzuschrecken, wäre ein Desaster.

„Er ist also an Eds Film beteiligt?"

„Nein. Das ist ein Nebenprojekt von Daisy und mir." *War das zu schnell? Zu offensichtlich halb gelogen?*

„Ich habe keine Ahnung, was das bedeutet."

„Wie ... ein Halbtagsjob."

„Wie Zeitungen austragen."

„Ja genau, Sie sind für mich ein Austrägerjob."

„Nein. Ed ist für Sie ein Austrägerjob. Ich bin Old Man Jenkins aus Sponge Bob, der Sie anschreit, seinen Rasen zu verlassen."

Ein flirtender und Witze reißender Jim. Oder ein Witz ähnliche Statements machende Jim. Griffin biss sich auf die Lippen und schaute sich nach dem schwer greifbaren Raul um, der den Tag rettete, in dem er auftauchte, um dann mit der begehrten schwarzen Amex zu verschwinden.

Jim beobachtete ihn vorsichtig und belustigt über den Tisch hinweg.

„Ich denke nicht, dass ich schon nüchtern genug bin", erklärte Griffin leicht angespannt. „Ich werde Sie wegen des Spaziergangs beim Wort nehmen."

„Gute Idee."

Griffin starrte in die Schatten. Seitenblicke verrieten ihm, dass Jim ihn musterte.

„Wann geht Ihr Rückflug?"

Griffin drückte einen Moment lang die Zunge gegen den Daumen. „Ich habe noch kein Ticket. Ich wollte es spontan entscheiden."

Jim verstummte. „Haben Sie ein Hotelzimmer?"

„Nee."

Noch mehr Schweigen.

Raul legte die schicke schwarze Ledermappe auf den Tisch und Griffin machte sich daran, ein protziges Trinkgeld zu geben und schwungvoll zu unterschreiben.

„Lassen Sie uns gehen", forderte ihn Jim auf, erhob sich bereits und klopfte seinen Anzug ab.

„Frische Luft wird mir guttun", murmelte Griffin.

Dem Geruch nach frischer Luft, Freiheit und Privatsphäre folgend, fanden sie den Weg aus dem dunklen Labyrinth heraus. Zumindest richtete sich Griffin danach. Jim setzte vermutlich einfach nur seine Polizisteninstinkte ein.

Nur nicht zu hoch pokern: Vielleicht hatte Jim mit der Frage nach dem Hotelzimmer nur höflich sein wollen.

Der Wagenmeister kam sofort zu ihnen geeilt, als sie in die kühle, klare Nachtluft traten. Griffin holte tief Luft, als Jim dem Mann erklärte, dass sie nur kurz um den Block gehen und gleich zurück sein würden.

Begleitet wurde der Satz von einer Zwanzig-Dollar-Note. Dann marschierte er los. Griffin verfiel in einen unbeholfenen Joggingschritt, um ihn einzuholen.

„Gehen Sie nicht ohne mich", bat er. Jim verlangsamte sein Tempo etwas und schaute ihn überrascht an.

„Tut mir leid." Er schüttelte den Kopf und lachte verlegen. „Anscheinend habe ich vergessen, wie man gemächlich geht."

„Wollen Sie sich gemächlich auf mich stützen?" Griffin betrachtete den tief im Schatten liegenden Eingang eines geschlossenen Geschäfts.

„Ich weiß nicht, ob ich davon einen klaren Kopf bekomme."

Noch mehr Flirten. Griffin drückte ihn gegen die Backsteinwand des Geschäfts.

„Ach scheiß drauf", meinte er, als sie gegeneinanderprallten. Jim fing sein Gewicht ab und stieß mit dem Rücken gegen die Wand, als Griffin ihn zu küssen begann.

Trotz seiner Überraschung war Jim offenkundig geistesgegenwärtig genug, Griffin festzuhalten und gleichzeitig den Mund zu öffnen.

Treffer.

Volltreffer, weil sich Jims steinharter Körper unter dem traurig grauen Anzug genauso gut anfühlte wie in Griffins Vorstellung. Sein Mund war ebenso gut, oder eher großartig und am wichtigsten: willig.

Sie waren ungefähr gleich groß, da Griffins Stiefel den Unterschied ausglichen. Das machte er sich zunutze, ein bisschen fester zu drücken, ganzer Körper gegen ganzen Körper, das Konzentrieren auf diesen ersten, rasenden Kuss, wenn zwei Menschen ihre Münder zum ersten Mal zusammenbringen.

Griffin wechselte in den gemächlichen Modus und gab alles, damit Detective Shea nicht nur einen tollen Geburtstag hatte, sondern auch weiterhin an Bord ihres kleinen Projekts blieb.

Er war der ultimative selbstlose Mann, als er mit beiden Händen Jims Aufschläge packend, mit der Zunge die Mundhöhle des Detectives erforschte. Das Bein gleiten lassen, den Oberschenkel zwischen stahlharte Beine zwängen ... alle Bewegungen funktionierten und Jim schien ihn nicht herumreißen und ihm die Lichter ausknipsen zu wollen.

Es fühlte sich alles richtig gut an, sogar als Jim den Kopf zu einer Seite neigte, um kurz Luft zu holen.

Griffin spannte sich kurz an und wartete auf die Zurückweisung, doch nichts folgte, außer Jims Hände, die sein Gesicht in den perfekten Winkel neigten, bevor das Küssen wieder einsetzte.

Himmlisch.

Griffin drückte etwas mehr, bis sie bündig aneinander standen, sich ihre Gürtelschnallen duellierten und ihre Erektionen wuchsen. In einer unmöglich missverstehenden Geste ließ Jim die Hände hinab zu Griffins Hintern gleiten.

Um sich nicht ausstechen zu lassen, benutzte Griffin welche Muskeln er auch immer im Fitnessstudio aufgebaut hatte, zog Jims Hüften nach vorne und verstärkte seine Bewegungen.

Jim tauchte erneut auf, um Luft zu holen, und warf ihm einen interessanten Blick zu.

Rätselhaft. Ein wenig besorgt. Ausgesprochen erregt. Griffin drückte Jims Hintern ein wenig fester und strich mit den Fingern über den Saum der ebenfalls traurig grauen Hose.

Jim stöhnte leise auf und Griffin wünschte sich einen Geist herbei, der ihm drei Wünsche erfüllte: ein Bett, ein Kondom und eine Tube Astroglide.

„Lass uns hier verschwinden. Du bist doch nüchtern, oder? Weil ich jetzt nämlich richtig, richtig nüchtern bin", schwafelte Griffin los, ohne eine Antwort zu erwarten. Er senkte den Kopf, um sich dem Stück nackter Haut direkt über Jims Kragen zu widmen.

„Äh, du wirst mich loslassen müssen", stellte Jim mit schwacher Stimme klar, legte die Hände auf Griffins Schultern und drückte ihn leicht von sich weg.

Beide schwer atmend, standen sie ungefähr dreißig Zentimeter voneinander entfernt. Griffin versuchte, sein Gleichgewicht wieder zu erlangen. Ein vergeblicher Versuch, der dadurch unterbrochen wurde, dass er versuchte, seine riesige Erektion mit dem Jackensaum zu bedecken und sich das Haar aus den Augen zu streichen.

Blödes Gel. Vierundzwanzig Dollar für eine Tube dieses Mists und hielt dann nicht mal dem Rummachen mit einem unglaublich heißen Kerl stand. Er würde einen Brief an … irgendwen schreiben. „Okay, lass uns gehen. Nicht, dass du noch deine Meinung änderst."

Mit zittrigen Händen strich Jim seinen Anzug glatt. „Warum sollte ich meine Meinung ändern?"

Griffin zuckte mit den Schultern. Das Erste, das ihm in den Sinn kam, war alles andere als draufgängerisch: Die Vorstellung, dass dieser unglaublich heiße Kerl tatsächlich mit ihm schlafen wollte, konnte unmöglich wahr sein.

„Ich dachte, das wäre nicht dein Ding."

„Was? Sex? Gute Neuigkeiten: Ich bin keine Jungfrau mehr." Die Hände in die Taschen gestopft, begann Jim zurück Richtung Restaurant zu laufen.

„Eine Verabredung mit einem Schürzenjäger." Im schnellen Laufschritt holte Griffin ihn ein. Der Mann war gut für sein Kardiotraining.

„Selten, aber es kommt vor."

„Ich fühle mich geehrt."

41

„Vielleicht bin ich auch einfach nur verzweifelt." Jim grinste ihn triumphierend an, aber Griffin lachte nur und beschleunigte sein Tempo durch ein paar weitere Beinbewegungen pro Sekunde.

„Dann hatte ich Glück, Detective Jim Shea an einem freien Abend zu erwischen."

In Rekordzeit waren sie wieder beim Wagenmeister angekommen. Als Jim dem Mann zwei weitere Zwanziger hinblätterte, pfiff Griffin leise.

Der Mann akzeptierte das Bestechungsgeld und tat so, als würde er ihr zerknittertes Äußeres und ihre Eile, in den Wagen zu kommen und sich aus dem Staub zu machen, nicht bemerken.

„WIE WEIT wohnst du weg?", fragte Griffin und schnallte sich an, während Jim auf die ruhige Straße fuhr.

„Fünfzehn Minuten." Jim fuhr langsam, machte extra Pausen an den Stoppschildern. „Vielleicht zwanzig."

„Mein Ego ist schwer getroffen … Warum beeilst du dich nicht?"

„Weil ich ein Polizist bin, der sich zum Essen ein paar genehmigt hat. Wenn ich gestoppt werde, ist meine Karriere hinüber." Jim warf ihm einen vernichtenden Blick zu, der einem harten Kerl alle Ehre gemacht hätte und den Griffin irgendwie heiß fand.

„Kapiert." Griffin machte eine „meine Lippen sind versiegelt und der Schlüssel weggeworfen" Geste, für die er ein ebenso heißes Augenrollen erntete.

Schweigend fuhren sie weiter und lauschten dem leisen Gemurmel des Nachrichtensenders und dem gelegentlichen Hupen, wenn jemand mit Jims überzogen vorsichtigem Fahrstil nicht einverstanden war.

Als Griffin den kleinen Eck-Supermarkt erblickte, kam ihm ein Gedanke, der ihn sowohl beschämte als auch erregte.

„Könnten wir kurz hier halten?" Er deutete auf den Supermarkt.

Jim wirkte überrascht. „Okay, aber, äh, falls du etwas brauchst, habe ich es wahrscheinlich."

Oh Mann, wird er gerade rot?

„Ich bin sicher, dass du nicht hast, was ich holen werde."

„Jetzt habe ich Angst …"

Doch Jim hielt trotzdem an und Griffin sprang aus dem Wagen.

Fünf Minuten später war er mit einer kleinen Tüte zurück und weigerte sich, Jim den Inhalt zu zeigen. Das könnte möglicherweise nach hinten losgehen … aber es fühlte sich auf merkwürdige Art richtig an. Im Moment verließ er sich auf sein Bauchgefühl und hoffte das Beste.

„Ich wohne gleich um die Ecke", erklärte Jim.

„Perfektes Timing also."

Jim manövrierte den gigantischen Pick-up durch eine Nebenstraße auf einen großen Parkplatz. Nachdem der Motor abgestellt und das Licht ausgeschaltet war, beugte sich Griffin hinüber und legte die Hand in Jims Nacken.

„Willst du im Truck rummachen?", wollte Jim fragend, jedoch nicht abweisend, wissen.

„Nee, nur sichergehen, dass du immer noch dabei bist."

Statt etwas zu erwidern, schloss Jim die Augen und öffnete den Mund. Griffin überlegte, dass im Auto rumzumachen möglicherweise eine tolle Idee war.

So weit ging es nicht: Ein paar gegenseitige Zungenschläge, Zähne auf Jims Oberlippe, bis er etwas von nach oben gehen murmelte und zurückwich.

Griffin folgte mit seinem Rucksack, der Einkaufstüte und dem erneuerten Ständer, den Blick auf Jims Rücken geheftet. Sie betraten das einer Fabrik ähnelnde Eckgebäude. Innen angekommen musste Griffin zugeben, dass die Inneneinrichtung großartig war.

„Art déco? Wow. Das vermutet man von außen überhaupt nicht", sagte er, während er die pfiffigen Kunstwerke und Spiegel auf sich wirken ließ. Der Aufzug öffnete sich auf die Drehung von Jims Schlüssel.

„Es ist jedes Mal aufs Neue eine angenehme Überraschung, wenn ich nach Hause komme."

Dieses Eingeständnis erregte Griffins Aufmerksamkeit und er lächelte, glücklich, dass Jim es mit ihm teilte. „Wie lange wohnst du schon hier?"

„Seit ich die Army verlassen habe." Sie traten in den Aufzug und Jim drückte die oberste Nummer – elf. „Habe als Mieter angefangen, die Renovierungen durchlebt und es vor ungefähr zehn Jahren gekauft."

Sanft öffneten sich die Türen und Jim bedeutete Griffin in das dunkle Loft zu gehen. „Home sweet home."

Griffin trat aus dem Auszug. Es gab ein Echo.

„Sollte ich nervös sein?", fragte Griffin, als Jim das Licht einschaltete. Okay, eine Erleichterung: keine Folterkammer, nur sehr wenige Möbel und sehr hohe Decken.

„Nur, wenn du Angst vor Sauberkeit hast." Jim streifte sein Jackett ab und ging in den kleinen Küchenbereich zur Linken.

Sauberkeit war untertrieben. Auf dem polierten Holzboden und den makellos aufgeräumten Arbeitsflächen hätte man Griffins Meinung nach problemlos Operationen durchführen können.

Er zog seine Jacke aus und hängte sie ordentlich an die Garderobe. Seine Tasche stellte er so auf den Boden, dass sie nicht im Weg war. Der höhlenartige Raum war kühl und hemmte für kurze Zeit Griffins Bewegungen. Er war neugierig, mehr über Detective Shea zu erfahren, der in einem sterilen, mit IKEA eingerichteten Loft wohnte.

Jim goss ihnen etwas zu trinken ein. Griffin konnte hören, wie das Eis in den Gläsern klirrte. Er wanderte durch das ordentliche Wohnzimmer und hielt nach

Bildern, Trophäen und Erinnerungsstücken Ausschau. Eine Polizist-des-Jahres-Plakette. Vielleicht eine Zeitschrift, ein Buch oder eine Sammlung fragwürdiger DVDs mit heißen Krankenpflegern.

Aber nichts, nicht eine einzige Sache. Wäre das hier eine Kulisse, sie würde dem Zuschauer nichts über die hier lebende Person verraten, nur, dass sie es schaffte, in der Wohnung auf professionelle Art und Weise Staub zu wischen.

„Hier. Das ist nur Selters", sagte Jim und trat hinter ihn. „Bier ist aus ... ich bin schon eine ganze Weile nicht mehr im Supermarkt gewesen", erklärte er trocken.

Griffin nahm das Glas kommentarlos entgegen. Er hätte gerne nach der fehlenden persönlichen Note gefragt, doch die Antwort hatte sich schon darin gezeigt, wie Jim nervös dieses Date und Griffins unüberlegte Verführung durchlitten hatte.

„Kein Problem. Ich bin angeheitert genug", meinte er schließlich und trat dicht auf Jim zu. „Wie fühlst du dich?"

Jim lachte. „Merkwürdig."

„Eindeutig wenig schmeichelhaft."

Jim schüttelte den Kopf, öffnete den Mund, nur um ihn dann wieder zu schließen. Statt noch mehr zu sagen, beugte er sich vor, um Griffin einen warmen Kuss auf den Mund zu drücken. Kein knabbernder, rauer Kuss mit einer festen Absicht, eher eine Art Danke-, Gute-Nacht oder Willkommen-zu-Hause-Kuss, den Griffin nicht mit einem One-Night-Stand verknüpfte. Einen kurzen Moment war er völlig baff und sein 7. Sinn forderte ihn auf, in schierem Entsetzten das Loft wie ein geölter Blitz zu verlassen.

Nur, dass er das nicht wollte. Er wollte bleiben und den sanften Kuss erwidern.

Den jetzt hatte Griffin eine gute Vorstellung von zumindest einem von Jim Sheas Geheimnissen: Der Mann war ein echter Romantiker.

„Ich glaube, ich brauche eine Führung, angefangen beim Schlafzimmer", sagte Griffin und ließ eine Hand über Jims Rücken gleiten.

„Sehr subtil."

„Subtil ist nicht mein Ding." Griffin versuchte, die Ernsthaftigkeit in seinem Tonfall durch ein Lächeln abzuschwächen und spürte, wie Jims Körper sich leicht entspannte.

8

JIM FÜHRTE ihn zur breiten, offenen Treppe in der Nähe der doppelten Glastüren, die den Großteil der hinteren Wand einnahmen. Dahinter verbarg sich höchst wahrscheinlich ein Wahnsinnsblick auf das nächtliche Seattle, doch Griffin war mehr mit Jim beschäftigt – dem romantischen, schüchternen Mann, der in einem Loft mit kaum Möblierung wohnte.

Sie brauchten nicht lange für die Treppe, obwohl es Griffin schwerfiel, die Hände bei sich zu behalten. Oben angekommen erblickte er genau das Bett, um das er den Geist gebeten hätte.

Das riesige moderne Himmelbettmonstrum nahm fast den gesamten Raum ein. Weiße Laken, weiße Bettdecken und haufenweise dicke, weiße Kissen lagen darauf. Es fehlte nur noch die Schokolade auf dem Kissen.

„Das ist dein Bett?" Griffin trat einen Schritt an Jim vorbei, ohne ihn loszulassen.

Der Polizist stellte sein halb leeres Glas auf die danebenstehende farblich passende Kommode. „Gefällt es dir?" Der stolze Unterton war unüberhörbar.

„Wahrscheinlich bekommst du mich nie wieder da raus", murmelte Griffin und platzierte sein volles Glas neben Jims. „Wo waren wir stehen geblieben? Oh, genau …"

Er verhinderte, dass Jim wegging, streichelte mit den Händen über Jims Oberkörper und Bauch, um sich erneut mit dem tollen Körper vertraut zu machen. Am liebsten wäre er gleich zu dem Teil mit dem nackten Jim übergegangen, doch im Moment reichte ihm die Vorfreude völlig.

„Legen wir uns hin", sagte er leise, während er begann, dem anderen Mann das Hemd aufzuknöpfen. „Das ist viel bequemer." Als Jim ihn langsam mit einem sinnlichen Blick entflammte, streckte er die Hand nach dessen Hose aus. Griffin fuhr sich mit der Zunge über die Lippen und wiederholte die Bewegung dann auf Jims Mund, bis sie beide bebten.

Er versetzte Jim einen kleinen Schubs Richtung Bett und spürte seine Selbstsicherheit zurückkehren. Die stramme Erektion, die den Liebestöter ausbeulte, verriet ihm, was Jim wollte, sein Blick jedoch, was er brauchte. Griffin kam sich wie ein Gott vor, weil er das so genau wusste, ohne dass etwas gesagt werden musste.

„Keine Schuhe auf dem Bett", befahl Jim schroff und atemlos. Und unglaublich heiß. Griffins Netzhaut brannte, als er den Blick über Jims muskulösen Körper gleiten ließ.

„Du wirst staubsaugen, wenn ich eingeschlafen bin, oder?"

„Nein. Vielleicht", gab Jim zu und legte sich mit dem Rücken aufs Bett. „Vielleicht wische ich zusätzlich noch Staub."

„Nun, dann werde ich mich sehr anstrengen müssen, damit du dich nicht mehr bewegen kannst." Griffin streifte die Schuhe ab und schob sie zur Seite; anschließend wiederholte er das Gleiche mit Socken und Hemd. In T-Shirt und Jeans ging er langsam zum Bett.

Wenn er zu viel nachdachte, würde er von den Gefühlen überwältigt werden, die dieser Mann in ihm auslöste. Jim Shea spielte so weit außerhalb seiner Liga, dass es ihm vorkam, als sei heute Gegenteiltag. In der realen Welt warfen Männer mit Jims Aussehen einen Blick auf Griffins leicht nerdige Erscheinung und stempelten ihn als einen Bottom ab, mit dem man eine schöne Zeit verlebte und der verstehen würde, warum man sich nach der Nacht nie mehr meldete.

Jim Shea sah ihn nicht so an. Der Blick der blauen Augen war lüstern, hoffnungsvoll und beklommen. Griffin saugte ihn regelrecht auf. Er konnte Jim nicht eine Sekunde länger warten lassen und presste seine Hände rechts und links von den breiten Schultern auf die feste Matratze. Jim rührte sich nicht, stieß nur die Luft aus und Griffins langsamer Weg wurde umgeleitet.

Er schwang ein Bein über Jims Hüften und kniete sich über ihn.

Jim bewegte sich immer noch nicht, aber Griffin konnte seine Energie und Vorfreude aus der Haut sickern spüren. Er beugte sich hinab, leckte sich über die Lippen, während sie den Blick bis zur letzten Sekunde nicht abwendeten und dann entflammten diese langsamen, sexy Küsse erneut.

Griffin liebte es, zu küssen, liebte das gierige Gegeneinanderstoßen der Zungen und die neckende Jagd. Er liebte den Geschmack eines Mannes. Bei Jim bedeutete das Steak und Kaffee – genau so sollte Mr. Tough Guy schmecken.

Die gesamte Kraft und Stärke blieben unter Verschluss, doch Griffin wusste, dass Jim ihn quer durch den Raum schleudern konnte, wenn er wollte. Offensichtlich war jedoch alles, was wollte, dass Griffin ihn auf das Bett drückte.

Zögernd schob Jim die starken Hände nach oben und vier Sekunden später war Griffin in seinem weißen T-Shirt gefangen. Dann war es verschwunden. Die kühle Luft ließ ihn zittern, doch Jim kümmerte sich auch darum und streichelte mit den Fingern über die nackte Haut.

Werde nicht zurückzucken – nicht kitzlig sein in diesem absolut perfekten Moment, beschwor er sich und löste seinen Mund von Jims, um Luft zu holen. „Fühlt sich gut an", versicherte er ihm sanft, während sich seine Augen schlossen. Die schwieligen Finger zählten seine Rippen, zeichneten seine Wirbelsäule nach und rieben über die Nippel.

„Aaah, unglaublich gut", stieß Griffin aus, und senkte den Hintern, um sich auf Jims Oberschenkel zu setzten. Er schob die Hand zum Reißverschluss, brauchte Erleichterung.

Jim schien das ebenso zu sehen, da er seine Finger auf Griffins legte, um den Knopf zu lösen und den Reißverschluss ganz hinabzuziehen. Dadurch stießen ihre überstrapazierten Erektionen erneut durch die feuchte Baumwolle gegeneinander. Beide Männer stöhnten auf.

Und dann stöhnte Griffin noch lauter, weil sich dieses kleine Konzert verdammt heiß anhörte.

„Wir sollten, äh … Wie wäre es, wenn ich die Hose ausziehe?", flüsterte Griffin und tastete an dem Bund seiner Jeans herum. Natürlich würde das nur im Stehen funktionieren. Mit einem schnellen Blick vergewisserte er sich, dass der Deckenventilator ziemlich weit oben hing. Daher entknotete er sich von Jim, um sich zu erheben und die Jeans aufzuknöpfen.

Als er hinabsah, bemerkte er, dass er breitbeinig über dem lachenden Jim stand. „Ist irgendwas witzig?"

„Nein." Jim lächelte jedoch weiter.

Griffin versuchte gleichzeitig zu atmen und die Jeans wegzukicken, ohne vom Bett zu fallen. Er sollte verdammt sein, wenn dieser Abend mit ihm in der Notaufnahme enden sollte.

Jetzt ohne Jeans stemmte Griffin die Hände in die Hüften und schenkte Jim seinen besten sexy-Piraten Blick. Jim verschränkte die Hände hinter dem Kopf und warf Griffin einen gleichermaßen aufreizenden Blick zu.

Es war alles so wahnsinnig perfekt, als hätte er diesen Mann, dieses Date und diesen Moment selbst geschrieben. Und da es sich um das echte Leben und keine Filmkulisse handelte, begann Griffin, den kalten Lufthauch zu spüren. Er ließ sich wieder auf die Knie fallen, bis er erneut breitbeinig über Jims wie aus Marmor gemeißeltem Körper saß.

„Willst du … ich muss …" Griffin druckste einen Moment herum, fand nicht die richtigen Worte, als Jim sich gegen ihn drängte. Sie befanden sich Gesicht an Gesicht und jetzt wirkte Jim nicht mehr belustigt, sondern gierig.

„Linker Nachttisch, oberste Schublade", erwiderte er schnell leise.

Griffin nickte, beugte sich für einen Kuss vor, verschränkte die Hände in Jims Nacken und rieb mit den Handflächen über die verspannten Sehnen.

Er verlor sich abermals in Jim und dem Kuss, den offenen Mündern und schnell hervorschnellenden Zungen.

„Nur damit du es weißt, ich bin ein Produkt der Achtziger und ein Latex König. Ich bin gesund", gelang es Griffin zwischen den Küssen herauszubringen.

Jim nickte, zog Griffin auf sich und drückte seine Knie hoch, sodass Griffins Gewicht auf seinem Oberkörper lag.

Es war die perfekte Position zum Küssen, der ideale Winkel, um Schwanz gegen Schwanz zu reiben. Ihre jeweilige Unterhose war dabei sowohl ein Hindernis als auch eine Hilfe, um nicht zu früh abzuspritzen. Griffins hätte für immer hierbleiben können.

Der Drang zu ficken war immer noch da – sehr, sehr stark – doch gleichzeitig schoss dicke, heiße Freude durch Griffins Körper. Jim schien es ebenso wenig eilig zu haben, flocht seine Finger in Griffins Haar und ließ sie seinen Rücken hinabgleiten.

Ein weiterer heftiger Schlag mit der Zunge und Jim wölbe sich nach oben. In Griffins Blut tobte ein Feuer und er presste die Hände gegen Jims Schultern.

Er drückte ihn nach unten, küsste ihn, schmeckte das atemlose Stöhnen. Der Drang zu ficken nahm rauschend überhand.

Er attackierte Jims steinharten Kiefer, dann den Hals, zog die Zähne über den kräftigen Puls. Ein vampirisches Verlangen stieg in ihm auf, als er die Stärke seiner Zähne an Jims Haut testete, bis er spürte … wie sie nachgab … bis er spürte, dass er sie durchbrechen und Jim schmecken, ja, schmecken konnte. Er wollte ihn schmecken.

„Nimm die Beine runter", stieß Griffin hervor und schob sich nach unten zwischen Jims gespreizte Knie, um den Blick über den großen Körper des verzweifelten, heißen, gierigen Mannes gleiten zu lassen, dessen Vorfreude ihm ein verdorbenes Grinsen entlockte.

„Halte durch", forderte er ihn auf, während er den Bund der Unterhose packte und hinunterzog.

9

JIM KRALLTE sich mit beiden Händen in die Decke, als Griffin ihm die Unterhose auszog. Sie segelte durch den Raum und Jim wölbte den Rücken nach oben, unfähig so zu tun, als ob er nicht genau das gewollt hätte. Verlegen drehte er das Gesicht zur Seite und versuchte, es in den Falten des Kissens hinter seinem Kopf zu verbergen.

„Oh nein, versteck dich nicht", bat Griffin, während er mit den Händen die Innenseiten von Jims Schenkel hinabfuhr und die Knie wieder auseinanderdrückte. „Komm schon. Genieß' es einfach. Herzlichen Glückwunsch und so."

Den schmeichelnden Humor in Griffins Stimme konnte Jim weder ignorieren noch ihm widerstehen. Blinzelnd schaute er hinauf zu dem anderen Mann, in das zufriedene Lächeln und den belustigten Blick und nickte.

Er würde es zulassen. Er würde eine gute Zeit haben. Er würde zulassen, dass ihm dieser sehr sympathische Mann gab, was er wollte, ohne sich schuldig oder merkwürdig zu fühlen. Herzlichen Glückwunsch für ihn verdammt noch mal.

Sein Körper entspannte sich ein ganz klein wenig und anscheinend deutete Griffin das als Zeichen weiterzumachen. Er beugte sich hinab und rieb einen feuchten Kuss über den unteren Teil des Bauchs.

Jim stieß die Luft aus.

„Na bitte", murmelte Griffin, wich zur Seite und platzierte seine Küsse auf der Innenseite von Jims linkem Oberschenkel. Jims Schwanz pochte erwartungsvoll, aber er wurde nicht aufdringlich, nicht fordernd, sondern nahm sich eine Sekunde Zeit zu genießen, dass jemand *seinen* Körper genoss.

Erst wurde seinem linken Knie Aufmerksamkeit gewidmet, dann dem rechten. Danach bewegte sich Griffin zur Falte, an der das Bein auf den Körper traf. Jedem Muskel, an dem Jim im Fitnessstudio so fleißig gearbeitet hatte, wurde Aufmerksamkeit von Griffins warmen Mund zuteil. Der Mann kartierte seinen Körper, als würde es später eine Arbeit darüber geben und als wäre er fest entschlossen, die Bestnote zu bekommen.

Jim plapperte genießerisch leise vor sich hin, während er sich bemühte, sich trotz Griffins liebevoller Fürsorge nicht hin und her zu winden. Vorspiel? Erinnerte er sich an das Vorspiel? Konnte er sich an etwas Derartiges erinnern? Er sah nach oben an die Zimmerdecke und versuchte, sich auf die stillstehenden Flügel des Ventilators zu konzentrieren.

Dann entschlüpfte ihm jedoch ein „Oh verdammt noch mal", weil Griffin in einer einzigen bewundernswerten Bewegung seinen Schwanz tief in den Mund nahm und ihn damit urplötzlich wieder ins Hier und Jetzt beförderte.

Jims Blick schoss nach unten und verweilte auf dem äußerst zufriedenen Gesicht von Griffin Drake, der seinen Penis so tief in die Kehle nahm, bis er fast die Augen verdrehte.

„Ah." Aufkeuchend zwang Jim seine Hüften, auf dem Bett zu bleiben. Allerdings gelang ihm das nicht lange, da Griffin gerade so weit zurückwich, dass er sich aufrichten und Jims Beine weiter aufdrücken konnte. Völlig offen, nackt und vor Lust zitternd lag Jim vor ihm. Er hätte sich geschämt, doch Griffin ließ ihm keine Zeit dazu.

Mit den Händen streichelte er die Außenseiten von Jims Oberschenkeln entlang, wippte mit dem Kopf, als er den Schwanz auf eine träge Art lutschte, bei der sich Jim dennoch auf die Unterlippe beißen musste.

Er wollte ihn auffordern, sich zu beeilen, doch als er den Mund öffnete, kamen lediglich eine Reihe zitternder Seufzer mit einigen eingestreuten Flüchen heraus.

Beim erneuten Blick nach unten sah er, dass Griffin es schaffte, um die Erektion herum zu grinsen. Als er nach einer Sekunde den Mund löste, hallte das obszöne Ploppgeräusch laut durch das Loft.

Griffin ließ Jims Oberschenkel nicht los und sein unartiger Blick schien auch nicht zu verschwinden.

„Wie anal bist du eigentlich?", fragte er so breit grinsend, dass sich Grübchen bildeten. Wie hatte Jim nur die Grübchen übersehen können?

„Äh." Jim stöhnte. Eigentlich wollte er protestieren. Der Mann musste *das* nicht tun. Schließlich war *das* ekelhaft und sie kannten sich kaum. Wem wollte er mit diesem Mist eigentlich etwas vormachen?

„Ich wusste es", sagte Griffin. Er drehte den Kopf ein kleines Stück, um in die Innenseite von Jims Knie zu beißen.

Dann schob er sich weiter nach unten. Jims Atem überschlug sich.

Seine Arme schossen hervor, die Schultern streckten sich und er klammerte sich erneut an der Decke fest. Ein Beobachter würde glauben, dass Jim Schmerzen hatte und in Kürze gefoltert werden würde.

Doch als Griffin seine Zunge das erste Mal zögernd gegen Jims Hintern schnellen ließ, war das alles andere als Folter.

Himmel, konnte er sich noch daran erinnern, wann er irgendjemanden so nah an sich herangelassen hatte?

Er versprach, wenn der Morgen anbrach, dem Wein, dem Bier und dem gesamten Tag die Schuld zu geben.

Griffin war ein echter Plagegeist. Er leckte Jim ein paar Mal, gerade so oft, dass er zu zittern begann und unzusammenhängende Wörter ausstieß, um sich dann wieder nach oben zu schieben und Jim in dieser verletzlichen und offenen Stellung zu lassen.

„Was …?"

„Sei ruhig", befahl Griffin immer noch grinsend, inzwischen jedoch etwas mehr außer Atem. Und etwas erregter.

„Brauchst du eine Hand?". Jims Versuch vorwitzig zu sein, klang jedoch lediglich verzweifelt.

„Brauche ein Kondom und ungefähr 15 Liter Gleitgel", erwiderte Griffin, während sein Mund wahllos über Jims Schwanz, Bauch und die Innenseiten der Oberschenkel fuhr.

„Lass mich los ..."

„Nein, noch nicht. Muss das aber irgendwann. Muss dich wirklich ficken, aber zuerst ..." Und dann war er verschwunden, begann wieder, die Zunge vorschnellen zu lassen, Kreise damit zu ziehen und eine Vorschau auf das zu bieten, was (hoffentlich) sehr, sehr bald kommen würde. Bevor Jim vorschnell kommen konnte und sich entschuldigen musste und oh – verflog jeder Gedanke, als Griffin aufhörte herumzuspielen und seine Zungenspitze in Jims Körper schob.

„Oh Gott", keuchte Jim auf und ließ sich komplett fallen. Es war so lange her, dass er sich von jemandem hatte ficken lassen, dass ihm der Auftakt zum Akt zum Verhängnis wurde. Er wusste, was passieren würde, wusste genau, was er diesen Mann tun lassen würde, und, während ein flüchtiger Teil von ihm in Panik verfiel, fühlte sich der – so lange eingesperrte – Rest von ihm erleichtert. Erwartungsvoll

Von all dem hatte Griffin Drake natürlich keine Ahnung. Er fickte Jim mit der Zunge, packte seine Oberschenkel und versuchte sich dabei zweifellos daran zu erinnern, wo sich Kondom und Gel befanden.

„Bitte." Das Wort entschlüpfte schließlich Jims Mund.

Griffin hörte es. Vielleicht wollte er genauso schnell zu nächsten Schritt übergehen wie Jim. Ein letztes Mal presste er seine Zunge hinein, um sie dann mit einer schnellen Drehung zurückzuziehen. Jim versuchte verzweifelt nicht zu kommen, indem er den oberen Teil seines Schwanzes griff. Irgendetwas über „heiß" murmelnd, ließ Griffin sanft Jims Beine hinunter und überzog ihn mit weiterer dieser Küsse mit geöffnetem Mund. Über den Penis, die Hand, den Bauch, hinauf zu Jims Mund.

Dann gab es eine kurze Pause, eine Bitte um Erlaubnis. Jim nickte, hob den Kopf und öffnete den Mund für einen Kuss.

„Los, dreh dich um", bat Griffin, als er hochkam, um Luft zu holen. Jim liebte das heisere Knurren und den Anblick des in die Stirn fallenden zerzausten Haares. Im schummrigen Licht sah er jünger aus, doch es war nichts Unreifes in der Art, wie er mit den Händen über Jims Körper glitt. Er wusste, was er wollte – was sie beide wollten.

„Oberste Schublade", erinnerte er ihn, setzte sich für einen letzten Kuss auf und rollte sich dann unter Griffins Körper hervor auf den Bauch.

Das seiner Bewegung folgende Stöhnen verschaffte seinem Ego eine nette Streicheleinheit.

Vor sich hinmurmelnd beugte sich Griffin über Jims Körper, um die Schublade aufzuziehen. Jim verschränkte die Arme und legte das Gesicht in die Lücke dazwischen. So hatte er gerade genug Luft zum Atmen, aber jede Menge von dem kühlen Kissen, um die die rot angelaufenen, heißen Wangen zu kühlen.

Die gegen seinen Schwanz drückende Matratze? Sehr hilfreich.

„Was? Kein Gleitgel mit Geschmack? Keine Kondome in Neonfarben? Ich bin fassungslos, Jim. Echt fassungslos", sagte der herum rumorende Griffin und legte dann das geschmacklose Gel und die Kondome in ganz normalen Farben auf Jims Rücken ab.

„Halt die Klappe." Jim musste lachen. Das fühlte sich so gut an wie die Matratze. Fast so gut wie das Aufreißen einer Kondompackung und Griffins Gemurmel. Oder die warme Hand, die Griffin zwischen Jims Schulterblätter legte, wie um ihm mitzuteilen, dass er ihn nicht vergessen hatte.

Bester Geburtstag überhaupt, dachte Jim. Besser als der einundzwanzigste und Las Vegas.

GRIFFIN ÜBERSTÜRZTE den nächsten Teil nicht, ganz egal, wie sehr Jim auch drohte oder bettelte.

Er schob Jim auf die Knie, küsste und streichelte ihn und redete so leise, dass Jim nur ein beruhigendes Summen vernahm.

Nur ein Tropfen zu viel Gel. Zwei Finger. Ein Streicheln mit der Zunge. An diesem Punkt geriet Jims Gefluche tatsächlich außer Kontrolle. Er wollte es, seit Griffin ihn mit einem Kuss aus dem Hinterhalt überfallen und ihn nach dem Verlassen des Restaurants berührt hatte. Aber jetzt explodierte der Gedanke an *diesen* Moment in seinem Blutkreislauf. Er wollte es jetzt, konnte nicht mehr warten.

„Gib mir eine Sekunde, okay?" Griffin atmete inzwischen heftig, die Worte klangen vor Verlangen undeutlich. Er drückte Jim etwas nach unten und hebelte die Beine weiter auseinander. Jim spürte den Atem des anderen Mannes auf der Mitte seines Rückens. Griffin schob sich höher und höher, bis sie auf gleicher Höhe waren, rollte sich über seinen Körper und tastete mit einer Hand zwischen sie.

„Kann nicht warten", stöhnte Jim und drückte nach hinten. Dabei erwischte er Griffins Schwanzspitze.

„Oh verflucht noch mal." Ohne eine weitere Sekunde zu verschwenden, stieß Griffin mit einem erleichterten Seufzer in ihn.

Jim legte den Kopf nach unten auf das Kissen und biss in den weichen Stoff, als Griffin anfing, seinen Schwanz stoßend und schaukelnd in Jims Körper zu schieben. Es gab eine höllische Pause, als Griffin mit den Fingern fest Jims Hüften umfasste. Funken aus Schmerz und Vergnügen mischten sich mit dem seligen Gefühl ausgefüllt zu sein.

Nichts wurde gesagt, keiner von ihnen gab ein Geräusch von sich. Das Quietschen des Bettes klang unglaublich laut, als Griffin sich erst nach hinten, dann nach vorne lehnte.

Ein weiterer Stoß und Jim erbebte vor purer Lust. Er spannte jeden Muskel im Körper an, um alles zu spüren, was Griffin ihm gab. Zwei Stöße, drei. Feucht vor Schweiß stieß Griffin gegen ihn und grub die Finger tiefer und tiefer in Jims Fleisch.

Vier Stöße. Fünf. Jim begann, den Überblick zu verlieren, verlor langsam die Kontrolle über seine Muskeln. Griffin schien stärker und grober zu werden. Jim war langsam nicht mehr in der Lage, sich aufrecht zu halten.

Sechs. Zehn? Jims Arme gaben auf. Nur seine Knie und Griffins fester Griff – sowohl innen als auch außen – hielten ihn noch.

Hilflos stöhnte Jim in das Kissen, grub die Finger in den Stoff, bis sich durch das Zusammenkrampfen Schmerzpfeile aufbauten. Das Bett kreischte und keuchte unter Griffins kraftvollen Stößen, begleitet von Jims exakt dem Rhythmus angepassten Gebettel.

Jims Orgasmus kam ohne Warnung. Kein Schrei oder auch nur Versuch, Worte auszustoßen. Griffin erwischte ihn mit einem scharfen Aufwärtsstoß und traf etwas tief in seinem Inneren – mehr als nur ein bisschen Anatomie. Das legte den Schalter um und Jim ließ los. Er packte seinen auf der zerwühlten Bettdecke liegenden Schwanz und kam.

Griffin folgte ihm nach unten, als sich seine Knie öffneten, bis er flach auf dem Bett lag und immer noch die Wucht der harten Stöße aufnahm. Die auf seinen Schultern liegenden Hände, das Gefühl, unten gehalten zu werden, setzte Jims Körper erneut in Brand. Griffin steigerte die Geschwindigkeit und raste vor sich hinmurmelnd und stöhnend seinem eigenen Höhepunkt entgegen.

Dann ließ er sich auf Jims Rücken sacken.

„Hmmmph", sagte er an Jims Schulter.

„Häh?" Sein Hirn schien noch nicht wieder einsatzfähig zu sein.

„Happy fucking Birthday." Griffin lachte und rieb mit der Stirn über Jims verschwitzten Nacken.

„Du bekommst kein Dankesschreiben."

„Wie unhöflich."

Jim machte es sich im Bett bequem. Er dachte an die klebrige Flüssigkeit auf den Laken und seinem Körper. Er dachte an die überall verteilten Klamotten. Er war sich des breitbeinig über ihm knienden Griffin sehr bewusst, der sich nur bewegte, um seinen Penis herauszuziehen und sich um das Kondom zu kümmern.

„Mülleimer?"

„Neben dem Nachttisch."

Griffin stand nicht auf. Jim hörte, wie das geworfene Kondom den leeren Mülleimer traf. Danach folgten ein paar klickende Geräusche. Die Schublade des Nachttischs wurde geöffnet und geschlossen ... und Jim begriff, dass Griffin sauber machte.

„Stopp. Das mache ich später", sagte Jim und hob endlich den Kopf vom Kissen, um Griffin anzuschauen.

„Ja. Ich weiß. Wenn du den Staubsauger rausholst." Griffin lag auf der Seite und strich mit der Hand über Jims Rücken. Er lächelte dümmlich, sein Haar war inzwischen vollständig zerwühlt und stand seitlich ab. Blinzelnd rieb er sich vorsichtig über die Augen.

„Stören die Kontaktlinsen?"

„Ja. Ich werde schnell ins Badezimmer laufen. Brauchst du etwas?"

„Nein, ich mach das schon." Jim bewegte sich jedoch immer noch nicht. Dieses himmlische Gefühl, durchgefickt worden zu sein, hatte ihm jedes Gefühl für Dringlichkeit geraubt.

„Nein, du bleibst hier liegen. Ich bin gleich zurück." Griffin rollte sich aus dem Bett, tastete kurz nach seiner Jeans und warf sie sich über die Schulter, um dann pfeifend die Treppe hinunterzulaufen. Jim konnte sehen, dass er eindeutig zufrieden mit sich war.

Sein Gesicht wurde warm, als er in das Kissen lächelte.

10

„BRAUCHST DU Hilfe da unten?", rief Jim, während er aufmerksam lauschend versuchte, einen Hinweis darauf zu bekommen, was Griffin machte. Er befand sich definitiv in der Küche und wühlte dort herum. Allerdings würde er dort abgesehen von einigen Crackern, Proteinriegeln und übrig gebliebenem Pad Thai nicht allzu viel finden.

Von seinem Besuch im Badezimmer war Griffin in Jeans, mit Brille und einem warmen, feuchten Waschlappen zurückgekehrt. Er hatte ihre Kleidung zusammengelegt, während Jim aufgeräumt, Tagesdecke und Laken abgezogen und, Griffins Worten nach, mit „militärischer Präzision" ausgetauscht hatte. Dann hatte er mit den Fingern geschnippt und verkündet, dass er noch eine Überraschung habe.

„Nicht gucken!"

„Ich werde nicht gucken! Größtenteils, weil ich auf dem Kopf landen könnte, wenn ich mich über die Brüstung lehne. Und ich möchte den Rest der Nacht wirklich ungern in der Notaufnahme verbringen."

Unten hörte er Griffin gackern. „Okay, ich komme jetzt rauf. Schließ die Augen."

„Das ist doch hoffentlich kein abgefahrenes, abartiges Essensding … denn weißt du, Krümel im Bett …" Jim schüttelte es beim bloßen Gedanken daran.

Griffin erwiderte nichts, doch Jim hörte ihn die Treppe hinaufkommen. Dann sah er das kleine Licht.

Eine Kerze kam die Treppe herauf. Jim verstand nicht recht, bis er die schiefe Interpretation von „Happy Birthday" vernahm.

Er setzte sich auf, zog die Decke über die Knie und versuchte, einen entsprechenden Gesichtsausdruck und eine Antwort zu formen.

Er war … gerührt. Verlegen. Überwältigt.

Auf seinem Gesicht bildete sich ein Lächeln, während er zusah, wie Griffin mit zwei Fertig-Cupcakes auf einem Teller erschien. Auf jedem lag ein kleines Teelicht.

„Wünsch dir was", forderte ihn Griffin schüchtern auf, als er sich auf das Bett setzte und Jim den Teller entgegenhielt.

Tief Luft holend überlegte Jim. *Ich kann an nichts anderes denken, außer daran, dass dieser Moment noch lange andauern soll,* überlegte Jim, ehe er die beiden kleinen Kerzen ausblies.

„Ich hoffe, das ist okay …" Griffin klang zufrieden, doch Jim verstand den Hauch Unsicherheit nur zu gut. Es war eine große Geste, und er wollte, dass es richtig ankam.

„Danke", fiel ihm Jim ins Wort und streichelte über Griffins nackten Arm. „Das ist wahrscheinlich das Schönste, das seit langer Zeit jemand für mich getan hat."

Das freute Griffin enorm. Er wedelte mit den Cupcakes unter Jims Nase und der dümmliche, selbstzufriedene Ausdruck kehrte zurück. „Iss deine Cupcakes."

„Willst du keinen?"

„Nee, ich werde nur zusehen, völlig zufrieden mit mir sein und dir dann die Schokolade vom Mund lecken."

Jim blinzelte und seine Hand stoppte auf halbem Weg zur schokoladigen Leckerei. „Ich esse sehr ordentlich." Grinsend nahm er den Cupcake in die Hand. Schokoreste auf den weißen Laken ließen ihn normalerweise zusammenzucken, doch heute Abend könnte er vielleicht eine Ausnahme machen.

„Dann hüpfe ich vielleicht auf dem Bett herum, damit du es verschmierst." Griffin streifte sich die nicht zugeknöpfte Jeans ab und schlüpfte wieder ins Bett – wobei er sich besonders viel Mühe gab, den Cupcake zum Wackeln zu bringen.

„*Verschmieren* ist kein sexy Wort."

„Krümel auch nicht, aber du musst zugeben … der Teil mit dem Schokolade ablecken war heiß."

„Mmmph." Jim biss den Cupcake in der Mitte durch. Der Geschmack des Zuckeraustauschstoffs explodierte auf seiner Zunge. Himmlisch. Und eine gute Entscheidung. Die meisten Menschen würden bei seinem Anblick an Soja und kein Vergnügen denken. Manchmal ging jedoch nichts über eine schokoladige Leckerei aus einer Chemiefabrik.

Er warf Griffin einen Seitenblick zu und bot ihm einen Bissen an, während er weiterkaute.

„Okay, nur mal probieren." Griffin beugte sich mit einem Lächeln vor, leckte die Schokoladenkrümel von Jims Fingern und biss dann in das feuchte Gebäckstück.

Als Griffin mit einem seligen Lächeln zu kauen begann, musste Jim grinsen.

„Okay, das französische Essen, war nett, aber diese Cupcakes sind verdammt gut", erklärte Griffin und leckte sich verführerisch über die Lippen.

„Du konntest ja nicht wissen, dass ich ein günstiges Date bin." Jim brach den zweiten Cupcake in der Mitte durch und reichte ein Stück Griffin, der nicht einmal protestierte.

„Ach, nächstes Mal lasse ich mich von dir in das Diner ausführen."

Jim grübelte über das „nächste Mal" nach, während er vorsichtig weiter aß, bemüht, keine Krümel zu verteilen. Mit einem Mal fiel ihm auf, dass Griffin ihn aus dem Augenwinkel beobachtete. „Was?"

„Was, was?"

Jim stellte den Teller auf den Nachttisch und leckte sich die Schokolade von den Fingern. Griffin saß da, den Cupcake immer noch in der Hand haltend. „Warum sitzt du so da? Iss den Cupcake, bevor ich mir meine großzügige Geste noch einmal überlege und ihn mir zurückhole."

Griffin steckte sich das Schokogebäck in den Mund und warf Jim gelegentliche Blicke zu.

„Was?"

Griffin schluckte. „Ich will nur sichergehen, dass es okay ist, wenn ich heute Nacht hierbleibe."

Jim stieß ein Schnauben aus. „Nein. Hol dein Zeug und verschwinde." Er zog die frische Decke über sie und dachte über eine weitere nach.

Griffin legte sich nicht sofort wieder hin, auch nicht, als Jim die Kissen neu stapelte und sich auf den Rücken sinken ließ.

„Das war ein Scherz."

„Ich weiß." Griffin klang leicht abwehrend, legte sich jedoch trotzdem hin und rieb sich mit den Händen über die Haare.

„Ich habe eine gute Zeit. Nicht so wie erwartet, aber es ... macht Spaß."

„Du klingst überrascht."

„Ich dachte, wir hätten festgestellt, dass ich nicht weiß, wie man Spaß hat. Oder ein Date", sagte Jim trocken.

„Oh, stimmt ja." Es folgte eine Pause. „Dann ist das hier ein Date."

„Nun, technisch gesehen schon. Es sei denn, alle deine Geschäftsessen enden so." Jim drehte den Kopf und schaute ihn ernst an. „Tun sie das?"

„Um Himmels willen, nein." Das entlockte Griffin endlich ein Lachen.

„Okay. Na dann." Jim verschränkte die Arme hinter dem Kopf und zog erneut eine weitere Decke in Betracht. „Also hatten wir ein Date. Und es ... äh ... ist gut gelaufen, denke ich."

„Denke ich auch." Griffin hustete theatralisch.

„Bist du bereit schlafen zu gehen?"

„Du bist derjenige mit einem Job, der einen Wecker erfordert. Ich werde so lange schlafen, bis du meinen Hintern hier raus beförderst. Dieses Bett ist fantastisch."

Jim warf die Decke zurück und glitt aus dem Bett. Seine Muskeln bestätigten ihm, dass dies hier ein Date war, und zwar ein gutes. Er ging zum Schrank, um eine zweite Decke zu holen, als er ein Wolfsheulen vernahm. Und Gekicher.

„Halt die Klappe. Dafür werde ich deinen Hintern um 5:00 Uhr morgens wecken."

Jim warf die Decke über Griffin, drückte den Schalter für den Deckenventilator und krabbelte zurück ins Bett.

„Um fünf? Das sind noch sechs Stunden ab jetzt." Griffin klang unter den 100 Prozent göttlicher ägyptischer Baumwolle entsetzt. „Das ist nicht genug Schlaf."

„Ich muss um acht im Büro sein", erklärte Jim und bearbeitete mit den Füßen die Decken, bis sie so lagen, wie er es mochte. Ihm fiel auf, dass er seit damals mit Matt in New York mit niemandem mehr im gleichen Bett geschlafen hatte.

„Oh Mann, echte Jobs fangen entsetzlich früh an."

Jim überlegte, ob er ihm erzählen sollte, dass er normalerweise zwei Stunden schlief, dann ins Fitnessstudio ging und um sechs an seinem Schreibtisch saß. Er ließ es jedoch bleiben. „Ja, was soll ich sagen? Aber äh ... du musst nicht so früh aufstehen. Du kannst schlafen, rumhängen. Was auch immer."

Jim drehte sich so, dass er Griffin ansehen konnte, der immer noch in die zweite Decke gewickelt halb saß und ihn überrascht ansah. „Wow ... danke. Ich habe das vorhin nicht ernst gemeint ...“

„Nun, ich meine es jetzt ernst. Schlaf aus, mach, was du willst. Wir könnten äh ... zusammen Mittag essen, falls du dann immer noch hier bist."

Das ist nur höflich. Wiedergutmachung für das Abendessen. Zumindest versuchte sich Jim das einzureden.

„Okay. Klar. Danke." Griffin macht es sich endlich gemütlich und beobachtete, wie Jim sich die Decken bis zum Hals hochzog. „Weißt du, das ist gerade wie dieser merkwürdige Moment, wenn du jemandem am Ende der Nacht zu Hause absetzt und nicht weißt, ob du ihn küssen sollst ...“

„Über diesen Punkt sind wir etwas hinaus."

„Ja, eindeutig. Ich habe noch nie jemanden nackt vor seiner Haustür abgesetzt."

„Gut zu wissen."

Sie lagen dicht genug, um sich zu küssen, und Jim dachte, dass das eine schöne Idee wäre. Beim Gedanken an Griffins Schachzug nach dem Essen auf der Straße musste er lächeln. Er rutschte dichter zu ihm heran, schlang unter den Decken den Arm um Griffin und zog ihn an sich.

„Ich hatte einen sehr schönen Abend. Vielen Dank für das Essen", meinte Jim höflich.

Griffin gluckste. „Sehr gern geschehen, Jim. Ich hoffe, ich darf dich mal wieder besuchen."

Jim hob den Kopf und presste seinen Mund auf Griffins.

IRGENDWANN SCHLIEF Griffin mit dem Gesicht nach unten auf dem Kissen ein und begann leise zu schnarchen. Jim lauschte dem Geräusch, spürte die Wärme eines anderen Menschen neben sich und beobachtete, wie die trägen Umdrehungen des Ventilators Schatten über die Wände wandern ließen.

Zu Beginn des Tages hatte er sich vor dem Ausgang gefürchtet. Er hatte keine Erwartungen gehabt, geschweige denn die, dass er neben jemandem wie Griffin schlafen würde.

Er konnte immer noch die Küsse auf seinen Lippen, die Schokolade schmecken …

Bevor ihm einfallen konnte, dass er niemals so früh oder so leicht einschlief, war er bereits weggedriftet.

ALS UM sieben der Wecker klingelte, riss Jim die Augen auf. Sein Herz raste. Er setzte sich auf, starrte auf die roten Zahlen und fragte sich einen Moment, ob das ein Traum war. Er konnte sich nicht daran erinnern, ihn auf so spät gestellt zu haben. Normalerweise saß er bereits an seinem Schreibtisch …

„Tut mir leid", murmelte eine schläfrige Stimme neben ihm. „Ich bin gegen vier aufgestanden, weil ich pinkeln musste. Dabei ist mir eingefallen, dass du ihn nicht gestellt hattest. Ich hoffe, sieben ist okay."

Griffin. Jim holte tief Luft und nickte. Dann räusperte er sich. „Nein, danke. Das habe ich völlig vergessen."

„Ja, du warst völlig weg." Griffin schnupperte an dem Kissen und lächelte dann kurzsichtig in Richtung Jim. „Soll ich Kaffee machen oder so was?"

„Nein, nein, schlaf weiter. Ich werde schnell duschen und dann verschwinden. Ich rufe dich später an." Jims Herz hämmerte immer noch wie wild, als er die Beine über die Bettkante schwang.

„Cool." Griffin rollte sich wieder zurück und nahm den Großteil der Bettdecke mit. Jim stolperte die Treppe hinunter und direkt unter die Dusche.

WÄHREND ER zum Duschkopf hinaufschaute, stellte Jim einige vage Überlegungen an, die sich zum Großteil auf die Leichtigkeit dieses „Dates" bezogen. Seiner Meinung nach lag das an Griffin, seiner lockeren Art und seinem Charme. Mann, wenn alle Kerle wie Griffin wären, hätte er kein Problem mit dem Gedanken an ein Abendessen, gefolgt von Sex, dem gemeinsamen Aufwachen und einem zweiten Date.

Aber es waren nicht alle Männer wie Griffin oder zumindest war Jim schlecht darin, sie zu finden.

Irgendwann wurde das Wasser kalt und Jim beeilte sich aus der Dusche zu kommen. Er begann ernsthaft über die Möglichkeit nachzudenken, zu spät zu kommen – und das war etwas, das nie vorkam.

Jim schaltete auf Höchsttouren, übersprang das Rasieren, putzte sich die Zähne und raste wieder nach oben, um sich einen Anzug zu schnappen. Er war auf halbem Weg die Treppe hinunter, als ihm bewusst wurde, dass es nach Kaffee roch.

Griffin stand an der Theke und rührte in einer Tasse Kaffee. Eine zweite stand am Thekenrand.

„Schwarz war doch richtig?", rief Griffin und gähnte breit.

„Genau." Jim band sich die Krawatte und versuchte so zu tun, als wäre es ganz normal, dass ein nackter Griffin mit in alle Richtungen abstehenden Haaren an der Theke lehnte.

„Natürlich." Griffin nahm die Tasse und legte den Löffel in die Spüle.

Jim schnappte sich seine Schlüssel und schlüpfte in die Schuhe. „Ich werde ... äh ... hier an der Tür liegen Ersatzschlüssel. Der mit dem roten Band ist für den Aufzug."

„Okay." Mit einem weiteren breiten Gähnen kam Griffin zu ihm herüber und rieb sich die Stirn. „Werde noch ein paar Stunden schlafen und dich dann anrufen."

„Super." Es folgte eine Pause und Jim verspürte den Drang, noch etwas zu sagen oder ...

Natürlich reagierte Griffin, bevor er etwas formulieren konnte. Er beugte sich vor und küsste Jim heiß und leidenschaftlich. Das nach Kaffee schmeckende Eindringen in Jims Mundhöhle strafte seinen verschlafenen Gesichtsausdruck Lügen.

„Bis später." Griffin trat einen Schritt zurück und schlurfte nackt, die Kaffeetasse umklammernd, davon.

Irgendwann gelang es Jim den Mund zu schließen. Er nahm seine eigene Tasse und begab sich auf den Weg zum Aufzug.

11

TERRY WARF beim Hereinkommen nicht nur einen Zwiebelbagel begleitet von einer lässigen Lüge auf Jims Tisch – nein, er warf den Bagel und rollte dann seinen Stuhl herum, um sich mit dem großen Teebecher in der Hand und erwartungsvollem Lächeln im Gesicht neben ihn zu setzen.

„Also …"

„Guten Morgen, Terry. Wie war dein Abend?", fragte Jim geschäftsmäßig und gespielt naiv, als er die Verpackung vom Bagel zog. „Ach übrigens, könntest du sie vielleicht bitten, sich morgen mit einem Rosinen-Walnuss-Bagel zu vertun? Leicht getoastet mit Butter."

Terry winkte mit seinem Becher. „Ja, klar. Mein Abend war schön, anderer Bagel … und jetzt erzähl'."

„Was denn?" Jim nahm einen Bissen.

„Du und der Drehbuchautor."

„Wir waren essen."

„Und?"

„Und was?"

Terry grinste. „Du hast einen Fleck am Hals."

„Vom Rasieren."

„Du hast dich selbst beim Rasieren gebissen?"

„Na gut, du hast mich erwischt. Der Drehbuchautor ist ein Vampir. Und jetzt geh an deinen eigenen Schreibtisch und ruf Mimi an, damit sie mich anrufen und ich meinen Tag beginnen kann."

Terry lachte, nahm einen Schluck von seinem Tee und verbeugte sich. „Okay, du hast *mich* erwischt. Ich bin auf Kundschaftertour. Ben und Liddy und …"

„Und Heather und Nick. Richtig. Der heterosexuelle Ordnungshüter-Kabale-Zirkel will über meine Angelegenheiten Bescheid wissen." Jim bemühte sich, nicht rot zu werden, doch die Wärme in seinen Wangen verriet ihm, dass er diesen Krieg verlor. „Schick eine E-Mail an alle, dass ich einen schönen Geburtstag hatte, okay?"

Terry schien mit dieser Antwort zufrieden zu sein und rollte zurück. Abgehackt gackernd schaltete er seinen Computer ein.

Jim fragte sich, wie viele E-Mail-Entsprechungen eines Fitnessstudio-High-Fives er wohl bekommen würde.

Die Wahrheit lautete: Er hatte einen mehr als schönen Geburtstag gehabt. Nettes Essen, netter Mann, toller Sex und ein Kuss an der Wohnungstür, der seine Gehirnzellen zum Vibrieren gebracht hatte. All das konnte er vermutlich verkraften, doch die Wahrheit lautete, dass er im Moment weit darüber hinaus war. Griffin war immer noch in seiner Wohnung. Sie hatten kurz darüber gesprochen, sich zum Mittagessen zu treffen. Jetzt saß Jim weniger als eine Stunde nach seinem Weggang an seinem Schreibtisch und fragte sich, ob Griffin eine weitere Nacht bleiben würde.

Eine weitere Nacht.

Wie ein Two-Night-Stand.

Er sollte eigentlich Panik verspüren.

Dann piepte sein Handy. Und piepte erneut. Und wieder. Ein schnelles Durchscrollen der Nachrichten zeigte einige nonverbale Highfives und ein kleines, über ihn lachendes Emoji von Mimi.

Oh Mann, er war echt froh, zur Belustigung des Kabale-Zirkels beitragen zu können.

JIM UND Terry waren den Großteil des Nachmittags mit einem Mordfall beschäftigt. Ihr Mittagessen bestand aus ein paar Burgern bei einem Drive-in. Er schaffte es, mitten in dem ganzen Chaos Griffin aus dem Wohngebäude anzurufen, in dem ein Drogendeal aus dem Ruder gelaufen war. Mit einer Machete aus dem Ruder gelaufen.

Als Griffin beiläufig anbot zu bleiben, bis Jim von der Arbeit kam, hatte Jim tausend gute Gründe, das abzuwehren und ihm zu sagen, dass er nach Hollywood zurückkehren solle. Es endete jedoch mit der Frage, ob Griffin italienisches Essen mochte und vielleicht im Laden um die Ecke eine Flasche Wein besorgen könne.

Als Terry und er später zurück zur Wache fuhren, versuchte Jim, im Geist die scheinbar ständige Vernachlässigung seiner Schutzmauern auf das Alter zu schieben. Oder die Einsamkeit. Ben war vor ein paar Monaten aus dem Zimmer ausgezogen, in dem er jetzt sein Fahrrad aufbewahrte. Er hatte niemanden, zu dem er heimkommen konnte. Abgesehen vom Sex, war es manchmal einfach nett, mit einem anderen menschlichen Wesen Reste zu essen und dabei Sport auf ESPN zu gucken.

Dann rief wieder die Arbeit und Jim ging vom Schreibtisch in den Verhörraum, dann runter zum Rauschgiftdezernat und wieder zurück, bis Terry erklärte, dass es Zeit sei zu gehen.

Und dieses eine Mal war Jim nicht nach Diskussionen zumute. Stattdessen fuhr er den Computer herunter und rief vom Handy aus Direnzos an, um vorzubestellen. Er übertrieb es etwas mit der Menge des Essens und machte sich keine Gedanken wegen des Telefonats, bis er auflegte und Terry mit großen Augen über die Trennwand blicken sah.

„Moment mal. Du … du hast gerade für mindestens zwei Personen bestellt. Hast du auch heute Abend etwas vor?" Terry schien über diese erstaunliche Entwicklung tatsächlich ernsthaft geschockt zu sein.

Jim steckte das Handy in die Tasche, zog sich das Jackett über und duckte den Kopf, um jeden Augenkontakt zu vermeiden. „Genaugenommen ja."

„Warte ... mit dem gleichen Mann?"

„Ja." Jim rollte seinen Stuhl unter den Tisch und steuerte die Tür an, Terry dicht an seinen Fersen.

„Also ... ist er in deiner Wohnung geblieben und ... bleibt noch eine Nacht?" Terrys atemlosem Tonfall nach hätte Jim auch verkündet haben können, dass er und Bigfoot ein Baby erwarteten. Ungeduldig drückte er den Knopf für den Aufzug.

„Ja." Jim klopfte mit dem Fuß auf den Boden und versetzte dann Terry einen Schlag gegen den Arm, weil sein Partner zu glucksen begann. „Und denk nicht einmal daran, Mimi zu schreiben, damit sie mich belästigen kann."

„Darf ich es ihr erzählen, wenn ich nach Hause komme? Sie wird höchst erfreut sein."

„Oh klar, bitte teile noch mehr Details meines Privatlebens mit deiner Frau. Ich weiß ja, dass ich für sie wie ein Hobby bin."

„Jim, sie will nur, dass du glücklich bist ..."

Sie betraten den Aufzug und Jim seufzte widerwillig bestätigend. „Ja, ich weiß. Ich weiß, dass du und Mimi und Heather und Nick und Ben und Liddy nur das Beste für mich wollt. Ich will nur nicht, dass ihr alle den Atem anhaltet, während ihr darauf wartet, dass ich so wie ihr endet."

„Du meinst glücklich verheiratet?"

„Ich will nicht heiraten."

„Nun, wir haben darüber gesprochen und werden uns alle mit glücklich zufriedengeben."

JIM VERABSCHIEDETE sich von Terry und fuhr zum Restaurant, um das Essen abzuholen. Die ganze Zeit über musste er über Terrys Worte nachdenken.

Seine Freunde wünschten sich, dass er glücklich war. Wünschten es sich leidenschaftlich, aufrichtig und mit großem Enthusiasmus. Und dieses Maß an Enthusiasmus machte deutlich, wie jämmerlich sein Leben von außen betrachtet aussehen musste.

Und Gott wusste, dass er die meiste Zeit nur so tat, als ob es nicht scheiße wäre. Das wurde jedoch zunehmend schwieriger. Er mochte sich über den heterosexuellen Ordnungshüter-Kabale-Zirkel lustig machen, aber immerhin hatten sie Menschen, zu denen sie heimkehren konnten, Menschen, mit denen sie ihr Leben teilten. Er dagegen hatte ... nichts. Eine unerwiderte Schwärmerei, jede Menge anonymen Mist in irgendwelchen Kneipen, für den er viel zu alt war. Seine einzige echte Familie bestand aus einem Mann, der seine Tage damit verbrachte, das schnell nahende Ende zu planen.

Tat er das etwa auf seine eigene Art und Weise auch?

Schwer lasteten die Gedanken auf ihm, als er parkte und hineinging, um das Essen zu bezahlen. Die drei Tüten verströmten einen fantastischen Duft, während er darauf wartete, dass seine Kreditkarte akzeptiert wurde. Das Mädchen hinter der Theke war eindeutig eine von Doms vielen Enkelinnen im Teenageralter. Sie sahen aus wie schwarzhaarige, braunäugige Klone mit Grübchen und wurden scheinbar im Hinterzimmer gemeinsam mit dem großartigen Knoblauchbrot und der Lasagne, die einen Mord wert war, hergestellt.

Jim gab ihr zehn Dollar Trinkgeld und nahm sich ein paar Minuten Zeit, sich darüber zu freuen, wie glücklich sie wirkte.

Im Auto wählte Jim die Nummer von Griffins Handy. „Hallo?"

„Hi, ich bin's, Jim. Ich bin auf dem Weg. Habe gerade das Essen abgeholt …" Er räusperte sich.

„Super! Ich bin am Verhungern. Mann, das ist ein echt tolles Viertel", erklärte Griffin ausgelassen. „Ich bin den Wein holen gegangen und ungefähr drei Stunden draußen geblieben. Ich habe sogar ein wenig geschrieben."

Jim war froh, dass Griffin das Viertel gefiel, froh, dass Griffin den Tag anscheinend sehr genossen hatte. „Das hört sich nach einem guten Tag an. Ich … äh bin in ca. zehn Minuten da."

„Cool. Bis dann."

Nachdem Griffin aufgelegt hatte, starrte Jim das Telefon eine Sekunde lang an. Das war … dicht an der Grenze zur Häuslichkeit.

Das Essen in der Hand, die Tasche über einer Schulter hängend, nahm Jim den Aufzug nach oben. Als er in die schmalen Spiegelpaneele schaute, musste er schlucken. Er sah das verzerrte Abbild von jemandem, der ein wenig Ähnlichkeit mit James Shea hatte, andererseits jedoch überhaupt nicht.

Vor allem nicht der erwartungsvolle Gesichtsausdruck.

Die Tür öffnete sich in sein Loft und er vernahm Miles Davis aus dem Soundsystem, das er nur selten nutzte. Anscheinend war Griffin auf Erkundungstour gegangen, was beunruhigend wäre, wenn Jim etwas Interessantes irgendwo versteckt hätte.

„Hey, ich hoffe, es macht dir nichts aus. Hier war es viel zu leise", rief Griffin.

„Kein Problem." *Das ist schön*, dachte Jim und ging in die Küche. Griffin goss gerade Wein in zwei große Weingläser, die Jim nicht kannte – vermutlich, weil er keine Weingläser besaß.

„Du hattest keine Weingläser." Lächelnd reichte ihm Griffin ein Glas. „Zieh deine Jacke aus und bleib eine Weile."

„Was? Oh klar." Jim entledigte sich der Tasche, der Essenstüten, seiner Jacke und der Schuhe und kehrte zur Kücheninsel mit dem wartenden Wein zurück.

Griffin wühlte in den Tüten herum und gab dabei kleine Kommentare über den großartigen Geruch ab und dass es genug Essen für eine ganze Armee sei. Jim trank seinen Wein, nahm den Jazz in sich auf und glitt auf einen Barhocker, um seinen Rücken zu entspannen.

„Du siehst aus, als hättest du einen Scheißtag gehabt."

„Ja." Unwillkürlich seufzte er auf.

„Warum stellst du dich nicht unter die Dusche? Ich decke den Tisch und wir machen es uns gemütlich." Griffin war bereits in den Schränken zugange und holte mit Leichtigkeit Geschirr und Besteck hervor.

Mit mehr Leichtigkeit als Jim es normalerweise in seiner eigenen Wohnung tat. „Wie machst du das?"

„Was?" Griffin trug eine Jeans und ein T-Shirt. Auf seiner Nase saß die runde, intellektuelle Schriftstellerbrille. Er wirkte von innen heraus lässig, war komplett auf Jim, das Essen und diesen Moment eingestellt. Jim identifizierte das Gefühl, das ihm im Moment unter die Haut ging, als Neid.

„Du bist …" Jim deutete auf ihn. „Du bist so gut darin."

„Gut darin?" Griffin blickte auf die Teller in seiner Hand. „Gut darin, den Tisch zu decken? Bei meinem Dad muss ich das jeden Abend machen. Er wollte nicht, dass ich es für Frauensache halte." Er lachte.

„Fortschrittlicher Vater?"

„Mein Dad hat ganz alleine acht Töchter und einen Sohn großgezogen. Wenn ich dir sage, dass mein Vater ein Feminist ist, meine ich damit, dass er von Grund auf ein absolutes Wissen über und Respekt vor starken Frauen hatte", erklärte Griffin trocken.

„Beeindruckend."

„Ja, sehr sogar." Griffin stellte die Teller auf den Tisch. „Aber meintest du überhaupt meine häuslichen Fähigkeiten oder etwas anderes?"

Jim spielte mit dem Weinglas herum. „Ich könnte das nicht. Über Nacht bleiben, es mir danach bei jemand anderem gemütlich machen … ganz unbeschwert weitermachen."

Griffin zuckte mit den Schultern und Jim bemerkte, wie peinlich es ihm war. „Sollte ich mich vielleicht besser entschuldigen und mir ein Taxi rufen? Wenn ich meinen Aufenthalt überstrapaziere, dann schmeiß mich einfach raus."

„Machst du nicht! Nein, nein, das meinte ich nicht." Jim stand auf, besorgt, dass diese Sache, die er zwar nicht klar benennen, aber nicht aufgeben wollte, vermasseln würde. „Ich bin … beeindruckt und ein wenig neidisch. Es gefällt mir. Es ist nur ganz anders als alles, was ich gewohnt bin. Deshalb … bin ich etwas ausgeflippt."

„Oh. Okay." Griffin begann, zwischen Spüle, Ofen und der Ecke der Kücheninsel hin- und herzulaufen. „Weißt du, bei mir kam dieses Ausflippen schon am Nachmittag. Ich habe gesagt, dass ich bleiben würde und dann dachte ich: ‚Was zur Hölle tust du da? Ernsthaft? Besorge dir schnell ein Flugticket.'"

„Du musst nicht gehen ..."

„Gut, weil ich nämlich kurz vor dem Verhungern bin", erklärte Griffin leicht betreten dreinblickend. „Und ich ... äh, habe es geschafft, etwas zu schreiben. Das ist schon eine ganze Weile nicht mehr vorgekommen."

Jim nickte, kehrte zu seinem Wein zurück und drehte sich dann wieder um. „Moment mal, du hast gesagt, das Drehbuch wäre fast fertig."

„Oh richtig." Griffin wurde rot. „Was das betrifft, habe ich dir kompletten Mist erzählt."

„Noch etwas, worüber du mir kompletten Mist erzählt hast und das ich wissen sollte?" Jim hob fragend eine Augenbraue.

„Ich bin normalerweise nicht so phänomenal im Bett?"

„Das glaube ich nicht eine Sekunde lang", erwiderte Jim forsch, nahm das Glas und ging in Richtung Badezimmer. „Wie gut bist du in der Dusche?"

„Ich sehe nur verschwommen, weil ich weder meine Brille noch die Kontaktlinsen tragen kann. Allerdings bin ich mir ziemlich sicher, dass ich in der Lage bin, deinen Schwanz ohne größere Probleme zu finden."

„Mehr muss ich nicht wissen."

DAS ABENDESSEN wartete. Ineinander verschlungen und in Handtücher gewickelt, aßen sie auf der Couch aufgewärmte Nudeln, Würstchen und Knoblauchbrot. Währenddessen sang Miles immer wieder seine größten Hits. Zum Glück gab es Stunden davon, denn keiner der Männer war gewillt, in nächster Zeit aufzustehen, um die CD zu wechseln.

„Das ist schön", sagte Griffin so leise, dass er es fast überhört hätte. Sie saßen Schulter an Schulter und das Essenskoma hatte Griffin zuerst überwältigt. Er klang schläfrig und zufrieden, als er seine feuchten Locken wieder auf die Couch bettete.

„Sehr schön", stimmte Jim zu. Da er sie so lange nicht benutzt hatte, klang seine Stimme heiser.

„Ich kann nichts sehen."

„Deine Augen sind geschlossen."

„Ich meine ... ich habe meine Brille nicht auf."

„Immer noch im Badezimmer?"

„Ja."

Jim kämpfte sich aus den Decken und Griffins warmer Behaglichkeit. Dann räumte er das Geschirr ab, stellte alles für später in die Spüle und räumte die Reste weg. Er säuberte das Badezimmer und bemerkte, dass ihm kalt war. Das bedeutete einen kleinen Lauf die Treppe hinauf, um sich eine Jogginghose anzuziehen, dann einen erneuten Lauf nach oben, um eine zusätzliche Hose und eine Decke zu holen, als ihm einfiel, dass Griffin ebenfalls kalt sein könnte.

Wieder bei der Couch angekommen, hatte sich Griffin auf die Seite gedreht, zu einem S zusammengerollt und den Kopf auf eines der Zierkissen gelegt. Das gelockerte Handtuch enthüllte einen trainierten Schenkel und den Umriss einer Hüfte. Er schien zu schlafen.

Jim saugte den Anblick in sich auf. Egal, wie lange diese kleine Fantasie perfekter Häuslichkeit auch dauern mochte, er würde sie genießen. Wenn sie morgen oder wann auch immer verschwand, hätte er Erinnerungen, um die nächste Trockenperiode zu überstehen.

Die, wenn man nach der letzten ging, um die fünfundzwanzig Jahre andauern würde.

Jim legte die Jogginghose über die Sofalehne, die Brille in Griffweite auf den Tisch und zog dann die Decke um Griffins Schulter und über seinen eigenen Körper. Sanft strich er ihm über die Haare und in seiner Brust zog sich alles zusammen.

Dieser Kerl war zu einfach zu mögen und man gewöhnte sich zu leicht an ihn. Schon jetzt hasste er den Teil, an dem es enden musste.

12

ALS ACHTUNDVIERZIG Stunden nach ihrem letzten Telefonat Wo-zur-Hölle-bist-du-Nachrichten von Daisy eintrudelten, wusste Griffin, dass er in Schwierigkeiten steckte. Und er wusste, dass er das Telefon nehmen, sie anrufen und fragen musste, ob sie ihre Haushälterin dazu bringen konnte, rüberzugehen, um seinen Farn zu gießen, seine Post einzusammeln und den Müll rauszubringen.

Irgendwann musste er nach Hause zurück. Die vergangenen drei Tage hatte er überlegt, Jim erneut darauf anzusprechen, einfach um zu sehen, ob die Leichtigkeit der ersten Nacht noch ein paar weitere Tage anhielt. Dann wurde Griffin jedoch bewusst, dass *Jim* es ebenfalls nicht nochmals angesprochen hatte. Und wenn Jim es nicht ansprach, dem die Wohnung schließlich gehörte, sah Griffin auch keinen Grund etwas zu sagen.

Ihm war klar, dass sie das Drehbuch als Ausrede nutzen. Ab und an sprachen sie sogar darüber, um seine andauernde Anwesenheit zu rechtfertigen. Letztendlich war dies hier jedoch ein verdammt langes Date mit Essen, Sex, Spaziergängen, Sex, Basketballspielen im Fernsehen, gefolgt von Sex.

Wenn sie wirklich darüber diskutierten, würde die Seifenblase zerplatzen und die Realität – dieses gefürchtete Miststück – sich im Wohnzimmer einnisten. Und das wäre es dann gewesen.

Griffin war noch nicht bereit für „es".

Er stopfte den Wäscheberg in den Trockner (und ja, er machte auch Jims Wäsche, warum auch nicht, immerhin war das hier seine Wohnung und es daher nur *höflich)* und fuhr erneut mit dem Schwamm unnötigerweise über die Arbeitsfläche. Als ihm keine weiteren Aufgaben und Ausreden mehr einfielen, nahm er sein iPhone, ging auf den Balkon und fläzte sich auf einen der Adirondack-Stühle.

Die Skyline von Seattle und einige bauschige weiße Wolken vor dem grauen Himmel beruhigten seine Nerven bis zu dem Moment, als das Handy zu wählen begann und Daisy sofort abnahm.

Oh Mann, er steckte in riesigen Schwierigkeiten.

„Wo zur Hölle bist du?", fragte sie zur Begrüßung. Griffin seufzte.

„Immer noch in Seattle."

„*Was?*"

„Was, was?", fragte er, mit einem Mal defensiv statt wie geplant entschuldigend. „Ich bin in Seattle."

„Mit Jim." Keine Frage.

„Ja, mit Jim."

„Du bist jetzt fast eine Woche dort. Was zur Hölle machst du da?" Ihre schrille Stimme enthielt eine gewisse Schärfe, und nur jemand, der sie ebenso lange wie er kannte, konnte die Angst unter dem sich aufbauenden Wutanfall spüren.

„Es sind noch keine vier Tage vergangen und genau genommen verbringe ich hier eine nette Zeit – danke der Nachfrage."

In der Leitung herrschte Schweigen, das sich nach ein paar Sekunden der Überraschung in etwas anderes verwandelte. „Seid ihr zwei jetzt etwa ein Paar?"

„Nein!" Griffin lachte auf. „Wirklich Daisy Mae. Es sind drei Nächte. Das ist keine Beziehung, sondern ein verdammt langes Date. Wir haben einfach eine gute Zeit zusammen. Keine große Sache." Jedes Wort war die Wahrheit und gleichzeitig eine dicke fette Lüge. Hoffentlich war Daisy zu sehr mit ihrem eigenen Drama beschäftigt, um das zu bemerken.

„Keine große Sache entspricht selten deiner Vorgehensweise, Griff. Du bist für eine Nacht hingeflogen – ich denke, um flachgelegt zu werden – um den Deal abzusichern und jetzt das. Das hatten wir schon einmal und es ist nicht gut ausgegangen."

Griffin hatte nicht die Eier, sie wegen ihrer Schlussfolgerung, dass dieses Mal er für den Filmdeal herumhurte, zur Rede zu stellen. „Nein, das ist keine Wiederholung von irgendwas. Wir verbringen nur eine schöne gemeinsame Zeit miteinander. Ohne Verpflichtungen."

„Das ist genau wie damals mit Randy", stellte sie steif fest.

Er biss sich auf die Wangeninnenseite. Unter all den Beispielen von Griffins Dummer-Jungen-Fehlern war Randy das leuchtendste. Weil Griffin direkt vom ersten Date an gewusst hatte, dass er verheiratet war, aber guter Sex und großartiger Tequila hatten das „es ist nur eine Scheinehe, sie weiß, dass ich schwul bin, wir machen jeder unser eigenes Ding", völlig logisch klingen lassen.

Sieben Monate lang.

Bis Randys hochschwangere Frau über den roten Teppich von Randys neustem historischen Kostümspektakel gewatschelt war und die Tussi von *Entertainment Tonight* auf Griffins Herz herumtrampelte.

Daisy – „weil ich weiß, Süßer, weil ich einfach weiß, wie du dich fühlst" – hatte ihn nach Rio, zum Drehort ihres neusten Films geschleift, und Drehbuchänderungen vorgeschoben. Was hieß, dass er zehn Stunden am Tag in ihrem Wohnwagen herumsaß und massenhaft Tränen vergoss, weil er so dumm und leichtgläubig gewesen war.

Sie hatte die Tränen getrocknet, ihm den Kopf getätschelt und ihn daran erinnert, dass mächtige Männer nicht nach denselben Regeln handelten wie der Rest der Welt. Sie nahmen sich einfach, was sie wollten und schrieben die Regeln neu, damit sie zu ihren Bedürfnissen passten.

Sie wusste das aus erster Hand.

Er vernahm Gemurmel: Daisy führte Selbstgespräche. Er konnte den Abgrund erahnen, den Moment zwischen Daisys Explosion und ihrem Rückzieher. Es konnte in beide Richtungen gehen. Sie empfanden einen sehr starken Beschützerinstinkt füreinander, verstrickten sich jedoch manchmal in zu viel Ballast. Das Maß, mit dem sie sich füreinander einsetzten, hätte besser zu siamesischen Zwillingen gepasst.

„Es tut mir leid", sagte sie schließlich und ihr leiser Verzeih-mir-Tonfall klang süß in seinem Ohr. „Ich habe mir einfach Sorgen gemacht, verstehst du? Du warst noch nie weg, ohne mich anzurufen oder mir wenigstens eine Nachricht zu schicken. Ich war besorgt."

„Tja, dann tut es mir ebenfalls leid. Ich war nur mit Schreiben und diesem Miniurlaub beschäftigt." Er war erleichtert, einen Streit vermeiden zu können. „Ich hatte nicht vor, einfach von der Bildfläche zu verschwinden."

„Weißt du denn, wann du zurückkommst? Ich frage nur, weil Claus im Four Seasons eine Party für Lina Devore gibt …"

Griffin rieb sich unter der Brille die Augen. Lina war Claus neuste Geliebte, eine französische Schauspielerin, die ungefähr so viel Talent wie das Zeichentrick-Stinktier Pepé Le Pew hatte, aber über ein Hammergestell verfügte und der neuste Austausch für Daisy war.

Kranker Kreislauf. Claus liebte diese Achterbahnfahrt und Daisy fand immer einen Grund nicht auszusteigen. Griffin hätte Claus am liebsten einen Schlag in das dumme Gesicht versetzt, weil er nicht auf Daisy sauer sein konnte.

Die Geliebten, die Machtspielchen. Claus hatte den Sieg errungen, als er Daisy geheiratet hatte: das heißeste, junge Gut in Hollywood, das Mädchen, das sie alle in ihren Filmen oder Betten haben wollten. Claus war jedoch erster gewesen und hatte sie für eine gefühlte Ewigkeit an sich gefesselt. Und der Ehevertrag war bei Weitem nicht so bindend wie der, mit dem er ihre Karriere in seinem eisernen Griff hielt.

„Wann ist die Party? Ich werde dafür sorgen, dass ich dann zurück bin, damit wir gemeinsam hingehen können", versicherte er ihr. Schuld nagte an seinen Eingeweiden. Jeder Geburtstag, den Daisy ignorierte, ließ sie noch viel zerbrechlicher werden, wenn eine neue Frau am Horizont auftauchte, um ihr ihre Position streitig zu machen. „Hast du schon ein neues Kleid?"

Daisy seufzte. „Nein, noch nicht. Jules bringt mir heute ein paar Sachen vorbei."

„Schick mir Fotos auf mein Handy. Wir werden etwas Fantastisches aussuchen. Niemand wird die französische Hure bemerken."

„Du bist gemein", verkündete Daisy, doch er hörte, wie ihre Stimme leichter wurde. „Ich liebe dich. Und es tut mir wirklich leid, Griff. Ich schwöre. Ich war eine dumme Kuh, aber weißt du, da ist einfach so viel …"

„Entschuldige dich nicht. Es ist schließlich zum Teil meine Schuld, weil ich so toll bin, dass du es ohne mich nicht aushältst", zog er sie auf.

„Das ist nicht mal ein echter Witz", erwiderte sie.

„Ich weiß. Ich *bin wirklich* so toll. Und jetzt nimm ein schönes, langes Bad. Ich warte auf die Dekolleté-Fotos."

„Ich hab dich lieb, Griff."

„Hab dich auch lieb, Daisy Mae."

NACH DEM Telefonat mit Daisy saß Griffin im, allen Anschein nach, einzigen Sonnenstrahl in Seattle, der praktischerweise direkt auf den Stuhl auf Jims Balkon schien.

Oh ja, das Thema hatten sie schon vorher gehabt, damals, als Griffin jung und dumm gewesen war, oder zumindest jünger und noch dümmer. Er hatte die Realität ausgeblendet und war bei mehr als einer Gelegenheit (Randy hatte unbedeutendere Klone, doch jede Geschichte endete damit, dass Griffin sich die Wunden leckte) hart und tief gefallen. Und jedes Mal war Daisy da gewesen, um ihn an die Tatsachen zu erinnern.

Mehr als einmal hatte sie ihm eine Standpauke über Männer, ihre Arschlochmethoden und ihr Bedürfnis nach „neuer, besser, glänzender" gehalten. Ihm war immer klar, dass sie in Wirklichkeit über Claus schimpfte, doch andererseits hatte sie nicht unrechtunrecht.

„Gewöhne dich nicht zu sehr daran. Es wird nie das sein, für das du es hältst."

GRIFFIN LEGTE die Wäsche zusammen. Ihm war übel.

Jim war ein verklemmter Workaholic, der weder Dates, noch echte Beziehungen hatte. Und dann kommt Griffin, der bereit ist, alles zu tun, um ihm ein glückliches Heim zu schaffen. Essen auf dem Tisch? Ein guter Fick? Lustige Gespräche? Kein Problem! Soll ich mich umdrehen und deine Pantoffeln holen, wenn ich schon dabei bin? Danke, dass du mich nicht rauswirfst – noch nicht!

Schon bald würde Jim schlecht gelaunt nach Hause kommen und beschließen, dass er keinen Fremden in seiner Wohnung gebrauchen konnte. Und das wäre es dann. Die Illusion würde zerplatzen und Griffin sich – mit Daisys in der Luft brodelnden harten, selbstgerechten Zorn – in einem anderen Flugzeug, einer anderen Limousine befinden.

Und sie hätte erneut recht gehabt.

IN JIMS Schlafzimmer packte Griffin seine Tasche.

Er schwankte zwischen einer Textnachricht und einem Zettel für Jim. Etwas Einfaches, wie z. B. „Danke für den Spaß, bis bald, es war *toll*". Aber vielleicht war das nicht cool und unbeteiligt genug. Es musste zwanglos klingen, schließlich durfte er den Film nicht gefährden.

Zwanglos war überhaupt nicht Griffins Ding, was sich ganz eindeutig darin zeigte, wie lange er brauchte, um Unterwäsche, Socken, Jeans und ein T-Shirt einzupacken.

Genau genommen brauchte er dafür so lange, dass die Schatten immer länger und ausgeprägter wurden. Wegen des fehlenden Mittag- und Abendessens knurrte sein Magen trotzig. Er schaute auf die Uhr auf dem Nachttisch.

Jim würde jede Minute nach Hause kommen.

Neben ihm begann sein iPhone zu surren. Eine Textnachricht von Jim. Griffins Magen machte einen kleinen Hopser, als er auf die Taste drückte. *Lust auszugehen? Wir sehen uns in einer halben Stunde unten.*

Daisy konnte morgen recht haben. Er schrieb *ja* zurück und packte die Tasche wieder aus. Einstweilen.

13

„DER HUMMER war großartig", sagte Griffin, als Jim den Wagen auf seinem üblichen Parkplatz abstellte.

„Ja, die Einrichtung ist nicht so toll, aber das Essen schmeckt fantastisch." Jim stellte den Hebel auf Parken und schaltete mit einem Seufzer den Motor aus. Er war todmüde und schob die drängende Frage vor sich her, wie lange Griffin bleiben würde.

Einerseits konnte er sich überhaupt nicht beschweren. Andererseits fing es gerade an, sich zu einer ernsten *Sache* zu entwickeln und Jim war furchtbar in solchen Dingen.

„Müde?" Als er den Kopf auf das Lenkrad legte, schob ihm Griffin die Hand in den Nacken.

Er versuchte, nicht zu schnurren. „Mmhm."

„Dann hätten wir zu Hause bleiben sollen."

Wir.

Jim zuckte die Schultern und riss sich zusammen, als er sich wieder aufrichtete. In der Dunkelheit warf er Griffin ein nervöses Lächeln zu. „Dachte, ich zeige dir alle schönen Ecken von Seattle, bevor du heimfährst."

Auf seine Worte folgte unbehagliches Schweigen – Worte, die er am liebsten wieder eingesaugt hätte, denn so wollte er das hier überhaupt nicht machen.

„Oh, richtig. Was das angeht ...", die Hände jetzt wieder bei sich, fasste Griffin nach dem Türgriff, „... ich habe vorhin mit Daisy gesprochen. Wir müssen zu dieser Party. Dieses Wochenende."

„Klar. Mich wundert, dass du in der vergangenen Woche nichts Besseres zu tun hattest ..." Oh Gott. Jim klappte den Mund zu. Er machte es nur noch schlimmer.

„Das glamouröse Leben als schwuler Begleiter eines Kinostars – Party folgt auf Party", stieß Griffin sarkastisch aus, verließ den Wagen und schlug die Tür zu.

„Was?" Jim zog die Schlüssel ab und hievte sich aus dem Auto. „Das habe ich nicht gesagt. Ich habe mich nur gewundert."

„Worüber gewundert? Dass ich anscheinend kein Leben habe, in das ich zurück möchte? Ich habe geschrieben, klar? Jede Menge. Das ist das, was ich tue. Das kann ich überall tun und hier funktioniert es."

Griffins wütender Marsch ins Gebäude wurde durch Jims Gefummel mit den Schlüsseln gebremst.

„Okay, okay." Jim öffnete die Tür und Griffin stürmte hinein und eilte zum Aufzug. „Es tut mir leid. Ich wollte nur Konversation betreiben."

„Idiotische Konversation", murmelte Griffin, während er mit dem Fuß ungeduldig auf den Boden tippend darauf wartete, dass Jim endlich den Schlüssel für den Aufzug hervorzog. „Wenn ich gehen soll, sag es einfach."

„Das habe ich nicht gesagt."

„Hättest du aber genauso gut auch laut aussprechen können. Tut mir leid, ich dachte, es würde dir Spaß machen."

„*Das tut es.*"

„Warum willst du mich dann loswerden?" Griffin schrie inzwischen und Jim spürte, wie seine eigene Körpertemperatur ebenfalls stieg. Ja, genau deshalb hatte er keine Beziehung mehr. Verdammtes Drama.

„Du hast gesagt, du musst zu einer Party fliegen. Ich habe mich gewundert, warum du nicht zu anderen Veranstaltungen musstest … das ist alles. *Du* hast das Thema Abreise angesprochen." Jim drängte in den Aufzug und schlug auf den Knopf.

Griffin verschränkte die Arme über der Brust und starrte auf die glänzenden Glasscheibchen im Aufzug. Jim schaute er nicht an, ignorierte seine Worte, nur der Muskel in seinem Kiefer zuckte hin und wieder.

Darauf starrte Jim.

„Es ist keine große Sache", meinte Griffin plötzlich, als sich die Türen öffneten. „Das war ja nichts außer … zusammen rumhängen und ficken. Was soll's. Ich bekomme bestimmt gleich morgen früh einen Flug."

„Genau", antwortete Jim, fragte sich dann jedoch, warum zur Hölle sie über etwas stritten, das keine große Sache war. Das war dumm. Das hier war dumm. „Was auch immer du willst."

„Genau. Was auch immer."

„Genau. *Was auch immer.*" Jim warf frustriert die Hände in die Luft, sodass die Schlüssel flogen. Griffin brummte erneut vor sich hin und ging nach draußen auf den Balkon.

„Um Himmels willen …". Jim begann seine Arbeitsklamotten auszuziehen und ging nach oben, um sich etwas anderes zum Anziehen zu holen. Vielleicht sollte er eine Runde laufen gehen, weil es keinen friedlichen Abend geben würde, an dem sie zusammen rumhingen (und Sex hatten - den Sex nicht zu vergessen). Das war vorbei.

Oben auf der Treppe angekommen kamen alle seine Gedanken zum Stillstand, als er die gefalteten Sachen auf dem Bett erblickte.

Es dauerte eine Sekunde, doch dann identifizierte er sie als seine. Die zuvor schmutzigen Kleidungsstücke lagen gewaschen und ordentlich gefaltet und gestapelt auf dem gemachten Bett.

Er blinzelte und blickte dann nach unten.

Sauber. Aufgeräumt. Er war sich sicher, dass er heute Morgen einige Postwurfsendungen auf der Theke und Geschirr in der Spüle zurückgelassen hatte, aber nein. Alles war makellos sauber. Auf der Theke stand eine neue Müslipackung. Spülmittel. Das hatte er bei seinem letzten Ausflug in den rund um die Uhr geöffneten Supermarkt vergessen.

In wenigen Tagen war Griffin der wahrscheinlich beste Mitbewohner geworden, den er je gehabt hatte. Mitbewohner mit gewissen Vorzügen.

Es machte ihn fertig, daran zu denken, wie sehr er sich in weniger als einer Woche an den anderen Mann gewöhnt hatte. Und dann machte es ihn fertig und er fürchtete sich davor, morgen nach Hause zu kommen und Griffin nicht mehr sehen zu können.

Dumm. Das hätte nicht passieren dürfen. Schlechte Idee. Sehr schlecht. So kompliziert, dass Jim nicht wusste, wie er damit umgehen sollte.

„Hey Jim?" Griffins Stimme durchbrach seine Gedanken und als er sich umdrehte, sah er ihn auf halbem Weg auf der Treppe stehen. Der Mann sah so schrecklich aus, wie er sich fühlte.

„Danke, dass du meine Wäsche gemacht hast." Mit dem ersten herauszuplatzen, was ihm in den Sinn kam, war meistens nicht Jims beste Idee, aber es schien Griffin für einen Moment ein Lächeln ins Gesicht zu zaubern.

„Oh, kein Problem. Ich habe meine gemacht ..." Er ließ den Blick durchs Loft schweifen, mied dabei jedoch sorgfältig das Bett. „Wie auch immer, ich wollte mich entschuldigen, dass ich diesen dummen Streit angefangen habe. Daisy und ich hatten am Telefon eine kleine Auseinandersetzung und ich habe mich ..." Griffin machte eine Handbewegung. „Ich habe mich wie ein Idiot gefühlt und dann auch so benommen. Habe den Arschlochkreislauf vollendet." Zur Verdeutlichung formte er mit den Händen einen Kreis in der Luft.

Jim setzte sich aufs Bett. Er war völlig verwirrt und ihm fehlten die Worte. „Lass uns also einfach so tun, als ob ich nicht wüsste, was ich hier tue oder was ich falsch mache."

Griffin kam die letzten Stufen hinauf und ließ sich auf der obersten nieder. Von dort aus beobachtete er Jim wachsam. „Du hast nichts falsch gemacht. Ich bin der Kerl, der dich zu einer Essensverabredung gedrängt hat und dann Booom! gehe ich einfach nicht mehr!"

„Es sind doch nur ein paar Tage gewesen." Das ergab jedoch keinen Sinn, denn wer zählte sie überhaupt? Jim jedenfalls hatte das nie getan. „Es ist ja nicht so, als wärst du eingezogen."

„Ich habe die Wäsche gemacht."

„Du hast meine Wäsche gemacht! Das war ... Danke. Das war echt nett", hob Jim hervor, die Hände zwischen den Knien verschränkt.

„Es ist schräg."

„Warum ist das schräg? Ich hatte Mitbewohner, die das nie gemacht haben." Selbst Ben hatte nie seine Wäsche gemacht und Jim war lange Zeit überzeugt gewesen, in *ihn* verliebt zu sein.

„Das ist nicht wirklich eine Mitbewohnerangelegenheit", stellte Griffin mit verwirrtem Gesichtsausdruck fest. „Es ist eher ein ... eine Beziehungssache. Hast du nie mit einem Freund zusammengewohnt, der deine Wäsche gemacht hat?"

Jim dachte darüber nach und merkte dann, wie merkwürdig es war, dass er überhaupt darüber nachdenken musste. Ploppte in seinem Kopf keine Erinnerung auf?

Nee, nichts.

„Nein. Ich habe mit Freunden zusammengelebt, aber keiner von ihnen hat viel gemacht." Wow, er hatte echt einen furchtbaren Männergeschmack.

„Oh, das ist ..." Was auch immer Griffin hatte sagen wollen: Er verkniff es sich. Jim beobachtete, wie die Emotionen über sein Gesicht huschten. Wäre dies ein Verhör, würde er sich fragen, welche neue Information jetzt ans Licht kommen würde.

„Was? Der Beweis, dass meine Beziehungen vermutlich scheiße waren? Tja, das waren sie."

„Nein." Griffin runzelte die Stirn. „Ja. Eigentlich wollte ich sagen, dass das natürlich Scheiße ist. Dann ist mir aber eingefallen, dass es auch scheiße ist, die Person zu sein, die all tut, ohne eine Gegenleistung dafür zu erhalten", erklärte er schulterzuckend.

„Bedauerst du also, dass du meine Wäsche gemacht hast?" Jim rieb sich die Stirn. Das war eine großartige Erinnerung daran, warum gefühlloser Sex so viel einfacher als Gespräche war. „Weil du wissen musst: Für mich ist es völlig okay, wenn du es nicht tust. Aber wenn du es machen willst, finde ich es echt nett."

Griffin grinste. „Oh Mann, verhältst du dich bei Verdächtigen auch so lächerlich?"

„Nein. Genaugenommen bin ich großartig im Umgang mit ihnen! Mit Zeugen ebenfalls."

„Also würde das hier besser laufen, wenn ich traumatisiert oder in Handschellen wäre?"

Jim stieß ein echtes, amüsiertes Lachen aus und schüttelte den Kopf. Ja, es wäre in jedem der beiden Fälle einfacher, was ihn zu einem guten Polizisten und lausigen Nichtpolizisten machte.

„Wir sind schon ein tolles Paar", stellte Griffin fest, als er sich erhob und den Körper nach der unbequemen Sitzposition streckte. Dann warf er einen Blick auf die Stelle im Bett neben Jim, der sowohl über die Feststellung als auch als Antwort auf die unausgesprochene Frage nickte.

„Du bist gar nicht so übel."

„Danke. Du auch nicht." Griffin setzte sich.

„Willst du ... Keine Ahnung. Irgendwas machen?"

Griffin hob eine Augenbraue.

Jim verdrehte die Augen. „Das meinte ich nicht. Ich meinte … Keine Ahnung. Eine Runde laufen gehen oder ins Kino. Irgendwas."

Der andere Mann lachte. „Merkwürdigerweise gehe ich nie ins Kino und laufe nur, wenn ich gejagt werde."

„Was ist mit den ganzen Premieren?"

„Kumpel, da sieht man nie wirklich den Film. Du stolzierst über den roten Teppich, hängst im VIP-Raum rum und trinkst, gehst danach auf die Party und erzählst jedem, wie sehr dir der Film gefallen hat."

Jim schüttelte den Kopf. „Das ergibt überhaupt keinen Sinn."

„Das ist Hollywood. Das muss keinen Sinn ergeben." Griffin schwieg. „Es könnte nett sein, sich einen Film anzuschauen, ohne gezwungen zu sein, etwas Nettes darüber sagen zu müssen."

„Wenn du es hasst, verspreche ich, nicht traurig zu sein", versprach Jim trocken. Mit einem Blick zur Kommode meinte er: „Ich ziehe mich schnell um und du kannst in der Zwischenzeit in der Zeitung nachschauen, wann die Filme beginnen."

„Ich habe mein iPhone."

„Stimmt ja. Wie auch immer. Schau dort nach, wo du erfährst, wann der nächste Film beginnt, den du sehen möchtest, und ich ziehe mir unterdessen eine geräumigere Hose an."

„Geräumiger?"

„Popcorn."

Sie landeten in der Zwanzig-Uhr-Vorstellung der Fortsetzung eines Films, von dem keiner von ihnen den ersten Teil gesehen hatte. Griffin kannte jedoch den Regisseur und beteuerte, dass es hirnloser Quatsch sein würde, dem man leicht folgen konnte. Damit lag er richtig.

Sie teilten sich eine riesige Portion Popcorn und Jim gelang es, bis zur letzten Szene wach zu bleiben, was eine große Leistung für ihn war. Als alle der Reihe nach hinausgingen, blieb Griffin in seinem Sessel sitzen, obwohl sich Jim erhob.

„Worauf wartest du?", gähnte Jim und bürstete sich Körner von der Hose.

„Ich schaue den Abspann an."

„Der Film war schrecklich. Willst du wissen, wem du dafür die Schuld geben kannst?"

„Nein. All diese Menschen haben hart für diesen schrecklichen Film gearbeitet. Das ist ihr Job."

Da Griffin verlegen wirkte, als das Licht anging, setzte sich Jim wieder hin.

„Du schaust also den Abspann an?"

„Von jedem Film, jeder Fernsehsendung. Weil … weißt du, irgendjemand sollte das tun." Griffin zuckte die Schultern. „Na gut, das habe ich vorher noch nie laut ausgesprochen und es klingt albern. Lass uns gehen."

Jim schüttelte den Kopf. So hatte er das noch nie betrachtet. Es war nur ein Abspann. Nie hatte er ihn mit echten Menschen in Verbindung gebracht. Menschen wie Griffin. „Nee, lass uns bleiben. Hey, wir sollten mal einen deiner Filme anschauen, damit ich deinen Namen lesen kann."

„Mein Zeug ist Mist."

„Ich dachte, du bist erfolgreich." Jim kniff die Augen zusammen. Eds Film sollte nicht in den Händen von irgendjemandem liegen, der Mist produzierte. „Daisy ist …"

„Daisy ist ein Filmstar. Ich verdiene gut mit dem, was ich tue. Weder das eine noch das andere bedeutet zwangsläufig hohe Qualität. Schließlich verkaufen sich Twinkies besser als Gourmetschokolade."

„Twinkies sind *gut*. Sie … sind genau das Richtige. Manchmal will man einfach keine Gourmetsachen."

„Ja, manchmal will man einfach synthetischen Mist, der die Apokalypse überdauert."

„Daran ist nichts Falsches."

„Darüber ließe sich streiten." Griffin schaute ihn nicht an, der Blick war auf die Leinwand gerichtet. Jim war sich nicht sicher, ob er sich noch auf die Menschen hinter den Namen konzentrierte. „Manchmal würde ich gerne ein bisschen … mehr machen."

„Wie Eds Film? Geht es darum? Ein Nebenprojekt. So hast du es bei dem Essen neulich Abend bezeichnet."

„Ja. Ja." Er seufzte und wandte sich Jim zu. „Hör zu, du musst wissen, dass wir Ed nicht über den Tisch ziehen werden. Das schwöre ich dir bei allem, was mir heilig ist. Daisy und ich nehmen das sehr ernst. Nicht nur wegen des Themas, sondern auch, weil das unsere große Chance ist, zu beweisen, dass wir nicht nur … Twinkies sind."

„Das klingt nicht allzu schlecht." Jim rieb sich die Hände an der Hose. „Ist es doch nicht, oder?"

„Nein, ist es nicht. Daran ist überhaupt nichts Schlechtes. Daisy und ich versuchen einfach nur, etwas mehr aus unserem Leben zu machen und …" Ein weiterer Seufzer. „Mehr zu erreichen. Verstehst du?"

„Okay." Der Abspann war zu Ende und hatte Platz gemacht für die Standwerbung eines örtlichen Autohauses. „Dich und Daisy gibt es also nur im Gesamtpaket", stellte Jim beiläufig fest.

Griffins Augen wurden groß und das Stirnrunzeln, das seine Mundwinkel reizte, war nicht zu übersehen. „Sie ist meine beste Freundin."

„Ja, das habe ich begriffen." Die Angestellten kamen herein und fingen an, die Reste aufzufegen. Jim wusste, dass sie die letzten Zuschauer waren und besser schnellstens verschwinden sollten, doch dieser Moment schien zu wichtig zu sein. „Ich will nur sagen … ihr arbeitet zusammen, verbringt eure Freizeit zusammen …"

„Da läuft nichts", stieß Griffin abwehrend aus. „Falls es das ist, worüber du dir Sorgen machst."

„Nein. Nein. Darauf wollte ich überhaupt nicht hinaus. Du hast mir schließlich gesagt, dass du kein Interesse an ihren weiblichen Körperteilen hast und das glaube ich dir."

„Danke. Ich weiß echt zu schätzen, dass du mir glaubst, dass ich schwul bin." Griffin sammelte seinen leeren Becher und die Packung mit den Schokorosinen ein und erhob sich, um zu gehen. „Und? Verbringst du nicht viel Zeit mit deinen Freunden?"

„Nun, genau genommen …" Jim stand ebenfalls auf und schlurfte den Gang hinab.

„Lass mich raten: Du hast nicht viele Freunde."

„Mehr so ein zwangloses Polizistending und äh … ja, dann ist da noch der Ordnungshüter Kabale-Zirkel."

„Bitte?" Griffin warf in der Lobby seinen Müll weg und sah Jim verwirrt an. „Oh Gott, du bist doch nicht in irgendeiner schrägen Sekte, oder? Eine dieser Selbstjustizgruppen, die Jagd auf Kriminelle machen, die nicht verurteilt wurden?"

Jim schüttelte den Kopf. „Moment … den Film habe ich gesehen."

„Michael Douglas, Hal Hoolbrook. Verdammt großartig." Griffin wischte sich die Hände an seiner Jeans ab. „Worüber haben wir noch mal gesprochen?"

„Keine Ahnung."

Sie schafften es bis hinaus auf den Parkplatz, bis Griffin mit den Fingern schnippte. „Was zur Hölle ist der Ordnungshüter-Kabale-Zirkel?"

„Oh." Jim öffnete ihm die Tür. Es war ihm peinlich, dass er seine Freunde so genannt hatte. „Es sind drei Pärchen: Mein Partner und seine Frau; mein ehemaliger Mitbewohner samt Frau sowie ein Staatsanwalt und eine Staatsanwältin, die in ein paar Monaten heiraten werden. Jedenfalls essen sie einmal im Monat freitags zusammen zu Abend und ich werde immer dazu eingeladen und … tja, es sind tolle Menschen, aber es fühlt sich an, als würdest du mit sechs Omas rumhängen, die versuchen, dich so schnell wie möglich unter die Haube zu bekommen."

Griffin glitt ins Auto und versuchte ganz offenkundig, sich ein Lachen zu verkneifen. „Deine Freunde sind ein Haufen Hetero-Klatschtanten? Echt jetzt? Jim, du überraschst mich immer wieder."

„Es sind wirklich gute Menschen", warf Jim fast verteidigend ein. Er ließ den Wagen an. „Sie sind fast alle … nun, Terry hat mit mir zusammen an dem Fall gearbeitet und Nick und Heather waren die Staatsanwälte im Fall von Eds Tochter."

Griffin wurde hellhörig. „Was? Dann sollte ich sie vielleicht mal treffen. Wann findet das nächste Essen statt?"

„Nein."

„Nein?"

„Nein. Auf gar keinen Fall. Ich habe noch nie einen Mann mitgebracht und werde das auch niemals tun. Sie werden über dich herfallen. Wirklich. Du hast ja keine Ahnung."

„Es ist nur für Recherchezwecke! Für den Film! Du kannst ihnen doch einfach erzählen, dass ich Schriftsteller bin …"

„Terry weiß es."

„Terry dein Partner, weiß was?"

„Dass wir … dass du hier bist."

„Hmm."

„Bei mir in meiner Wohnung!"

„Dein Partner weiß also, dass du mit mir geschlafen hast und das bedeutet, dass ich nicht mit dir zu dem Essen gehen kann?"

„Wenn du meine Freunde kennen würdest, würdest du es verstehen."

„Aber ich kann deine Freunde nicht kennenlernen", erwiderte Griffin trocken.

„Ganz genau."

Griffin begann zu kichern und gackerte die gesamte Heimfahrt leise vor sich hin.

14

GRIFFIN SCHOB sich die Sonnenbrille auf den Kopf, während er sich auf Claus und Daisys Party einen Weg am Beckenrand entlang bahnte. Da das Four Seasons nicht in der Lage gewesen war, alle von Claus Ansprüche zu erfüllen, hatte man das Event für seine neue Freundin in die Villa in Bel Air verlegt, in der er mit seiner Frau lebte.

Beschissener Hollywood Stil.

Das Nirvana T-Shirt, schäbige Jeans und Flip-Flops waren Griffins Art, Claus den Stinkefinger zu zeigen.

Es kam ihm vor, als wäre er monatelang von diesem Mist entfernt gewesen, statt nur ein paar Tage. Während Seattle ihn nicht losließ, war ihm LA fremd.

Die Menge, die gerade Salat-Wraps aß und Granatapfel-Martinis schlürfte, bestand aus den Frühaufstehern, die in einer Stunde an einem spannenderen Ort sein mussten, persönlichen Assistenten, die von ihren Chefs als Gefallen auf die Liste gesetzt worden waren (und sich hervorragend für Klatsch und Tratsch eigneten) und ein paar Leuten, die für Spektakel wie dieses lebten.

Es war wie NASCAR für die Reichen und Berühmten. Wenn sie wirklich Glück hatten, würde es einen Unfall geben, zum Beispiel, dass Daisy sich betrank und Lina in den Pool warf.

Griffin war natürlich aus Liebe und zur moralischen Unterstützung hier. Und um zu verhindern, dass Lina im Whirlpool ertrank.

„Griffin!" Als er seinen Namen im australischen Singsang hörte, drehte er sich lächelnd um. Jules, Daisys leidgeprüfte Assistentin, kam mit zwei riesigen Margaritas in der Hand auf ihn zu.

„Beide für mich?"

„Himmel, nein. Du musst dir deinen eigenen holen, Süßer. Herr Claus hat schlechte *Laune* und Daisy ist ein klein wenig zickig. Ich werde beide brauchen, um die nächste Stunde zu überstehen", erklärte sie trocken. Um das zu unterstreichen, trank sie einen großen Schluck.

„Welche Nummer auf der Richterskala?" Ihre Worte ignorierend schnappte sich Griffin einen der kunstvollen Drinks.

„Er ist eine Zwölf, sie eine Fünf. Ich habe sie angezogen, ihr Valium gegeben und sie dazu gebracht, etwas zu essen. Solange Claus Lina nicht auf dem Sprungbrett fickt, sollten wir klarkommen."

„Ich finde wirklich, dass es eine sehr schlechte Idee ist, die drei in die Nähe eines großen Pools voller Wasser zu lassen."

„Ach, ich weiß nicht. Einige Bananenschalen und all unsere Probleme wären gelöst."

„Jules!", Griffin schnalzte missbilligend.

„Was?"

„Nicht genug Salz." Er deutete auf das Glas.

Nach einem Drink und einem netten Gespräch, in dem sie über gemeinsame Bekannte herzogen, fühlte sich Griffin gestärkt genug, um nach Daisy zu suchen.

Er fand seine Freundin im Poolhaus, wo sie mit klackenden Absätzen nervöse Kreise auf dem Holzboden zog. Den eng vor der Brust verschränkten Händen nach zu urteilen, ging das vermutlich so, seit Jules gegangen war.

Nachdem er sich ein Lächeln ins Gesicht gepflastert hatte, stieß er die Tür auf und klopfte beim Hereingehen. „Du hübsches Mädchen! Ich habe dir doch gesagt, dass Pink einfach perfekt ist." Er breitete die Arme aus und wappnete sich vor dem Aufprall, als Daisy losrannte, um ihn zu umarmen.

„Du bist spät dran, aber ich verzeihe dir." Sie schnüffelte theatralisch und hielt mit ihrem stark geschminkten Gesicht Abstand von seinem weißen T-Shirt. „Du riechst komisch."

„Mit Komplimenten kommt man immer weiter. Jules hat mich gezwungen eine Margarita zu trinken."

„Mir hat sie Valium gegeben. Und eine Banane."

„Ich habe gewonnen!"

Daisy lachte auf. Es war ein echtes Lachen, nicht das falsche, schillernde, bezaubernde, das sie für die Medien oder die verschiedenen Mitläufer aufsetzte, die von ihrem Talent lebten. Er hatte nie mit Daisy schlafen wollen, aber ihm gefiel es, der Einzige zu sein, der sie wirklich glücklich machte.

„Komm, du musst einen großen Auftritt hinlegen und dir von den Leuten aus der Hand fressen lassen, bevor Wiewarnochihrname und Claus eintrudeln."

Ihr tausend Watt Lächeln verblasste etwas. „Claus hat furchtbare Laune. Er hat Nico Watts gefeuert."

Den Autor, der Linas Debütfilm schrieb. Griffin zuckte mit den Schultern. „Warum? Hat er zu viele zweisilbige Wörter benutzt, die sie nicht auswendig lernen kann?"

„Das hat er nicht gesagt. Er hat einfach das Drehbuch gehasst, in den Kamin geworfen und ihn rausgeschmissen."

„Nico wird diesen Rauswurf schon sehr bald als das Beste ansehen, das ihm passieren konnte. Und Claus wird einen anderen verzweifelten Drehbuchautor finden, der irgendwelchen Müll für die französische Hure zusammenklöppelt."

„Ich weiß nicht." Daisy biss sich auf die Lippe. „Was, wenn er dich fragt?"

Lachend schüttelte Griffin den Kopf. „Mich kann er sich nicht leisten."

„Dein Vertrag …"

„Besagt, dass ich Filme für Bright Side schreiben muss. Claus wird mein Talent nicht an Linas Straight-to-DVD-Softcorestreifen-Debüt verschwenden."

„Okay." Daisy schien ihm nicht zu glauben. Vielleicht dachte sie ebenso wie er an ihr eigenes Straight-to-DVD-Debüt all die Jahre zuvor, bevor sie groß rausgekommen war. „Sollen wir rausgehen?"

„Ja. Ja, das sollten wir. Vielleicht besorgt uns Jules noch mehr Margaritas."

Bis sie in Sichtweite der Party gerieten, klammerte sich Daisy an Griffins Arm, dann ließ sie schnell los. Sie wusste, dass sie vollkommen kontrolliert und so aussehen musste, als würde sie die ganze hässliche Sache fröhlich ignorieren, wenn Claus mit Lina ankam. Daher folgte er ihr und gab Jules quer über den Patio ein Zeichen. Schnell schnappte sie sich einige Margaritas und steuerte auf sie zu.

„Danke", sagte Daisy zuckersüß, während Griffin Jules zuzwinkerte. Er wusste, dass ihr Drink schwach war, damit er in Verbindung mit dem Valium keinen Schaden anrichtete.

„Meiner ist besser ein doppelter", murmelte er. Jules grinste ihn an und schob die viereckige Sonnenbrille zurecht.

„Dreifacher", flüsterte sie zurück, bevor sie sich neben Daisy stellte – stets präsent und in Alarmbereitschaft. „Es läuft alles. Ich bin es zweimal mit dem Caterer durchgegangen. Sag einfach Bescheid, wann das Essen aufgetischt werden soll."

„Der Wächter am Tor soll dir eine Nachricht schicken, wenn Claus kommt. Dann kann das Essen rausgebracht werden." Daisy trank lächelnd einen Schluck aus ihrem Glas und grüßte die vorbeikommenden Gäste.

„Dann hat jeder den Mund voll, wenn die französische Sexpuppe auftaucht", meinte Griffin. „Schlaues Mädchen."

Daisy zuckte nur mit den Schultern, doch ihr bösartiges Lächeln verriet alles. „Ich mische mich jetzt unter die Gäste. Sagst du mir bitte Bescheid, wenn er kommt?"

„Natürlich", erwiderte Jules und Daisy sauste davon, sodass ihr langes Kleid über ihre Plateauschuhe aus Kork wehte. Sie wirkte wie eine perfekte, schöne Gastgeberin, die sorglos die Früchte ihres Erfolgs betrachtete.

Griffin schluckte den Rest seiner Margarita herunter und bekam als Quittung ein Schwindelgefühl. Daisy war in scheiß-drauf-Stimmung, was bedeutete, dass Jules und er später vermutlich viel zu tun haben würden.

„Sind Paparazzi hier?"

„Die üblichen eingeladenen, aber es stehen ungefähr fünf Leute auf der Liste, die mir suspekt sind." Jules schürzte die knallroten Lippen. Komplett schwarz gekleidet, mit blonder Stachelfrisur, wirkte sie auf dieser Party schmerzlich fehl am Platz. In Wirklichkeit war sie jedoch vermutlich der einzige vernünftige Mensch weit und breit.

„Getarnte Paparazzi, Herr Claus, die französische Hure und Daisy. An einem großen Pool mit Wasser. Das könnte besser werden als der Ausflug nach Aspen, zu dem Claus Hedda mitgenommen und Daisy zu viel Cognac intus hatte ..."

Jules erschauderte. „Wir haben geschworen, nie wieder davon zu reden."

SCHLIEßLICH MUSSTE Jules pflichtbewusst ihre Runden drehen und Griffin blieb alleine in einer schattigen Ecke des kunstvollen Patios zurück. Er saß auf einer niedrigen Mauer, umgeben von wächsernen Blumen, die er nicht identifizieren konnte. Im Moment wollte niemand etwas von ihm und um ehrlich zu sein, sah er auch niemandem, von dem er etwas wollte. Daher saß er da und trank die Reste seines letzten Drinks, während er darüber nachdachte, wie wenig er hier sein wollte. Nur einen kurzen Moment verbrachte er damit, sich einzugestehen, wo er stattdessen sein wollte.

In Seattle, in Jims sterilem Loft.

Zu gehen war ihm wesentlich schwerer gefallen als gedacht. Er hatte es gehasst, die bequeme Routine ihrer wenigen gemeinsamen Tage zerstören zu müssen. Selbst Jim schien traurig darüber zu sein, was gleichzeitig sowohl unglaublich toll als auch unglaublich beunruhigend war.

Keiner von ihnen hatte erwähnt, dass Griffin ja zurückkommen könnte. Die Hoffnung lastete schwer auf Griffins Gemüt. Er konnte nicht fragen – er musste wissen, dass Jim ihn bei sich haben wollte. Es laut aussprach. Natürlich mussten sie sich wegen des Drehbuchs noch öfter treffen und Griffin spürte, dass Jim nichts gegen ein erneutes Date einzuwenden haben würde.

Als männliche Trottel hatten sie es jedoch bei einem „Bis bald" belassen und das war's gewesen. Griffin fragte sich, ob achtundzwanzig Stunden zu früh für einen Anruf oder eine Textnachricht waren. Gab es darüber vielleicht einen entsprechenden Artikel in der *Cosmopolitan*?

Konnte er eine Antwort googeln?

„Ach, scheiß drauf", brummte er. Es war Wochenende, wahrscheinlich war Jim unterwegs und machte Single-Polizist-ohne-Sozialleben-Dinge. Höchstwahrscheinlich würde sich eh nur der Anrufbeantworter melden.

Während er das Festnetztelefon klingeln ließ, kamen Griffin Zweifel, doch das „Hallo?" Am anderen Ende rief ein solches Lächeln bei ihm hervor, dass er ganz vergaß, nervös zu sein.

„Hey, ich bin's, Griffin." Er räusperte sich. „Ich sitze auf dieser glamourösen Party in Hollywood und langweile mich zu Tode. Du musst mich bespaßen."

Jim lachte und Griffin zog den Kopf ein, um das Grinsen zu verbergen, das sich auf seinem Gesicht ausbreitete.

„Meine Singstimme ist furchtbar und ich kenne keinen einzigen Witz."

„Traurig, echt traurig. Okay, dann erzähl mir, wie dein Tag war."

„Das ist wahrscheinlich noch trauriger. Ich bin laufen gegangen, war eine Stunde im Fitnessstudio, habe das Loft geputzt und bin in den Supermarkt gegangen."

„Hast du mehr als nur für einen Tag gekauft?"

„Ja, das habe ich tatsächlich getan. Ich habe sogar einen Einkaufswagen benutzt. Ich dachte schon, die Kassiererin würde Riechsalz brauchen."

„Ich bin höchst beeindruckt!"

„Danke. Wenn ... äh ... wenn du wieder hier raufkommst, werde ich für dich kochen."

Es herrschte eine unangenehme Stille. Griffin wippte hocherfreut mit den Füßen. „Das klingt gut", meinte er schließlich und räusperte sich. „Ich habe mir überlegt ... um ehrlich zu sein ... bei dir habe ich mehr geschrieben, als seit Ewigkeiten hier bei mir ..."

„Hierher zu kommen wäre also eine gute Idee. Für das Drehbuch."

„Richtig. Genau. Und irgendwann würde ich auch gerne hochfahren und Ed besuchen. Das könnten wir ... äh ... zusammen machen."

„Klar. Auf jeden Fall." Jim hustete. „Sag mir einfach Bescheid, wann du kommst – um an dem Drehbuch zu arbeiten – dann lasse ich dir Ersatzschlüssel da."

„Und kochst für mich."

„Richtig und koche für dich." Als er erneut lachte, hätte Griffin am liebsten die Punktzahl notiert. Zwei Mal ein entspanntes, ehrliches Lachen in einem fünf Minuten Gespräch,

„Ich muss schauen, was hier in La-La-Land los ist, aber vielleicht am Dienstag."

„Dienstag passt. Ich könnte am Donnerstag freinehmen, damit wir Mittwochabend zu Ed fahren können."

„Perfekt."

Griffin hörte, wie Jules über die Tonanlage alle zum Buffet rief. Das bedeutete, dass Claus und die Hure unterwegs waren und Daisy wie eine elektrische Insektenfalle surren würde. „Tut mir leid, ich muss los. Das Essen wird serviert und da ist diese Sache mit Daisy ..."

„Sicher, kein Problem. Ich werde die Böden wischen."

„Du bist ein echter Partylöwe, Jim."

„Viel Spaß."

Griffin schaltete sein Handy aus und erhob sich. Auf dem Weg zu den überfüllten Buffettischen in der Nähe des Haupthauses wich er der Schlange stehenden Menge aus. Kellner in schicken roten Polohemden waren den Gästen beim Servieren behilflich. Griffins Meinung nach wirkte es wie eine vornehme Folge *Star Trek*. Rote Hemden und Hummer. Er fragte sich, wer wohl heute Abend in einen Kralle-gegen-Kralle-Kampf zischen Claus' Frauen verwickelt werden würde.

„Wo ist Daisy Mae?", fragte er, als er Jules am Kopf der Tafel erreicht hatte.

„Sie hält Hof mit einer Gruppe – keine Ahnung – Unterwäschemodels? Ich kann mich nicht erinnern, Stripper eingeladen zu haben, daher … keine Ahnung. Jedenfalls sind sie alle jung und attraktiv. Und um Gottes willen, jemand muss ihr sagen, dass sie das Kleid nicht so weit nach oben schieben soll", murmelte Jules. Dann hob sie ihr Funkgerät, um dem Gequäke des obersten Wagenmeisters zu lauschen. „Claus und Lina sind auf dem Weg durchs Haus."

„Verdammt, ich hätte mehr trinken sollen." Im Spiegelbild von Jules Sonnenbrille überprüfte Griffin seine Frisur und das zerknitterte T-Shirt, bis sie ihm einen Schlag gegen die Brust versetzte.

„Geh sie ablenken, während ich dafür sorge, dass sich die Schlange zügig weiterbewegt." Mit einer Handbewegung scheuchte sie ihn Richtung Daisy, deren hohes Lachen in seinen Ohren schmerzte.

„Jawoll." Er salutierte und schlenderte lässig zu Daisy. Sie saß auf einer Liege, um sich herum fünf ebenso umwerfende, sie anlächelnde Männer.

„Alle für mich? Das hättest du nicht tun brauchen", flüsterte er ihr ins Ohr, als er neben sie glitt und ihr den Arm um die Schulter legte.

„Du wirst teilen müssen." Daisy zog einen ziemlichen Schmollmund, doch die Wirklichkeit sah so aus, dass er Wert darauf legte, niemals ihre enttäuschten Übrigbleibsel einzusammeln.

„Aber natürlich." Griffin zwinkerte dem am dichtesten neben ihm sitzenden gebräunten Adonis zu, der ihn abzuchecken schien. Alles klar. „Hast du Hunger?"

„Nein. Mir geht's gut." Daisy wandte sich wieder dem hispanischen Kerl zu ihrer Linken zu. Er starrte sie an, als wäre sie das Buffet, bei dem er den ersten Platz in der Schlange gewonnen hatte.

Griffin fragte sich, ob die Männer Porträtfotos in ihre knallengen Badehosen gesteckt hatten, um sie später „fallen zu lassen".

„Claus ist hier", sagte er dicht an ihrem Ohr. Sie nickte, ohne sich umzudrehen. Griffin stieß einen Seufzer aus, behielt jedoch sein strahlendes Lächeln bei, strich den Saum ihres Rockes nach unten und stand auf. „Ich mische mich mal unter die Leute", log er und wich dem Adonis aus, der eindeutig überlegte, ob er ihm folgen sollte.

Um kein falsches Signal auszusenden, sauste Griffin zur Essensschlange. Sein Blick flog zwischen Daisy – inzwischen alleine mit Heath oder wie auch immer er hieß – und dem Eingang, an dem Claus auftauchen würde, hin und her.

Es dauerte nicht lange. Jules gab ihm ein Zeichen und bumm: Da war Claus. In der vollen Pracht seiner einsachtzig großen germanischen Blondheit rauschte er mit einem Lächeln im Gesicht und Lina am Arm in den Patio.

Claus erwartete großes Trara. Ein paar Menschen brachte er dazu, von ihren Tellern aufzuschauen. Fast augenblicklich verfinsterte sich sein Gesicht und er begann, die Menge nach jemandem abzusuchen …

Griffin wusste, dass das Daisy war. Und er wusste, dass es nicht gut wäre, wenn Claus mitbekam, dass seine Frau neben dem Pool ihr eigenes Unterhaltungsprogramm bekam. Die Tatsache, dass der Mann hier mit seiner Geliebten stand, spielte dabei keine Rolle …

„Mist", stieß Griffin leise aus, reichte seinen Teller einem Kellner und stürzte sich wieder in die Menge. Er musste so schnell wie möglich zwischen Claus und Daisy gelangen.

15

„NICHT," WARNTE Jules irgendwo hinter ihm, aber Griffin ging trotzdem weiter. Er setzte ein strahlendes Lächeln auf und trat dicht an Claus heran.

„Claus, Mann, echt schön dich zu sehen." Er warf Lina einen schnellen Blick zu, machte aber klar, dass er nicht zum Plaudern hier war.

„Entschuldige mich. Ich suche nach meiner Frau", erklärte Claus, definitiv uninteressiert.

„Keine Sorge, sie ist hier. Unterhält sich nur ein wenig während deiner Abwesenheit."

Griffin streckte Lina, einer statuenhaften Brünetten in einem Hauch von Nichts und mit genug Selbstbräuner, um den Pool braun zu färben, die Hand entgegen. „Griffin Drake, der talentierteste Drehbuchautor in Claus' Diensten. Freut mich sehr, dich kennenzulernen."

Linas Augen leuchteten auf und sie schob ihren Körper Richtung Griffin, als sie ihm die Hand schüttelte. Ihre Armreifen klapperten. „So schön, dich kennenzulernen, Griffin. Du wirst also mit mir zusammenarbeiten?"

„Oh nein, nein. Ich bin bis zum Ende der Welt ausgebucht. Claus gestattet mir keine Pausen. Ich bin nur hier, weil ein Richter gegen die Hinrichtung von Kriegsgefangenen entschieden hat."

Claus lachte definitiv nicht und Lina wirkte nur verwirrt. Griffins Herz begann zu rasen. Claus aufzuziehen? Echt? Er konnte froh sein, wenn es nicht sein Hintern war, der vor dem Ende der Nacht ersäuft wurde. „Wie auch immer, das Buffet ist toll und ich kann die Margaritas absolut empfehlen. Trinkt ein paar, sie sind großartig."

Griffin ging einen Schritt zurück und betete aus vollstem Herzen, dass Jules bei Daisy war und dafür sorgte, dass der Umgang mit dem Playboy in der engen Badehose so unverfänglich wie möglich verlief. Claus' immer düsterer werdendem Blick nach zu urteilen, klappte das jedoch nicht.

„Lina, erzähl Griffin all deine Ideen für den Film. Ich glaube, er wäre perfekt." Claus schubste Lina fast an Griffins Arm und steuerte auf Daisy zu.

„Scheiße", murmelte er und versuchte, ihm zu folgen, ohne über Linas lange Beine zu stolpern.

„Lass uns diese Drinks holen gehen", sagte Lina und hielt seinen Arm fest umklammert. Griffins Blick folgte Claus, doch Lina flüsterte: „Lass es, okay? Wir sollten uns da raushalten." Merkwürdigerweise hatte sich ihr französischer Akzent irgendwo vor den letzten zwei Sätzen verflüchtigt.

„Was?"

„Komm, wir wissen doch, dass es ein Drama geben wird." Linas ausdrucksloser Blick wurde durch etwas Berechnenderes ersetzt. „Sie wollen es beide. Es wird in die Boulevardpresse kommen, so bleiben sie im Gespräch. Was auch immer." Sie zuckte mit den Schultern. „Du und ich, wir sind nur Namen, die in den Text geworfen werden. Los, holen wir uns einen Drink."

Griffin erwiderte nicht, blinzelte und starrte sie an, als hätte er eine Nachricht von Gott erhalten oder wäre veräppelt worden. Überrascht blieb er stehen. Für einen Moment fehlten ihm die Worte. „Ich muss sichergehen, dass Daisy okay ist", brachte er schließlich heraus und schaffte es, sich aus ihrem Griff zu winden. „Wir sehen uns an der Bar." Er drehte sich um und marschierte auf Claus und Daisy zu, nur um gleich darauf von Jules abgefangen zu werden.

„Warte, im Moment ist es okay", erklärte sie und drückte ihm den Ellenbogen gegen das Brustbein, um ihn daran zu hindern, weiterzugehen.

„Nichts ist okay. Sie werden sich streiten und alle schauen zu."

„Und? Das ist doch nichts Neues. Ist Lina zur Bar gegangen?" Jules spähte um ihn herum. „Okay, großartig. Hoffentlich scharrt sie ein bisschen Publikum um sich."

Griffin schüttelte den Kopf. „Was zur Hölle geht hier vor sich? Lina ist nicht mal Französin, oder?"

„Was? Oh, sie ist nur einfach nicht *so* französisch. Sie ist hier zur Schule gegangen." Jules sah ihn merkwürdig an. „Warum fragst du?"

„Sie ist nur … sie ist nicht so, wie ich erwartet habe." Hedda, Angel, Melody – die Geliebten aus der jüngsten und weiter zurückliegenden Vergangenheit, waren Starlets gewesen, die dachten, sie würden Ehefrau Nummer drei werden. Lina wirkte auf ihn wie ein Double. Eine vorgetäuschte Geliebte. Irgendwas ging definitiv vor sich.

„Geh und hol dir was zu essen, noch einen Drink. Ich werde den Wahnsinn im Auge behalten." Jules Stimme klang beruhigend, doch Griffin hatte immer noch das Gefühl, dass etwas nicht stimmte. Vielleicht lag es aber auch an ihm. Wenn er vorher schon nicht hatte hier sein wollen, dann jetzt noch dreimal weniger.

„Gut, okay." Langsam ging er zum Buffet, das sich inzwischen geleert hatte, und nahm sich einen leeren Teller. Während er Speisen aussuchte, drehte er sich gelegentlich in Richtung Daisys und Claus' gemurmelter Unterhaltung, dann wieder zur Bar, an der Lina mit … Jules redete.

Griffin kehrte zu seinem Sitzplatz im Schatten zurück, wo er größtenteils außer Sicht war. Er stocherte in dem Mist herum, der sich Fusionsküche nannte, sehnte sich nach einem Steak und trank noch eine Margarita. Die warme Abendluft in Verbindung mit den Margaritas und den Merkwürdigkeiten hatte begonnen, ihre Wirkung zu entfalten und er war bereit, entweder ein Nickerchen zu halten oder etwas Dummes zu tun.

Es stand unentschieden.

Kurz zog er in Erwägung, nochmals Jim anzurufen, um ihn zu fragen, ob er diesen ganzen Mist jetzt sofort hinter sich lassen und zurück nach Seattle fliegen konnte, wo alles einfacher war. Vielleicht war daran der Wunsch schuld, dem Ganzen hier aus dem Weg zu gehen oder das Gefühl, dass das Gras auf der anderen Seite grüner war. Denn wie hatte er nicht mitbekommen können, wie irrsinnig dieses Theater hier war?

„Nein, das stimmt nicht. Ich wusste es, aber es hat mich nicht gekümmert", sagte er leise zu sich selbst.

Manchmal versuchte er, sich an sich selbst und Daisy im Camp zu erinnern. Sie waren umwerfend und liebenswert gewesen und die Erwachsenen waren vor Begeisterung über ihr Talent ganz aus dem Häuschen gewesen. Wen kümmerte da, dass die anderen Kinder sie hassten? Die waren nur neidisch. Solange er und Daisy einander hatten – und die Aufmerksamkeit, die war definitiv schön – brauchten sie nichts anderes.

Er hörte Schritte näherkommen und spähte um ein Farnkrautwedel herum, um festzustellen, wer sein Versteck gefunden hatte.

Jules. Mit zwei Flaschen Corona und einem verlegenen Lächeln. „Was jetzt?", wollte er wissen.

„Nichts. Ich glaube, ich muss dir einiges erklären."

„Weißt du, mir ist gerade die Erkenntnis gekommen, dass das vielleicht eine Falle war", stellte er mit sarkastischem Unterton fest.

„Nicht für dich, das weißt du doch hoffentlich?"

Griffin nickte, als er das Bier nahm und ein Stück rutschte, damit Jules sich neben ihn parken konnte. „Wollen sie wirklich so dringend auf die Titelseite kommen? Eine inszenierte Affäre *und* ein inszenierter Streit?"

Jules zuckte mit den Schultern. „Es war nur eine Art Andeutung. Oder sollte es sein. Dann ist Claus aufgetaucht und wurde sauer, weil Daisy tatsächlich geflirtet hat."

„Er ist ein Arschloch. Lina mag vorgetäuscht sein, die anderen aber nicht."

„Hedda war sehr, sehr real." Jules lachte erschöpft und trank einen Schluck. „Mein Gott, das waren grausame siebzehn Monate."

„Ich habe nie begriffen, warum er sie absorbiert hat. Ich war sicher, dass Daisy dazu bestimmt war, zur Ex-Ehefrau zu werden."

Jules drehte sich zu ihm und schaute ihn verwirrt und halb lachend, halb stirnrunzelnd an. „Ich dachte, du von allen Leuten würdest es wissen."

„Was wissen?" Griffin fühlte, wie sich der Boden unter ihm ein weiteres Mal bewegte.

„Daisy hat Claus versprochen den Ehevertrag zu zerreißen, wenn er Hedda absorbiert."

Fast wäre Griffin die kalte Bierflasche aus den Händen geglitten, als ihn eine Schockwelle durchfuhr. „Meinst du das ernst?"

„Todernst, Süßer. Ich kann nicht fassen, dass sie es dir nicht erzählt hat! Es war so ein Drama. Selbst nach dem Zerreißen des Ehevertrags war ich noch überzeugt, dass Claus mit ihr durchbrennen würde. Aber nein. Dafür lieben er und Daisy das Drama zu sehr. Es verbindet sie und hält sie zusammen."

Der Ehevertrag war etwas, zu dem Griffin sie vor all den Jahren gedrängt hatte. Er sollte ihr ein Polster bieten für die Zeit, wenn die romantische Zeit vorbei wäre, das Drama seinen Lauf nehmen und Claus sich für jünger, heißer und was auch immer entscheiden würde. Wenn Daisy den Weg von Shelia, Claus erster Frau, gehen würde. Ihn entsetzte die Vorstellung, dass sie den Vertrag aufgegeben hatte, um Claus daran zu hindern, weiterzuziehen. Es brachte ihn zur Weißglut, dass sie die Chance gehabt hatte zu entkommen, sie aber nicht ergriffen hatte.

Er erwiderte nichts, trank das Bier und starrte auf die Steine unter seinen Füßen.

Sie hatte es ihm nicht gesagt. Das hallte stärker wider als alles andere.

„Griff? Es tut mir leid. Ich war mir sicher, dass sie es dir erzählt hat. Du bist ihr bester Freund."

Mit Sicherheit meinte Jules es gut, aber diese Worte verletzten ihn nur noch mehr.

„Ja, ich weiß. Wahrscheinlich hat sie es verschwiegen, damit ich mir keine Sorgen mache", log Griffin. Er leerte sein Bier, stellte es zu den anderen leeren Flaschen und stand auf. „Ich muss los, Jules. Sag Daisy, dass ich sie später anrufe."

Er hörte sie hinter sich protestieren. Ein paar Leute versuchten auf dem Weg nach draußen ein Gespräch mit ihm anzufangen, doch er lief einfach weiter und wurde erst langsamer, als er die Wagenmeister am Eingang erreicht hatte. Erst als er um seine Schlüssel bat, wurde ihm klar, wie viel er getrunken hatte.

Und dass Jim mächtig sauer wäre, wenn man ihn betrunken am Steuer erwischen würde.

„Hey, hört mal, stellt mein Auto in die Garage, in die Lücke für die Lieferfahrzeuge. Sprecht einfach mit Jules. Ich komme schon klar." Der oberste Wagenmeister nickte und steckte die Schlüssel in die Tasche. Griffin zog sein Handy hervor und rief den Fahrdienst des Studios an.

Da er keine Lust hatte, direkt hier vor dem Eingang zu warten, wo die Gefahr bestand, jemandem zu begegnen, ging er die lange Einfahrt hinab Richtung Straße.

Der Fahrdienst hatte ihm als Zeit zwanzig Minuten genannt. Griffin klopfte an das Fenster des Pförtnerhäuschens. Nach befremdlichen Blicken und Hilfsangeboten ließen sie ihn heraus. Er murmelte etwas über einen Wagen und lief weiter.

Es gab nichts, wohin er gehen konnte. Das Grundstück war ziemlich groß, das nächste Haus mindestens zwei Kilometer entfernt. Griffin machte sich keine Illusionen darüber, wie weit er vor Ankunft des Wagens laufen (und zurücklaufen) konnte.

Sein iPhone lag schwer in seiner Tasche und lockte ihn, Jim erneut anzurufen. In seinen Augen ließ ihn das jedoch verzweifelt und wie eine Trantüte aussehen. Er wollte die Gastfreundschaft nicht überstrapazieren. Die zweite Option bestand darin, Daisys Mailbox anzurufen und ihr die Meinung zu sagen.

Nein. Er musste noch etwas länger darauf herumkauen. Mit seiner Wut konnte Griffin umgehen – bis zu dem Teil, dass es *Daisy* war. Dann mischte sich Verwirrung in die Wut, bis er sich nur noch wegschleichen und verkriechen wollte.

Er kickte ein paar Steine auf die Straße und blieb auf einer Seite, um nicht als Kühlerfigur an einem Jaguar zu enden. Das würde eine beschissene Schlagzeile abgeben: *Betrunkener Hollywood Drehbuchautor zerschmettert – wortwörtlich.*

„Griffin! Wo zur Hölle bist du?"

Er hob den Kopf und schaute blinzelnd Richtung Tor. Von dort kam eine schlanke Person auf ihn zu gestampft. Er kannte dieses Stampfen und seufzte. „Geh wieder rein, Daisy Mae."

„Nein! Wie konntest du nur ohne Verabschiedung gehen?" Sie erreichte ihn und schwang dabei die Schuhe an den Schnürsenkeln hin und her.

„Ich bin betrunken und stinksauer, Daisy. Geh wieder rein und lass mich alleine", bat er stur, während er vor ihr zurückwich.

„Stinksauer vorüber? Ich sollte sauer sein. Claus ist aufgetaucht, du verkriechst dich *schmollend* in eine Ecke und verschwindest dann ohne Abschied. Was für ein Freund bist du eigentlich?"

Und das war das winzige Tröpfchen, das das Fass zum Überlaufen brachte. „Was für ein ..." Griffin wünschte sich, er hätte etwas, das er werfen könnte. „Was für ein Freund ich bin? Hast du eigentlich Wahnvorstellungen, verflucht noch mal? Verrat mir eins, Daisy: Wann hattest du vor, mir von dem Ehevertrag zu erzählen?"

Eine Sekunde lang sah er ein Glitzern in ihren Augen, als würde sie eine Lüge abwägen. Als sie jedoch den Kopf sinken ließ, wusste er, dass sie die Wahrheit hören würde oder zumindest eine Version davon, bevor sie zu weinen begann oder eine Szene machte, damit er einen Rückzieher machte.

Er hatte so lange zugehört, wie sie sich über ihr Leben beschwerte und Entscheidungen bedauerte, dass es ihm kaum gelang, das, was er jetzt wusste, damit in Einklang zu bringen.

„Ich wollte es dir nicht sagen, weil ich wusste, dass du dich aufregen würdest", begann sie, doch Griffin konnte den Mund nicht halten.

„Schlauer Schachzug, denn ich bin stinksauer. Verflucht noch mal, Daisy. Du hattest die Möglichkeit, von ihm wegzukommen, diesem dummen Leben zu entkommen, das dich aussaugt und bist geblieben? Schlimmer noch, du hast alles aufgegeben, um zu bleiben, und was dann? Du jammerst mir vor, wie schlimm es ist, wie gerne du mehr aus deinem Leben machen willst und dann nehmen wir dieses Projekt ..."

Eine plötzliche Erkenntnis riss ihm fast den Boden unter den Füßen weg.

„Das Scheinunternehmen ... Wir haben es mit deinem Geld finanziert."

Sie wandte den Blick ab und ihm sank das Herz in die Hose. „Es gibt kein ‚mein' Geld, Griffin. Es ist alles unser gemeinsames."

„Claus gehört alles."

Daisy biss sich auf die Lippe. „Ja."

„Das bedeutet, dass Claus praktisch gesehen das Ed Kelly Projekt gehört." Griffins Gesicht wurde bleich und sein Herz raste, bis seine Brust anfing zu schmerzen.

„Du musst dir keine Sorgen machen – er weiß nichts darüber."

„Aber das wird er Daisy. Er wird. Und wenn es so weit ist, kann er damit machen, was er will."

Claus und Bright Side waren nicht für sensible, künstlerische Filme bekannt, aber Claus war auch nicht dafür bekannt, Dinge, die ihm missfielen, ungestraft durchgehen zu lassen.

„Es wird ihm egal sein." Daisy verschränkte die Arme über der Brust. Ihr Schmollmund widerte ihn an.

„Es wird ihm egal sein, dass du hinter seinem Rücken mit seinem Geld das begehrteste Gut der Stadt gekauft hast? Echt? Bist du neu in dieser Welt, Daisy? Denn mir fallen hundert Leute in dieser Stadt ein, die jetzt Autos parken und Hunde shampoonieren, weil Claus sauer auf sie geworden ist und dafür gesagt hat, dass sie keine Arbeit mehr finden."

„Gott, warum bist du heute Abend denn so dramatisch? Er muss an seine neue Freundin denken. Außer ihr wird ihm eine ganze lange Zeit nichts anderes interessieren", verkündete sie dramatisch.

„Ich weiß, dass sie nicht echt ist."

Daisy riss geschockt die Augen auf. „Was?"

„Ich habe mit ihr gesprochen, ich habe mit Jules gesprochen und weiß, dass sie nicht echt ist. Hat Claus wirklich so eine Angst, dass der neue *Master Fighter* Film floppen wird? Angst um die Marktanteile? Müssen unbedingt alle in den Schlagzeilen bleiben? Das ist so ein gequirlter Mist."

„Jules hätte dir nichts davon sagen dürfen, Griffin. Ich wollte dich nicht aufregen ..."

„Lass Jules da raus. Ich will nicht, dass du ihr das Leben schwer machst, Daisy. Und das ist mein völliger Ernst. Sie ist heute Abend eine bessere Freundin gewesen als du."

Daisys Lippen bebten, ihre Augen füllten sich mit Tränen. „Das ist unfair. Du weißt ja nicht, wie es ist, mit ihm zusammenzuleben und mit dem ganzen Mist klarkommen zu müssen. Du glaubst, du wüsstest es, aber das tust du nicht."

„Dann hättest du gehen sollen, als du die Chance dazu hattest."

Sie schüttelte den Kopf. „Klar. Weil es ja auch abgesehen von dem hier so viele Möglichkeiten für mich gibt. Ständig klopfen Regisseure bei mir an, beklagen den Mangel an Schauspielerinnen in den Dreißigern, deren beste Arbeiten in Nacktszenen bestehen und sind ganz wild drauf, ihnen anspruchsvolle Rollen anzubieten. Du hast ja keine Ahnung."

Griffin blickte sie ungläubig an. „Was soll das? Habe ich all die Monate mit deinem Klon gesprochen? Wir haben am Ed Kelly Projekt gearbeitet, erinnerst du dich? Aber weißt du, ich bin davon ausgegangen, dass wir auf der gleichen Seite stehen."

„Mach dir keine Sorgen um dein Projekt, Griffin. Ich werde nicht zulassen, dass ihm etwas zustößt." Sie wollte ihn bei Laune halten und das brachte ihn nur noch mehr auf die Palme. Er fühlte sich benutzt – von der Person, von der er das am wenigsten gedacht hätte.

Scheinwerferlicht glitt über sie hinweg und eine schwarze Limousine hielt vor dem sechs Meter entfernten Tor. Griffin dankte den Göttern für das perfekte Timing und begann zum Auto zu gehen. Daisy ignorierte er dabei komplett.

„Griffin!", rief hinter sie ihm her. Er ging einfach weiter.

16

JIM WECHSELTE die Bettlaken und brachte die Wäsche nach unten, um die letzte Ladung in die Maschine zu packen, bevor er ins Bett ging. Er fühlte sich erschöpft, hatte aber alles erledigt, sodass er mit einem guten Gefühl zwischen die Laken kriechen konnte. Er hatte sogar noch einen Tag des Wochenendes frei, den er einfach nur genießen konnte. Das verwunderte ihn jedoch ein wenig. Was sollte er mit einem Sonntag anfangen, an dem er keine Aufgaben, keine Arbeit und keine Gesellschaft hatte?

Er überlegte, ob er jemanden aus dem Kabale-Zirkel anrufen sollte, wusste aber, dass Terry und Mimi etwas vorhatten. Heather und Nick erledigten Hochzeitszeug und er hatte noch nicht den Mut aufgebracht, Zeit mit Ben und Liddy zu verbringen. Sein bester Freund hatte keine Ahnung, dass Jim immer noch von Schuldgefühlen wegen seiner Schwärmerei zerfressen wurde. Zum Teil verehrte er noch die vergötterte Version von Ben, andererseits fragte er sich, was zur Hölle er sich dabei gedacht hatte.

Es war peinlich. Außer Matt in New York wusste zwar keiner davon, aber dennoch war es oberpeinlich.

Blieb für den Sonntag also nur noch er selber übrig.

Als er das Waschmittel in die Maschine füllte, kam ihm der verrückte Gedanke, Griffin anzurufen, doch er schob ihn beiseite.

Nachdem er die Maschine geschlossen hatte, wollte er in die Küche gehen, um vor dem Schlafengehen noch etwas zu essen, als das Telefon klingelte.

„Mist", knurrte er. Ein läutendes Telefon um Mitternacht bedeutete für einen Polizisten bei der Mordkommission Arbeit. Überrascht, dass sie auf seinem Festnetzanschluss anriefen, griff er nach dem Hörer und bellte: „Shea."

„Äh ... Drake?"

„Griffin?"

„Jim?"

Jim lachte. „Ja, ich bin's. Tut mir leid. Ich dachte, es wäre jemand von der Arbeit."

„Also habe ich richtig geraten und du bist wach?"

„Ja." Jim schwieg. Irgendetwas klang nicht richtig. „Geht es dir gut?"

„Ja. Nein. Nein, nicht wirklich. Hey, darf ich dich um einen Gefallen bitten?"

„Klar."

„Wenn ich morgen früh vor deiner Tür stehe, kann ich dann bei dir rumhängen und auf deinem Sofa schreiben? Ich schwöre auch leise und relativ ordentlich zu sein."

Sie hatten erst vor Stunden darüber gesprochen, dass Griffin zurückkam. Das klang jedoch nicht wie die Bitte um ein langes Date, sondern eher wie die Bitte, sich für eine Weile bei ihm verstecken zu dürfen.

„Befindest du dich auf der Flucht vor dem Gesetz, mein Junge?"

„Nein. Ich will nur für eine Weile allen aus dem Weg gehen, die ich kenne. Ist das in Ordnung?"

„Sicher. Soll ich dich am Flughafen abholen?"

„Hast du schon die Nummer des Gates?"

„Hast du einen Stift?"

SPÄTER IM Bett streckte sich Jim aus und beobachtete den Deckenventilator. Er war kein bisschen enttäuscht, dass Griffin so schnell zurückkam, jedoch etwas besorgt über seinen Tonfall. Griffin hatte nicht sagen wollen, was nicht stimmte, hatte nur versprochen, dass es nichts allzu Schlimmes war, und dann schnell aufgelegt.

Jim überlegte, was nicht stimmen könnte, kam aber zu keinem Ergebnis. Er kannte Griffin nicht gut genug, um zu raten und verfügte nicht über genügend Erfahrung in Beziehungen, um eine Vermutung zu wagen.

Also überlegte er sich, was er tun könnte, um Griffin aufzuheitern und kam auf gegrillte Steaks und Sex.

Hoffentlich war das zumindest ein guter Anfang.

Ganz eindeutig hatte Jim jedoch ein wenig Unterstützung nötig.

„DU RUFST mich um neun Uhr an einem Sonntag an, um mich um Beziehungsratschläge zu bitten?" Matt Haight klang ausgesprochen amüsiert. „Warte kurz, damit ich mir schnell einen Kaffee und ein Diktiergerät holen kann."

„Nicht lustig."

„Genau genommen irrsinnig witzig."

Jim konnte Geräusche im Hintergrund hören: Kinderstimmen, das Fernsehen. Matt rief, dass er gerade telefonierte und sie bitte leiser sein sollten, dann wurde eine Tür geschlossen.

„In Ordnung. Ich habe es in relative Sicherheit und Ruhe geschafft, muss dich aber warnen, dass wir um elf ein Little League Spiel haben."

„So lange wird es nicht dauern." Jim war gereizt, es war ihm peinlich und er kam sich dumm vor. „Ich habe nur eine Frage."

„Kann losgehen. Moment noch, ich mache es mir gemütlich. Okay, Feuer frei."

„Ich wünschte, das könnte ich."

„Ha, ha. Hat das irgendwas mit dem Film zu tun?"

„Nein, und irgendwie äh … ich glaube, dass ich mit dem Kerl zusammen bin, der den Film schreibt."

„Du glaubst?"

„Ich bin es." Jim blickte sich im Wohnzimmer um, um sicherzugehen, dass niemand aufgetaucht war, um zu lauschen.

„Und wie läuft es?" Matt war eindeutig begeistert über die Neuigkeiten.

„Gut, ziemlich gut. Ich mag ihn. Er ist ein guter Kerl und man kann gut mit ihm abhängen."

„Wow, für dich ist das ja echt überschwänglich."

„Wir kennen uns ja noch nicht lange und jetzt wird er wieder bei mir wohnen ..."

„Wieder?"

„Ja, wieder."

„Hmmm."

„Du bist ein Arsch."

„Sag, welches Problem du hast, Detective, sonst muss ich meine Verhörtechniken auffrischen."

„Er hat gestern Nacht angerufen und klang ziemlich down."

„Okay. Hast du ihn gefragt, was los ist?", fragte Matt.

„Nein, ich habe ihn gefragt, ob er Katzen mag. Natürlich habe ich ihn gefragt. Er will nicht darüber reden."

„Aha. Womit bewiesen wäre, dass er ein typischer Mann ist. Mach weiter."

Jim stieß ein Schnauben aus. „Er fliegt heute her und ich war einfach nicht sicher, was ich tun soll."

„Hol ihn am Flughafen ab."

„Matt ..."

„Nein, im Ernst." Matt lachte. „Hol ihn ab, geh mit ihm essen, verhalte dich wie ein Kumpel. Dann steck ihn ins Bett. Wenn er es dir erzählen will, wird er das tun. Falls nicht, zeigst du ihm wenigstens, dass es dir nicht egal ist, wie es ihm geht."

Interessant. Das entsprach ziemlich genau Jims Gedanken. Zumindest verfügte er über eine gute Intuition. „Das ist alles?"

„Oder du schnallst ihn auf einen Stuhl und verhörst ihn. Ich weiß, dass du weißt, wie man das macht."

„Oh. Das hört sich an, als ob du es vermissen würdest."

„Ich brauche es nicht zu vermissen. Kathleen – Verzeihung, Katie – zieht Missetäter an wie Mücken. Ich erwäge den Kauf eines Elektroschockers."

„Das klingt auf abgedrehte Art häuslich."

Matt und Jim quatschten noch eine Weile weiter. Matt verlangte Details über Griffin und versprach, ihn im Internet zu suchen. Am Ende ihres Gesprächs wünschte er ihm aufrichtig viel Glück. Jim war dankbar, dass Matt sein dämliches Grinsen nicht sehen konnte. Es war lächerlich für einen Mann seines Alters unsicher zu sein, wie man mit einer ernsthaften Beziehung umgeht.

Nachdem er aufgelegt hatte, fühlte sich Jim etwas ruhiger. Er zog Jeans und ein T-Shirt an und nahm ein paar Steaks zum Auftauen aus dem Gefrierfach. Die Wohnung blitzte im Sonnenlicht, das durch die großen Fenster fiel. Perfekt wie in einem Ausstellungsraum, aber etwas kühl.

Die ganzen Kunstwerke und Bilder hatten Ben gehört und er hatte sie bei seinem Auszug mitgenommen. Jim hatte neu gestrichen, aber nie etwas ersetzt. Daher besaß er jetzt perfekte, glänzende beigefarbene Wände und damit hatte es sich.

Selbst ein Bild mit Poker spielenden Hunden würde die Bude auflockern.

Auf seiner ewigen To-do-Liste am Kühlschrank trug er *Zeug für die Wände kaufen* ein und griff dann nach seinen Schlüsseln. Er hatte noch Zeit, bevor Griffins Flug landete, war aber zu aufgeregt, um noch eine Sekunde länger drinnen zu bleiben.

JIM HATTE *Illuminati* – das er zusammen mit einem Eistee am Zeitungsstand gekauft hatte – zur Hälfte durch und wartete auf Griffins Flug. Das Buch war so fesselnd, dass es ihn eine Stunde lang davon abgehalten hatte, vierzig Mal in der Minute auf den Bildschirm mit den Ankunftszeiten zu blicken. Daher war es jeden Penny wert.

Als der Flug aus Los Angeles angekündigt wurde, klemmte sich Jim das Buch unter den Arm und ging zum Ankunftsgate. Er bemühte sich, lässig auszusehen, was dazu führte, dass er sich ausgesprochen *un*lässig vorkam und damit endete, dass er unentwegt die Arme verschränkte und wieder lockerte. Bestimmt sah es so aus, als ob er einen ernsthaften Tick hätte.

Zum Glück tauchte in der ankommenden Menge Griffins Kopf auf und Jim entspannte sich so weit, dass er lächeln und winken konnte.

Griffin schien in Gedanken versunken zu sein und bemerkte Jim erst, als er das Ende der Rampe erreicht hatte. Als er ihn erblickte, grinste er und Jim hätte Bäume ausreißen können.

„Hey", begrüßte ihn Griffin. Er zog einen kleinen Koffer hinter sich her und trug eine Tasche über der Schulter.

„Hey. Ist das alles oder müssen wir noch zum Gepäckband?"

„Nein, das ist alles." Griffins Lächeln schwankte leicht. „Danke übrigens, dass du mich abholst."

„Es ist mir ein Vergnügen. Genau genommen habe ich überlegt, was ich heute tun soll. Dein Anruf kam genau richtig."

„Ich werde mir Mühe geben, unterhaltend zu sein."

Jim zuckte nur mit den Schultern. „Ich bin ziemlich leicht zufriedenzustellen. Ich bin einfach nur froh, dass du hier bist."

Das schien Griffins Lächeln noch weiter abflauen zu lassen. Daher griff Jim dreist nach unten und nahm seine Hand. Er hatte nicht den Mut, den Mann zu küssen und hoffte, dass das für den Augenblick ausreichte.

„Ich bin … äh danke, Jim. Irgendwie habe ich das hören müssen." Griffin lachte nervös auf. „Können wir los? Ich hatte bisher keinen Schlaf und bin kurz davor, mit dem Gesicht auf diesen hübschen Teppich hier zu knallen."

„Klar. Komm." Jim fragte nicht einmal, sondern schnappte sich den Griff des Rollkoffers und trieb Griffin zum Aufzug.

WÄHREND DER Fahrt zum Loft blieb Griffin still und Jim drängte ihn nicht. Er verstand die Stille besser als die meisten Menschen und erkannte, dass Griffin damit beschäftigt war, etwas zu verarbeiten. An diesem Punkt würde ihn Geplapper nur sauer machen.

Jim parkte und nahm dieses Mal beide Gepäckstücke. Griffin murmelte: „Danke" und folgte ihm mit immer schwerfälliger werdenden Schritten. Sie schafften es gerade noch ins Loft, dann fielen Griffins Augen zu, obwohl sich sein Körper unter Jims Drängen weiterbewegte.

„Nach oben", sagte er und ließ das Gepäck neben der Tür stehen. „Geh einfach weiter. Ich bin direkt hinter dir."

Griffin ging die Treppe hoch und zog sogar die Schuhe aus bevor er unter die Decke kroch. Er nuschelte etwas wie: „Ich habe dich vermisst, Bett", bevor er sein Gesicht im Kissen vergrub und sofort weggetreten war, als wäre ein Lichtschalter umgelegt worden.

Glucksend schob Jim Griffins Schuhe unter das Bett. Dann ging er nach unten in die Küche, um mit dem Mittag-/Abendessen zu beginnen und den Mann in Ruhe sein Nickerchen machen zu lassen.

Der Balkon war für Tage wie diesen wie geschaffen. Wie immer war es leicht bewölkt, aber warm und windig. Jim baute den Grill auf und setzte sich mit seinem Buch, um den Rest der Geschichte zu lesen und ein paar Stunden in stiller Vorfreude zu verbringen.

„DANKE, DAS habe ich gebraucht", meinte Griffin ernst und riss Jim aus dem Nickerchen, in das er nach Beendigung des Buchs gefallen war. „Tut mir leid."

„Nein, nein. Ich war nur kurz eingeschlummert." Jim drehte sich lächelnd in seinem Stuhl um. Griffin sah nicht mehr so niedergeschlagen aus und seine Haare standen in jede nur mögliche Richtung ab. „Möchtest du etwas zu trinken?"

„Ich kuriere gerade einen Kater aus, daher alles nicht Alkoholische", erwiderte Griffin lachend und machte es sich in dem zweiten Adirondack-Stuhl gemütlich.

„Ich habe Eistee."

„Das geht."

Jim holte zwei Gläser, den Teller mit den Steaks sowie zwei Alufolienpäckchen mit geschnittenen Kartoffeln und gehackten Zwiebeln.

Als er damit wiederkam, stieß Griffin einen Pfiff aus und nahm ihm die Getränke ab. „Wow, als du gesagt hast, dass du für mich kochen würdest, hatte ich ja keine Ahnung, dass das Grillen von Fleisch einschließt."

„Entweder das oder Spaghetti."

„Das … sind zwei Sachen mehr, als ich machen kann."

„Ich dachte, dein Dad wäre Feminist. Hat er dir nicht das Kochen beigebracht?"

„Nee, das ist seine Domäne. Meiner Meinung nach hütet er es wie ein Geheimnis, um nicht überflüssig zu werden." Griffin gähnte, trank den Eistee und rekelte sich in der Sonne wie eine zufriedene Katze.

„Dein Dad ist ein interessanter Mensch."

„Oh, das ist wirklich toll ausgedrückt." Griffin öffnete ein Auge und blickte in Jims Richtung. „Du würdest ihn mögen. Er ist ziemlich geradlinig."

„Ich bin geradlinig?"

„Kumpel, unnötiges Geschwätz hat geradezu Angst vor dir, so geradlinig bist du."

Kopfschüttelnd legte Jim die Steaks und Folienpäckchen auf den Grill.

„Was ist mit deinem Dad? Ich habe gesehen … na ja, ich habe gelesen, dass deine Mutter gestorben ist, als du noch ziemlich jung warst", sagte Griffin entschuldigend.

„Ich war zwei. Ich kann mich überhaupt nicht mehr an sie erinnern", erklärte Jim schulterzuckend. Seine Mutter war eine Fremde auf Fotos, daher hatte er nie einen Sinn darin gesehen, sie zu vermissen. Es war einfacher einen Vater zu vermissen, der zwar im gleichen Haus wie man selbst wohnte, dem man aber vollkommen egal zu sein schien. „Mein Bruder war damals sieben, daher hat er noch Erinnerungen ans sie."

„Steht ihr euch nahe?"

„Mein Vater und ich oder mein Bruder und ich? Die Antwort gilt für beide: Wir haben kaum Kontakt. Einmal im Jahr besuchen wir meinen Vater in dem Heim, in dem er wohnt, das ist alles."

„Das ist scheiße." Griffin löste sich aus seiner entspannten Haltung, um sich zu Jim zu beugen und ihm seine ungeteilte Aufmerksamkeit zu schenken. „Ich stehe meinen Schwestern nicht allzu nahe, aber wir reden miteinander und sehen uns so oft wir können."

„Wie viele Schwestern hast du noch mal?"

„Acht. Alle älter."

„Acht?" Jim stieß einen Pfiff aus.

Griffin erwiderte schulterzuckend. „Das tut man dort, wo ich herkomme. Die Winter sind lang. Außerdem sind zwei Zwillingspaare dabei, das summiert sich."

„Acht Schwestern und du bist der Jüngste? Das muss lustig gewesen sein." Jim machte es sich in dem Stuhl neben Griffin gemütlich. Er war froh, das Gesprächsthema von seiner Familie weggelenkt zu haben. Das war nichts, von dem er gerne sprach.

„Das war es tatsächlich. Ich musste nicht unter abgelegten Kleidern leiden, meine Schwestern verprügelten jeden, der blöd zu mir war und die Kinder aus der Nachbarschaft haben mich bei ihren Ballspielen mitmachen lassen, für den Fall, dass meine Schwestern zugucken kommen würden."

Jim lachte auf. „Na, dann hat das Ganze ja auch etwas Gutes."

„Nach dem Tod meiner Mutter waren sie alle meine Moms. Auch mein Dad war meine Mom. Im Grunde genommen gehe ich jeden Muttertag pleite."

„Wie ..." Jim stoppte. „Egal. Entschuldige."

„Hey, das ist okay. Ich habe dich ja auch ausgefragt." Griffin zuckte mit den Schultern. „Sie starb, als ich sechs war. Ein Aneurysma. In einer Minute hat sie noch die Wäsche rausgehängt, in der nächsten war sie tot." Er schnipste mit den Fingern. „Eine gute Erinnerung, daran, wie schnell sich das Leben innerhalb kürzester Zeit ändern kann, weißt du?"

Jim fiel wieder Della Kellys Gesicht in den Sekunden vor ihrem Zusammenbruch ein und er nickte.

„Man muss sein Leben leben und sollte sich nicht darauf verlassen, dass es morgen oder am nächsten Tag noch genauso ist." Griffin blickte in die Ferne und schüttelte dann den Kopf. „Entschuldige. Du wirst ja jeden Tag daran erinnert. Da muss ich nicht philosophisch daherreden wie ein sprechender Glückskeks."

„Nein, nein. Du hast ja recht." Jim trank einen Schluck Eistee. „Manchmal vergesse ich das, trotz meines Berufs. Ich bleibe an den schlimmen Dingen hängen, verliere die Hoffnung, fühle mich hilflos und vergesse, dass es trotz des ganzen Mists, den ich sehe, auch irgendwo gute Dinge geben muss."

„Mann, du brauchst echt Urlaub."

„Höchstwahrscheinlich. Aber ich werde keinen nehmen."

„Zumindest bist du ehrlich." Griffin schwieg. „Wenn man das, was man tut, so liebt, kann man es vermutlich nur schwer hinter sich lassen."

Jim wollte schon zustimmen, hielt dann aber inne und ließ sich den Gedanken nochmals durch den Kopf gehen. Liebte er seinen Job? Tat er das? „Ich weiß nicht, ob ich ihn liebe ..."

„Ach komm schon, Jim. Es ist keine Person, nur deine Arbeit. Du kannst es ruhig zugeben", zog Griffin ihn auf.

„Nein, ich meine ... ich bin in die Army eingetreten, um meinen Vater zu ärgern. Es war nicht das, was ich wollte, aber in einigen Punkten davon war ich gut. Als ich dann ausgetreten bin, habe ich überlegt: ‚Was kann ich tun, was dem Militär ähnelt?' Und kam auf die Polizeiarbeit ... was den zusätzlichen Vorteil hatte, dass es meinen Vater verärgert hat."

Griffins verzog das Gesicht, als hätte er gerade an einer Zitrone geleckt.

Jim trat gegen eins von Griffins ausgestreckten Beinen. „Hör auf, so ein Gesicht zu ziehen."

„Ich bin einfach nur überrascht, Mann. Ich schätze, ich hatte diese Vorstellung von dir als heldenhaftem Retter."

„Nö. Ich bin ein Workaholic. Ich mag Details, bringe gerne alles zu einem ordentlichen Abschluss. Das zahlt sich aus."

„Würdest du nicht lieber etwas tun, das du liebst?"

„Es gibt eigentlich nichts, das ich liebe."

„Das stimmt nicht! Du liebst … äh … sauber zu machen."

„Soll ich dann die Polizeiarbeit an den Nagel hängen und Reinigungsfachkraft werden?"

„Wenn du es liebst, warum nicht?"

Jim verdrehte die Augen und ging zum Grill.

„Nein, warte. Du könntest eine dieser Reinigungsfirmen aufmachen, die Tatorte säubern …"

„Äh nein." Jim drehte die Steaks um und stach die Päckchen ein paar Mal ein.

„Was ist mit einer Beratertätigkeit? Komm nach Hollywood, suche dir einen Job als Berater in einer Fernsehsendung und beantworte am Pool sitzend Fragen über Einschusslöcher."

„Ich liebe die Polizeiarbeit vielleicht nicht, aber ich bin gut darin. Ich bleibe dabei. Nichts für ungut."

„Hmph."

„Du liebst also vermutlich, was du tust? Auch wenn du … äh, wie hast du es genannt? Ein Twinkie bist?"

Griffin rollte sich aus dem Stuhl und ging auf dem Balkon hin und her. „Ja, nun … Mein Job ist ein künstlicher Kuchen mit einer klebrigen Füllung, aber ich wollte nie etwas anderes sein als Schriftsteller. Nie."

„Oh."

„Ist das überraschend?"

„Vermutlich nicht. Schreiben scheint etwas zu sein, was man nicht ohne eine gewisse Leidenschaft tun kann."

„Das stimmt." Jims Worte schienen in Griffin etwas auszulösen und er begann erneut auf dem Balkon auf und abzugehen. Dabei kehrte wieder dieser Gesichtsausdruck zurück, als ob ihn etwas beschäftigen würde. „Ich habe eine Leidenschaft dafür. Wahrscheinlich habe ich nur eine Zeit lang vergessen, sie anzufachen."

„Aber Eds Geschichte – die heizt sie erneut an?"

Griffin schaute Jim etwas überrascht an, nickte jedoch langsam. „Ja. Ich denke, Eds Geschichte ist genau das, was ich brauche. Vielleicht aus Gründen, an die ich nicht mal gedacht habe." Er lächelte. „Danke."

„Wofür?"

102

Griffin kam zu ihm und lehnte sich in Jims persönlichen Bereich, oder zumindest den Bereich, der nicht vom Grill eingenommen wurde. „Fürs vom Flughafen abholen, fürs Essen machen und dafür, dass du mir geholfen hast, den Kopf aus dem Hintern zu ziehen."

Jim schmunzelte, als sich ihre Lippen trafen. Er hatte eine wirklich geniale Doppeldeutigkeit als Antwort auf diese Bemerkung parat, wurde jedoch abgelenkt, als Griffins Zunge sanft gegen seine stupste.

DIESES MAL aßen sie zuerst und fickten später. Jim krallte sich mit weißen Knöcheln an das Kopfteil, während Griffin sich in eine vulgäre Raserei hineinsteigerte. Jedes Mal, wenn er versprach, Jim in die nächste Woche zu ficken – und das mit einem heftigen Knall seiner Hüften unterstrich – lächelte Jim trotz des Stöhnens und des Schmerzes, weil er sich auf die Lippe biss.

Alles verlief nach „Plan" und als Bonus bekam er obendrauf noch einen Orgasmus, dessen Erschütterung ihn fast über die Kante des Schlafbereichs eine Ebene tiefer beförderte.

„Was für eine Art zu sterben." Er keuchte in das Kissen, während Griffin ohne Eile seiner eigenen Erlösung entgegen pumpte.

„Was?"

„Nichts."

17

GRIFFIN STAND schnell auf und ließ Jim friedlich weiterschlafen und auf sein Kissen sabbern. Die Uhr zeigte 5:38 Uhr an und der Bewegung der Wolken nach zu urteilen, könnte es in Kürze regnen.

Ohne sich mit Kleidung abzugeben, ging er nach unten. Er hatte etwas im Sinn, etwas, das er jetzt sofort tun musste, ehe er den Mut verlor.

Das MacBook lag auf der Theke, sein iPhone direkt daneben. Er überwies das Geld zuerst auf sein Bankkonto, um es dann mit einem deutlichen Schlucken auf das Girokonto zu verschieben. Das war ein großer Teil seiner Ersparnisse. Es war ein Wagnis, würde ihm jedoch etwas Seelenfrieden verschaffen.

Als Nächstes rief er die Vorlage für einen Vertrag auf. Schnell füllte er die Lücken aus und gewann mit jedem Wort an Schwung. Daisy wollte weiter in dieser verrückten Welt bleiben? Schön. Er nicht mehr. Er würde nicht warten, bis sie das unendliche Drama leid war.

Der Vertrag und elektronische Scheck wurden doppelt und dreifach überprüft. Dann sprach Griffin ein konfessionsloses Gebet und schickte das Ganze an Daisys private E-Mail-Adresse.

Ein absolut legitimes Angebot für die Rechte an Ed Kellys Geschichte.

„ALLES OKAY?", fragte Jim, als Griffin gedankenverloren wieder die Treppe hochkam.

„Mist. Habe ich dich geweckt?" Griffin kletterte ins Bett und schmiegte sich aufs Jims schlafwarmen Körper, als würde er dorthin gehören.

„Nee. Bin es nicht gewohnt, mitten am Tag Nickerchen zu halten."

„Ich habe dich ausgelaugt, gib's zu." Griffin rieb mit der Hand über Jims Bauch und Oberkörper, begierig, seine Gedanken von der gerade abgeschickten E-Mail auf Dinge zu lenken, die weniger welterschütternd, aber viel spaßiger waren. Wie Sex mit Jim.

„Ich gebe nichts dergleichen zu." Jim erwiderte den Gefallen und ließ die Hand streichelnd nach unten gleiten, um Griffins Schwanz zu ergreifen.

„Touché."

Griffin rollte sich auf den Rücken und nahm Jims Hand mit. Gefolgt von Jims Mund, der der Hand wenige Augenblicke später Gesellschaft leistete.

Er schloss die Augen und spreizte bereitwillig und schamlos die Beine, als Jim kicherte. Die Vibrationen tanzten durch Griffins Körper.

„Das fühlt sich gut an. Ich werde dir Witze erzählen, während du mir einen bläst."

Damit schien Jim nicht einverstanden zu sein und verstärkte seine Anstrengungen von „langsames Saugen" zu „Staubsauger". Griffin drückte den Rücken durch und krallte die Hände in die Laken. Es gab kein Nachlassen, kein langsamer werden, kein Necken. Griffin brachte kein Wort mehr heraus, nur noch Atemstöße und Stöhnen tröpfelten aus seinem Mund, während Jim sich seinen Schaft hinauf und hinab arbeitete, als müsse er etwas beweisen.

Etwas wie *Jim macht hervorragende Blowjobs* und Griffin sollte sich offen gestanden für seine minderwertigen schämen.

„Mach … langsamer", stieß Griffin schließlich aus, doch es war zu spät. Jim hatte einen Rhythmus gefunden, der ihm keine Chance ließ, irgendetwas anderes zu tun, als Jims Abstammung zu verfluchen und in seine Kehle abzuspritzen.

„GIB ES zu, ich habe dich ausgelaugt." Jim pfiff neben ihm eine fröhliche Melodie.

Hätte er noch Sauerstoff in seinen Lungen gehabt, Griffin hätte gelacht. Stattdessen verpasste er ihm einen Schlag in die Seite.

Jim lachte. „Brauchst du irgendwas?"

„Luft?"

„Weichei."

Jim schlug die Bettdecke zurück und ging nach unten. Griffin bewunderte die Aussicht, bis sie verschwunden war.

„Wasser!", rief er.

„In Ordnung!", schrie Jim zurück.

Griffin wälzte sich wie ein Kind auf dem riesigen Bett herum. Seine Haut kribbelte vor Energie. Er wollte etwas *tun* (abgesehen vom Sex mit Jim) und sich dann mit dem Laptop auf Jims Balkon setzen und etwas Großartiges schreiben.

„Wir sollten etwas tun", meinte Griffin, als Jim wieder die Treppe hochkam.

„Das haben wir gerade."

„Etwas anderes."

Jim trank etwas Wasser und reichte die Flasche dann Griffin. „Mir fällt nichts ein."

„Komm schon Mann, ich muss mal raus hier. Ruf deine Freunde an oder so was."

Jim hatte eindeutig vor, Nein zu sagen, doch dann überraschte er ihn, in dem er mit einem kleinen Seufzer nachgab.

„Okay, aber ich habe dich schon im Voraus vor dem Klatschtanten-Faktor gewarnt."

„Zur Kenntnis genommen."

Jim brummte leise vor sich hin und griff dann nach seinem Handy. Er wählte eine Nummer und funkelte Griffin höhnisch an. „Hey, Terry? Jim. Wie läuft's?

Haben du und Mimi Lust, essen zu gehen?" Er schwieg. „Nein, ich habe mir nicht den Kopf gestoßen. Nein, das ist auch kein Code, weil ich gefangen gehalten werde."

Griffin fiel vor Lachen fast vom Bett.

„Halb acht? Bist du sicher? Okay. Wir treffen uns vor dem Diner." Er legte auf und schnaubte. „Zufrieden?"

„Ja." Griffin wischte sich die Lachtränen aus den Augen, stieg vom Bett und musterte Jim mit einem raubtierhaften Blick. „Du hast ein Essen für mich organisiert. Ich bin gerührt."

„Terry hat es als Doppeldate bezeichnet", erklärte Jim verzweifelt. „Ich konnte Mimi im Hintergrund kichern hören. Es wird ein Albtraum werden."

„Es wird toll."

DAS DINER schien aus einem Filmset von 1965 gefallen zu sein, doch die Speisekarte war der unverfälschte pazifische Nordwesten. Fleisch, Fisch, vierzehn Arten Kaffee und sogar vegane Speisen. Perfekt für die vier, die in an einem Tisch im hinteren Teil saßen.

Nach der Vorstellungsrunde folgte etwas albernes Grinsen. Mimi und Terry Oh waren der Inbegriff eines glücklichen Paares. Ganz eindeutig vergöttern sie einander. Sogar ihre Oberteile wirkten wie aufeinander abgestimmt. Sie blickten Jim voller Zuneigung und Griffin voller Erstaunen an.

Griffin mochte sie vom ersten Moment an.

„Du bist real", stellte Mimi fest, während sie die Speisekarten öffneten.

„Äh … ja, bin ich." Jim verdrehte die Augen.

„Das ist das erste Mal. Ich hoffe, du weißt das", meinte Terry, das Kinn auf die Hand gestützt und schaute Griffin an.

„Das erste … der erste echte Mann, den Jim jemanden vorstellt?", fragte Griffin nach.

„Es ist nicht so, dass ich unechte mitgebracht hätte", murmelte Jim. „Ich nehme übrigens das Steak."

„Wir hatten zum Mittagessen Steak."

„Ja, Liebes."

Mimi kicherte vor Freude.

Die Kellnerin bewahrte sie vor weiteren Comicergüssen, indem sie die Bestellungen aufnahm. Die eine Hälfte des Tisches orderte Fleisch, die andere Salat.

„Könnte ich vorab ein Stück Schokoladenkuchen bekommen?", fragte Mimi, als sie ihre Speisekarte zurückgab. Terry kommentierte das nicht, doch Griffin entdeckte eine schwache Röte auf seinen Wangen.

„Das Dessert zuerst – das ist eine ausgezeichnete Einstellung", stellte er lächelnd fest in der Hoffnung, sich bei ihr beliebt zu machen. Ob Jim es nun aussprach oder nicht, seine Freunde waren ihm eindeutig wichtig. Und es war irgendwie erstaunlich, dass er ebenfalls hier war.

„Ich bin … äh …" Mimi warf Terry einen Blick zu, der erst mit den Schultern zuckte und dann nickte. „Genau genommen gibt es Neuigkeiten …"

Da Griffin vierzehn Nichten und Neffen hatte, wusste er innerhalb einer Sekunde, wie die lauteten. Jim sah jedoch etwas verwirrt aus.

„Wir bekommen ein Baby", erklärte Terry seinem Partner. Er zog die Worte übertrieben in die Länge.

„Oh!", entfuhr Jim. Er blickte zu Griffin, dann wieder zu Terry. Ein breites Lächeln erschien auf seinem Gesicht. „Heiliges Kanonenrohr. Herzlichen Glückwunsch."

Sie schüttelten einander die Hände, standen dann auf und drehten sich um, damit Jim Mimi umarmen konnte. Griffin kannte niemanden gut genug für mehr als einen Handschlag. Mimi schien das jedoch egal zu sein: Sie kam zu ihm und drückte ihn an sich.

„Ich kann nicht glauben, dass Jim einen Freund hat", quietschte sie leise mit feuchten Augen.

Griffin war wirklich gerührt darüber, wie sehr sie sich freute. Obwohl er es süß fand, hätte er sie am liebsten korrigiert, auch wenn er es nicht tat. Freund?

Zu früh. Viel zu früh. Er wollte nicht, dass das hier eine Wiederholung von „Griffin gibt einen Vertrauensvorschuss, der mit schrecklichen Konsequenzen endet" wurde.

„Du hast doch keine Frau, oder?", flüsterte er Jim ins Ohr, als sie sich wieder setzten.

„Ähm. Nein." Jim musterte ihn merkwürdig und führte dann sein Gespräch mit Terry fort. Sie versuchten, kurz über die Arbeit zu sprechen, doch als Mimi ihrem Mann einen Stoß mit dem Ellenbogen versetzte, verlagerte sich das Thema auf den Sport.

Unglaublich familiär – definitiv ein Doppeldate. Witze und Geplapper und bis die Rechnung kam, erwähnte niemand den Film.

Und das war noch nicht einmal Griffin.

„Du willst also wirklich mich und die anderen wegen des Kelly-Falls befragen?", wollte Terry mit leuchtenden Augen wissen. Er war ein wenig begeisterter über die ganze Sache als Jim.

„Ja. Genaugenommen dich, Nick und Heather."

Terry schüttelte den Kopf. „Es ist merkwürdig. Das war mein erster großer Fall. Zu Beginn kannte ich Jim kaum und jetzt sind wir …"

„Wie auch immer du diesen Satz beenden wolltest – lass es", forderte ihn Jim trocken auf, nahm die Rechnung und wehrte alle Proteste ab.

„Ich wollte sagen: ‚Und jetzt sind wir gute Freunde'." Terry klapperte beinahe mit den Wimpern, um die Aufrichtigkeit seiner Worte zu unterstreichen.

Jim warf eine Serviette nach ihm. „Übrigens ist James Oh ein toller Name",

„Steht bereits auf der Liste!", sagte Mimi lachend, als sie nach draußen gingen.

„Griffin, schön dich kennengelernt zu haben." Terry schüttelte ihm herzlich die Hand. „Kann es kaum erwarten, mit dir über das Drehbuch zu sprechen."

„Er ist ein verhinderter Schauspieler." Mimi seufzte und zwinkerte Griffin zu. „Kommt nächsten Freitag zum Essen, okay? Ich akzeptiere kein Nein als Antwort."

„Mimi …"

„James! Keine Widerrede. Der hier ist echt und ich mag ihn wirklich. Bringt für mich Kuchen und für alle anderen Bier mit", fügte sie hinzu, bevor sie Terrys Arm ergriff und sie davon schlenderten.

Griffin stieß einen Pfiff aus. „Klatschtanten passt super."

„Habe ich doch gesagt."

ZURÜCK IM Loft schnappte sich Griffin seinen Laptop, während Jim ein Nickerchen vorschlug. Ein echtes Nickerchen, nicht irgendetwas Schmutziges. Griffin küsste ihn und schickte ihn nach oben. In seinem Kopf schwirrten Ideen herum und er hatte vor, eine Zeit lang zu schreiben.

Außerdem wollte er nachsehen, ob er eine Antwort-Mail von Daisy bekommen hatte.

Dort war nichts.

Griffin brütete ein paar Minuten vor sich hin. Das war eindeutig ein Wutanfall und er musste ihn aussitzen.

Natürlich könnte es sich als Fehler herausstellen, diese Sache so zu handhaben, wie er es immer tat, aber er litt unter dem Irrglauben, dass sie da zusammen drinsteckten.

Das Ausmaß des Verrats wurde ihm Schritt für Schritt bewusst.

Einst war er der beste Freund und ständige Begleiter des schönsten und talentiertesten Mädchens im Kunstcamp geworden. Das hatte seine Stellung sowohl bei den Betreuern als auch bei den anderen Campteilnehmern aufgewertet.

Als Daisy die nächsten drei Jahre wieder eingeladen wurde, wurde er das ebenfalls. Volles Stipendium.

Als sie auf einem Film Festival in Manhattan Claus ins Auge sprang, folgte Griffin ihr nach Hollywood. Zuerst als Freund, dann als Claus' Lieblingsdrehbuchautor. Als ihr Stern aufstieg, tat seiner das ebenfalls.

Seine gesamte Karriere war mit ihrer verknüpft. Sein gesamtes Leben hatte er fast zwanzig Jahre lang auf Daisy ausgerichtet. Sie sollten gemeinsam in dieser Sache drinstecken; sie gegen die Welt, einer hielt dem anderen den Rücken frei.

Und dann wurde ihm klar, dass sie sein aktueller Randy war.

Er war ein Idiot.

18

„ICH LASS' dich nur mit der Stichelei durchkommen, weil deine Frau schwanger ist", erklärte Jim, während Terry den Wagen durch den mittäglichen Verkehr steuerte.

„Das ergibt keinen Sinn."

„Doch, tut es. Hier links."

Sie befanden sich auf dem Weg zu einem Tatort und die Zeit, die sie hinter langsamen Autos herkrochen, brachte Terry damit rum, Jim über Griffin auszufragen. So wie er es die letzten drei Tage getan hatte.

„Er ist ein netter Kerl."

„Das ist er."

„Vermutlich intelligent."

„Sehr."

„Ihr zwei scheint Spaß zusammen zu haben."

„Haben wir, danke der Nachfrage."

Terry stieß ein Brummen aus und fuhr durch Seitensträßchen bis zum abgesperrten Gebiet. An der Ecke wartete ein uniformierter Polizist auf sie. Sein Gesicht war bleich und mitgenommen.

„Anfänger", murmelte Terry, als Jim und er Latexhandschuhe hervorzogen und überstreiften.

„So sahst du vor sehr kurzer Zeit auch noch aus, Partner."

„Ich habe dir doch gesagt, dass ich die Grippe hatte."

„Sechs Monate lang?"

„STEHT UNSER Besuch bei Ed heute Abend denn noch?", fragte Griffin. Im Hintergrund waren geschäftige Geräusche durch das Telefon zu hören. Vielleicht das Hafenbecken. Als Jim heute Morgen gegangen war, hatte Griffin angedeutet, dass er rausgehen würde, um zu schreiben.

„Ich hoffe es. Hängt davon ab, wie früh ich hier loskomme." Jim pulte die Verpackung von einem Müsliriegel, während Terry die Befragungen bei einigen Nachbarn des Opfers zu Ende brachte. „Lass es mich anders ausdrücken: Wir werden wahrscheinlich sehr früh morgens losfahren. Kannst du den Truck fahren?"

„Es ist schon eine ganze Weile her, seit ich einen Panzer gefahren bin, aber klar."

„Gut. Denn ich werde wahrscheinlich bewusstlos sein."

„Dann habe ich die Kontrolle über das Radio? Großartig."

„Mein Radio ist kaputt. Es spielt nur Classicrock."

Griffin schnaubte. „Geh wieder an die Arbeit. Bis … wann auch immer."

„Das ist doch mal ein Plan. Bis später.“

Terry kam herüber, während Jim noch kaute. „Wie geht's deinem Freund?“

Jim zeigte ihm den Stinkefinger.

„Ich ziehe dich nicht auf. Mimi und ich habe darüber geredet. Er ist dein Freund.“

„Wir haben eine lockere Beziehung. Das ist alles.“

„Er lebt praktisch bei dir. Du hast ihn Mimi und mir vorgestellt. Habe ich schon erwähnt, dass er bei dir wohnt?“ Terry hakte jede Sache mit einem Finger ab. „Sieh es ein, Jim: Er ist dein Freund.“

Jim schaute ihn finster an. „Die Stichelei-Amnestie ist vorbei. Lass uns zurück zur Wache fahren.“

„Freund.“

„Halt die Klappe.“

JIM SAH Griffin erst um 4:00 Uhr morgens wieder, als er die Treppe hinauf ins Bett neben den anderen Mann taumelte. Genau genommen sah er nur die Teile von Griffin, die nicht in die Decke gewickelt waren. Griffin schnarchte ungestört weiter, auch als Jim versehentlich im Dunkeln den Mülleimer umstieß.

Fünf Stunden später klingelte der Wecker. Als Jim den benebelten Kopf vom Kissen hob, roch er Kaffee und etwas Zimtig-Süßes.

„Ich weiß, es dauert nur eine Stunde, bis wir im Stau stehen, aber wir müssen los. Das Zeitfenster für eine frühe Abfahrt ist schon vorbei und wir bewegen uns rasend schnell auf die Mittagszeit zu“, rief Griffin von unten. „Geh zuerst duschen, danach bekommst du Koffein. Und *dann* ein Zimtbrötchen.“

Jim brummte etwas, das nicht einmal er selbst verstand und quälte sich aus dem Bett.

„Du kannst im Auto schlafen!“

„Warum bist du so quietschfidel?“, murmelte Jim, während er die Stufen hinab stolperte.

„Über-koffeiniert trifft es eher.“ Griffin hatte sich bereits angezogen. Er trug Khaki Shorts und ein schwarzes Grateful Dead T-Shirt und war damit beschäftigt, Kaffee in eine Thermoskanne zu gießen. Grinsend fügte er hinzu: „Wahrscheinlich auch überzuckert.“

„Mann, war das ein langer Tag.“

„Und eine lange Nacht plus ein Teil des Morgens.“ Griffin stoppte seine Küchenaktivitäten und traf Jim am Fuß der Treppe, um ihn zu küssen. „Du riechst nach Fischtacos.“

„Du willst nicht wissen, warum.“

„Das will ich wirklich nicht.“

ANDERTHALB STUNDEN später lenkte Griffin den Truck äußerst vorsichtig in Eds Auffahrt. „Ich werde diesen Panzer nie wieder fahren. Ich habe überhaupt kein Gefühl mehr in den Armen.“

„Rede nicht schlecht von dem Biest."

Ed kam ihnen an der Tür entgegen und öffnete breit lächelnd die Fliegengittertür. „Guten Morgen, Gentlemen", begrüßte er sie.

Jim versuchte, sich nicht anmerken zu lassen, wie geschockt er von Eds Aussehen war. Es waren nur wenige Wochen vergangen, aber er hatte eindeutig viel Gewicht verloren. Die Hagerkeit, die graue Farbe seiner Haut – das musste auch Griffin auffallen.

„Hey, Ed. Tut mir leid, dass wir so spät sind. Ich war gestern Nacht noch lange mit einem Fall beschäftigt", sagte Jim schnell und stieg die Treppe hinauf, um blitzschnell ins Haus zu gehen. Er wollte, dass Ed sich so schnell wie möglich setzte.

„Du musst dich nicht entschuldigen, Jim. Ich verstehe das. Hallo, Mr. Drake." Mit einem Lächeln streckte er seine Hand aus.

„Griffin bitte", erwiderte Griffin leise. Jim wusste, ohne sich umzudrehen, dass Griffin klar war, dass irgendetwas überhaupt nicht stimmte.

„Griffin. Komm rein. Ich habe Kaffee gekocht."

Sie setzten sich an den Esstisch und Jim bestand darauf, den Gastgeber zu spielen. Er vermied jeden Augenkontakt zu Griffin, um sich nicht zu verraten.

„Wie geht es mit dem Film voran?", fragte Ed.

„Ziemlich gut. Anscheinend ist Seattle die Lösung für meine Schreibblockade."

„Hast du dort jetzt eine Wohnung?"

„Ehrlich gesagt wohnt er bei mir", sagte Jim schnell.

Ed strahlte. „Oh, das ist schön." Ed war subtiler als Terry oder Mimi, aber Jim zog trotzdem den Kopf ein. Es klang viel zu amüsiert.

„Jim ist ein guter Gastgeber", sprang ihm Griffin bei, doch das war keine große Hilfe. Jim schob sich einen Keks in den Mund. „Daher dachte ich, wenn es Ihnen nichts ausmacht und nicht zu schwer fällt …"

Ed hob eine Hand. „Junge, ich weiß, dass du mir einige harte Fragen stellen wirst. Das war mir bewusst, als ich zugesagt habe. Ich dachte, wir könnten einige Bilder und Sachen, die ich aufgehoben habe, durchsehen … Vielleicht hilft dir das und du kannst mich fragen, was immer du wissen musst."

„Danke", erwiderte Griffin aufrichtig. „Und wenn Sie aufhören wollen, sagen Sie es einfach."

„In Ordnung."

JIM KANNTE die Geschichten gut. Nachdem Eds Erzählung begonnen hatte, blieb er nicht lange auf dem Sofa sitzen. Er wusste, dass Ed Della bei einer Tanzveranstaltung der USO, einer Hilfsorganisation für die US-Army, kennengelernt hatte. Er wusste, dass Ed im Rekrutierungsbüro der Armee wegen seiner Plattfüße und schlechten

Augen abgelehnt worden war. Er wusste, dass Dellas Familie der Meinung gewesen war, dass sie etwas Besseres verdient hätte.

Als Della achtzehn wurde, brannten sie zu den Niagara Fällen durch. Ed war damals zwanzig gewesen. Sie hatten jahrelang versucht, ein Baby zu bekommen, doch es hatte fast zwanzig Jahre gedauert, bis Carmen kam. Sie war ein lang ersehntes, über alles geliebtes Einzelkind und die Kellys waren überglücklich.

Vielleicht hatten sie die langen Jahre ein wenig überfürsorglich werden lassen. Vielleicht hatten die vielen Überstunden, die Ed machte, damit genug Geld da war, ihren Tribut von Della und Carmen gefordert, deren Persönlichkeiten sich stark zu unterscheiden schienen. Wie dem auch sei, Carmen schlug in der Highschool den typischen Weg eines Teenagers ein: die falschen Freunde, die falschen Partys, die falsche Einstellung.

Dann verschwand sie.

Ed und Della riefen die Polizei, aber weggelaufene Sechzehnjährige gab es in diesem Teil des Landes wie Sand am Meer. Ihre Eltern hatten keine Idee, wohin sie gegangen sein könnte. Als die erste zerfledderte Postkarte ankam, wären sie vor Erleichterung fast gestorben.

Sie war in Seattle. Es ging ihr gut. Sie ging ihren eigenen Weg. Sie sollten sich keine Sorgen machen.

Aber sich Sorgen zu machen, war alles, was ihnen übrig blieb. Della ging jeden Tag zur Kirche und betete. Ed arbeitete hart und verbrachte die Abende damit, nach Seattle zu fahren, um nach ihr zu suchen – natürlich vergeblich in einer derart großen Stadt, aber er musste einfach etwas tun.

Dann kam der gefürchtete Anruf.

Carmen war tot, erwürgt auf einem Parkplatz gefunden worden. In einem Viertel das bekannt dafür war, dass sich dort Prostituierte und Drogendealer herumtreiben.

Die Schlussfolgerung war klar: Es könnte und würde nicht viel unternommen werden. Ihr Verlust tut uns sehr leid.

„Das habe ich nie gesagt", rief Jim aus der Küche, in der er gerade das Mittagessen zubereitete.

„Ich weiß, mein Junge. Ich weiß. Das ist nur der Eindruck, den ich hatte", rief Ed zurück, schaute Griffin an und zuckte mit den Schultern.

„Daher wurde ich sauer. Und ich bin eigentlich kein Mensch, der sauer wird. Aber oh Mann, ich war stinkwütend. Anstatt also herumzufahren, um Carmen zu suchen, fuhr ich nach Seattle und bat darum, mit dem zuständigen Polizisten zu sprechen."

„Ich möchte im Voraus darauf hinweisen, dass es acht Uhr abends war, als das passierte." Jim brachte ein Tablett mit Sandwiches und Eistee.

„Jim war nicht allzu begeistert, mich zu sehen." Ed lächelte. „Aber er sagte: ‚Setzen wir uns und reden wir.' Und das taten wir. Ich erzählte ihm von Carmen und Della und mir; davon, dass wir wussten, dass Carmen kein perfektes Leben geführt hatte, dass das aber nicht bedeutete, dass, wer auch immer sie umgebracht hatte, damit durchkommen dürfe."

An dieser Stelle seufzte er und Jim rutschte unruhig hin und her. Er hasste diesen Teil der Geschichte, weil er Ed, Della und Carmen komplett enttäuscht hatte: Tripp Ingersoll war ein freier Mann.

„Den Rest kenne ich", meinte Griffin leise, „falls Sie nicht weitermachen wollen."

Ed nickte und griff nach etwas zu trinken, ohne die Sandwiches zu beachten. „Jim trug den Rest der Last. Er hat so hart an Carmens Fall gearbeitet, viel mehr Stunden als sich jemand vorstellen kann."

„Das ist mein Job", wandte Jim ein.

Ed tat das mit einer wegwerfenden Handbewegung ab. „Nach dem Prozess und Dellas Tod … nun, er hat sich sehr gut um mich gekümmert."

„Schluss bitte. Dieser Film ist nicht über mich."

„Vielleicht sollte er das sein", sagte Griffin. Jim starrte ihn an. Doch dann zwinkerte Griffin und Jim wurde klar, dass er ihn nur neckte.

„Jim, der Actionheld, Polizist mit Herz. Vielleicht sogar eine Fernsehsendung. Ich würde sie schauen", zog ihn Ed auf.

Jim nahm sein Sandwich und seinen Eistee und marschierte zurück in die Küche.

Gelächter folgte ihm und er setzte sich lächelnd an den Tisch.

ED SCHLIEF irgendwann am Nachmittag ein. Jim war daran gewöhnt, Griffin ganz eindeutig nicht. Jim nahm ihn am Arm und führte ihn nach draußen, um sich dort leise mit ihm zu unterhalten.

Er wollte Eds Vertrauen nicht missbrauchen, aber …

„Was stimmt nicht mit ihm?", fragte Griffin, als sie sich nebeneinander, Hüfte an Hüfte auf die Vordertreppe gesetzt hatten.

„Du musst schwören, es niemandem zu sagen. Nicht einmal Daisy."

„Ich verspreche es, Jim. Ehrlich. Aber … was stimmt nicht mit ihm? Er ist krank, das kann ich sehen."

„Bauchspeicheldrüsenkrebs." Jim stieß einen tiefen Seufzer aus. „Er hat nicht mehr viel Zeit. Um ehrlich zu sein, wird er nicht mehr lange genug leben, um die Fertigstellung deines Films mitzubekommen." Die Ehrlichkeit tat weh, aber die Worte laut auszusprechen, war für Jim fast eine Erleichterung. Er trug dieses Geheimnis schon so lange mit sich herum.

„Scheiße." Griffin verschränkte die Arme auf den Knien und legte das Kinn darauf. „Warum macht er diesen Film dann überhaupt? Wenn er nicht einmal dabei sein wird?"

„Wegen des Geldes vermutlich. Ich weiß es wirklich nicht. Es gibt niemandem, dem er etwas vererben könnte und nach seinem Tod werde ich mich um den ganzen rechtlichen Kram kümmern."

„Glaubst du ..." Griffin warf ihm einen Seitenblick zu. „Vielleicht wird er dir das Geld hinterlassen."

Das überraschte Jim und er schüttelte den Kopf. „Ich habe mehr Geld, als ich brauchen kann."

„Weiß Ed, dass du einen Treuhandfonds geerbt hast? Oder hält er dich für einen hart arbeitenden Polizisten, auf den nur seine Rente wartet?"

Das waren gute Fragen. Jim dachte darüber nach, während er ein paar Vögel beobachtete, die auf dem Rasen nach Futter pickten. Jim und er hatten nie über Jims finanzielle Situation gesprochen und er bezweifelte, dass Ed ohne eine Suche in öffentlich zugänglichen Unterlagen herausfinden würde, wie viel Geld sein Großvater ihm hinterlassen hatte.

„Oh verdammt."

„Genau. Hör mal Jim, vielleicht ist dieser Film keine gute Idee."

„Es ist das, was Ed will und ich werde seine Wünsche befolgen. Wenn ich das Geld bekomme, werde ich damit tun, was du in dem ersten Treffen vorgeschlagen hast: einen Gemeinschaftsgarten, ein Stipendium. Das gesamte Geld wird im Namen der Kellys in Projekte fließen."

„Das ist sehr nett von dir. Ich weiß, wie sehr du dieses ganze Hollywoodzeug hasst", meinte Griffin leise und stieß ihn mit der Schulter an.

Jim erwiderte schulterzuckend: „Hollywood ist immer noch seltsam, aber ich bin froh, dass ich bei dem Deal dich kennengelernt habe."

Griffin lächelte und Jim erwiderte es sofort. Griffin konnte man in seinem natürlichen, zerzausten Zustand mit Brille und unmöglich vollständig zu zähmenden Haaren nur schwer widerstehen.

„Du maaaagst mich", neckte ihn Griffin.

Jim verpasste ihm einen Stoß. „Nun, du magst mich."

Griffin hustete. „Ja, tue ich."

EIN PAAR Minuten später wachte Ed auf und kam zu ihnen nach draußen. Jim erhob sich, um auf- und abzuschreiten und überließ den anderen beiden die Stufen.

Sie redeten über dies und das und Ed erklärte, dass jetzt Griffin an der Reihe sei, von seiner Familie zu erzählen.

Griffin hatte viele Geschichten über seine Heimatstadt und seine leicht unkonventionelle Familie zu erzählen. Er sprach viel über seinen Vater. Jim hörte mit halbem Ohr zu, als Griffin berichtete, wie Richard Drake neun altersmäßig dicht beieinanderliegende Kinder alleine großgezogen hatte.

„Wir hätten eine Realityshow daraus machen können, aber das war leider das falsche Jahrzehnt", meinte Griffin trocken. Ed lachte.

„Dein Dad muss stolz auf dich sein", meinte er.

Griffin nickte. „Das ist er. Ich bin zwar eine Art Außerirdischer in meiner Familie, aber er ist stolz. Bestärkt mich. Um ehrlich zu sein, vermisse ich ihn."

„Du solltest ihn bald besuchen", riet Ed und hustete in seine Hand. „Nimm Jim mit."

Griffin und Jim wurden gleichzeitig rot, was Ed sehr lustig fand. „Ich wünschte, ich hätte jetzt eine Kamera." Er gluckste.

Sie blieben noch etwas, doch Ed wurde wieder müde. Daher stiegen Jim und Griffin in den Wagen und winkten der hageren Person in der Einfahrt zu. Während er den Truck auf die Straße lenkte, musste Jim mehrmals schlucken.

Den Großteil der Rückfahrt nach Seattle herrschte Schweigen.

„Warum wurde Tripp Ingersoll für unschuldig befunden, was meinst du?", fragte Griffin plötzlich.

Jims Hand vibrierte auf dem Lenkrad. „Die Jury wollte nicht glauben, dass ein Kind, das so viel zu verlieren hat, das alles wegwerfen würde, indem er auf einem Parkplatz eine Nutte erwürgt."

„Carmen war auch nur ein Kind, obwohl …"

„Und hatte schon ihr Leben vergeudet. Drogen, Prostitution, Straftaten. Sie haben sie abgeschrieben."

Wenn man bedachte, wie sehr der Fall immer noch in seinem Kopf herumspukte, klang Jims Stimme erstaunlich ruhig. Seit dem Urteilsspruch hatte er nicht mehr darüber gesprochen.

„Es gab Beweise."

„Keine eindeutigen. Er hat zugegeben, in der Nacht Sex mit ihr gehabt zu haben, sodass damit die DNA-Spuren erklärt waren. Seiner Aussage nach hat er sie danach auf dem Parkplatz zurückgelassen. Sie hätte gelebt, es müsse also ein anderer vorbeigekommen und es getan haben."

„Das ist …"

„In dem Viertel möglich oder zumindest nach Meinung der Jury."

Griffin stieß ein lautes missbilligendes Geräusch aus und versetzte dem Armaturenbrett einen Tritt.

„Ich weiß." Jim wechselte die Fahrspur und wurde langsamer, als sich der Verkehr zu stauen begann. „Glaub mir. Ich habe diese Jury lange Zeit gehasst. Aber sie haben ihr Bestes gegeben."

„Du bist zu nett."

„Ich dachte, ich wäre nüchtern."

„Anscheinend bist du außerdem auch ein ausgesprochen guter Mensch", stellte Griffin voller Zuneigung fest. Jim schaute zu ihm hinüber und erwiderte den Blick einen Moment lang.

„Ich bin nur ein Mann."

„Ein süßer Mann."

„Stopp."

„Wenn du rot wirst, bist du besonders süß."

„Ich lasse dich in fünf Sekunden am Seitenstreifen zurück, wenn du nicht damit aufhörst."

Griffin lachte und spielte den Rest der Fahrt am Autoradio herum.

19

ALS ER auch am Mittwoch nichts von Daisy hörte, gab Griffin Jim einen Abschiedskuss, schnappte sich seine Reisetasche und nahm einen Flug nach Los Angeles. Er ging davon aus, dass er rechtzeitig zu einem späten Abendessen mit Jim am Donnerstag zurück sein und sein Freund nichts mitbekommen würde.

Genug war genug.

Griffin fuhr mit dem Auto zum Bright Sides Studio und vergewisserte sich am Tor doppelt, dass Claus heute auch tatsächlich vor Ort war.

„Guten Morgen Dawn! Ich muss Claus sehen", sagte er, als er in die Büros der Geschäftsführung schneite.

Die blonde Sexbombe hinter dem Schreibtisch schaute auf und senkte den Blick dann wieder. „Er ist in einer Besprechung", erklärte sie gelangweilt und desinteressiert.

„Pech. Es ist ein Notfall."

„Komm später wieder." Sie starrte ihn über den Schreibtisch hinweg zornig an. „Ernsthaft, Griffin. Komm später wieder. In ... ungefähr zwei Stunden. Du willst ihn jetzt wirklich nicht stören."

Es überraschte ihn, dass Dawn ihm entgegenkam. Griffin nickte und setzte sich wieder die Sonnenbrille auf. „Ich werde in die Kantine gehen und dem Konto etwas Teures hinzufügen. Bis in zwei Stunden."

Bevor sie ihre Meinung über ihr Wohlwollen ändern konnte, schlenderte er hinaus.

Griffin aß ein Thunfisch-Sandwich und wanderte eine Weile durch die Studios. Er hatte hier einige Freunde, mit denen er quatschen konnte. Es wurde gerade gefilmt. Da Linas Debüt sich gerade in Studio zwei abspielte, war Nico anscheinend wieder eingestellt worden.

Er blieb eine Zeit lang, um zuzuschauen. Lina war untalentiert, aber ausgesprochen hübsch und wurde ohne Zweifel von der Kamera geliebt. Sie folgte gewissenhaft den Anweisungen des Regisseurs und bei jeder Aufnahme war ihr Gesichtsausdruck konzentriert und aufmerksam.

Vielleicht hatte sie eine Zukunft als die nächste Daisy. Griffin hätte sie gerne gewarnt, dass nicht alles so war, wie es angepriesen wurde.

Stattdessen ging er. Derartige Ratschläge glaubte einem keiner. Jeder hielt sich selbst für etwas Besonderes, bei dem alles anders sein würde. *Ihnen* würde das nicht passieren.

So wie Griffin geglaubt hatte, es würde *ihm selber* nicht passieren. Er würde nicht herumgestoßen oder betrogen werden. Er konnte sich auf seine Freunde verlassen.

Auf nichts konnte er sich verlassen.

Zurück in Claus' Büro, winkte ihn Dawn in das Innere des Heiligtums. Die Einrichtung entsprach dem feuchten Traum eines Safarijägers, inklusive der Köpfe an der Wahl. Griffin hatte immer geglaubt, dass Claus die riesigen gehörnten Köpfe dort aufgehängt hatte, weil menschliche Köpfe illegal gewesen wären. Würde er es können, Claus würde es tun.

„Was willst du?"

„Ich freue mich auch, dich zu sehen, Claus." Griffin setzte sich gegenüber von ihm in einen der vornehmen Ledersessel. „Ich möchte etwas mit dir besprechen."

„Fass dich kurz. Ich habe in fünfzehn Minuten eine Besprechung mit wirklich wichtigen Leuten." Seit Griffin hereingekommen war, hatte Claus nicht einmal von seinem Computer aufgeblickt.

„Das Ed Kelly Projekt."

Claus hob den Blick. „Was ist damit?"

„Du weißt es also."

Claus gab ein zischendes, keuchendes Geräusch von sich, das Griffin als Versuch eines Kicherns identifizierte. „Natürlich. Daisys Geschäfte sind auch meine Geschäfte. Warum ihr zwei geglaubt habt, es vor mir geheim halten zu können, ist mir ein Rätsel."

„Wir sind nur zwei verrückte Kinder, die ein Abenteuer erleben." Griffin beugte sich vor und drehte seine Sonnenbrille in den Händen. „Ich möchte dir das Projekt abkaufen."

„Es gehört mir? Oh ja, das tut es. Weil Daisy alles, was sie tut, mit meinem Geld tut." Claus grinste. „Die Scheinfirma war eine nette Geste. Ich weiß zu schätzen, dass ihr die Anwälte bezahlt und die Dokumente für mein neues Projekt aufgesetzt habt."

„Claus …" Griffin verkniff sich eine scharfe Antwort. „Wie viel?"

„Zwei Millionen. In bar."

„Claus, nun mach mal halblang. Du weißt, dass ich nicht so viel Geld habe."

„Dann kannst du es nicht haben", stellte Claus schulterzuckend klar. „Ich habe mir einen zweiten Drehbuchautor für die Geschichte besorgt."

Griffin klappte den Mund wieder zu. „Das ist mein Projekt, Claus. Ich habe bereits die Interviews geführt und recherchiert …"

„Du hast nicht mit allen gesprochen."

„Wovon zum Teufel sprichst du?"

„Komm heute um vier wieder. Dann habe ich einen tollen Menschen hier, mit dem du über den Ed Kelly Fall reden kannst."

„Claus …"

„Willst du das nun schreiben oder nicht?" Inzwischen völlig geschäftsmäßig drückte Claus die Taste der Gegensprechanlage und Dawns Stimme erklang.

„Dawn, bestätige meinen Termin um vier und setze Mr. Drake auf die Gästeliste."

An Griffin gewandt meinte er: „Bis dann."

GRIFFIN MARSCHIERTE unter der heißen Sonne von Los Angeles hin und her, bis ihm schwindelig wurde und sich dehydriert fühlte. Die fehlenden Informationen, Claus arrogante Miene – das machte ihn verrückt. Gerne hätte er jemanden angerufen, um sich beschwichtigen zu lassen, aber ihm fiel niemand ein. Daisy antwortete immer noch nicht auf seine Anrufe und das ergab Sinn. Claus wusste von dem Projekt. Claus *gehörte* das verdammte Projekt und er spielte mit Griffin, weil er wusste, wie wichtig es ihm war.

Zwei Millionen Dollar in bar. Er hatte keine zwei Millionen Dollar. Wenn er alles verkaufte, was er besaß, würde er wahrscheinlich nicht mal annähernd an diesen Betrag kommen. Angst erfasste ihn.

Er schrieb Jim eine Textnachricht, dass er geschäftlich nach LA hatte fliegen müssen, aber später am Abend zurück sein würde. Er betete, dass das stimmte.

Um Viertel vor vier taumelte Griffin fast in Claus' Büro hinein. In seinem Kopf schwirrten Sorgen und Tausend und eine Möglichkeit herum, wer sich in dem Büro befinden könnte. Als er jedoch den adretten jungen Mann erkannte, der neben einem älteren auf dem Sofa saß, kippte er fast aus den Latschen.

Unübersehbar saß dort völlig sorgenfrei, gekleidet wie ein Börsenmakler, Tripp Ingersoll.

Griffin musste zweimal hinschauen.

Tripp nickte nur höflich und widmete sich wieder seinem *Forbes* Magazin. Der Mann neben ihm roch nach Anwalt und tippte weiter mit einem Stift auf seinem iPhone herum.

Dawn erhob sich und erklärte mit einer Handbewegung Richtung Tür: „Sie können jetzt alle reingehen."

Claus saß immer noch an seinem Computer, schob ihn jedoch schnell zur Seite, als Griffin, Tripp und der Anwalt hereinkamen. „Gentlemen!" Er deutete auf den großen Konferenztisch in der Nähe des Fensters. „Setzen Sie sich doch. Dawn, bring die Erfrischungen."

Griffin wankte zu einem Stuhl und ließ sich hart darauf fallen. Er konnte nicht aufhören, Tripp anzustarren, den Mann, der Carmen Kelly getötet hatte. Er befand sich hier, in diesem Raum.

Bei einem Treffen mit Griffin. Über das Kelly Projekt.

Claus übernahm die Vorstellung und machte Small Talk. Nachdem Dawn gegangen war, rührte er seinen Kaffee um und starrte Griffin demonstrativ an.

„Nun, ich bin froh, dass es geklappt hat und wir gemeinsam über das Kelly Projekt sprechen können", begann Claus.

„Er ist dabei", sagte Griffin und blinzelte überrascht.

„Ich habe bereits ein Buch über meine Seite der Geschichte herausgebracht." Tripp öffnete eine Flasche Wasser. „Die ganze Strafverfolgung und das Leid, das meine Familie wegen dieses Arschlochpolizisten durchmachen musste."

Griffins Blutdruck stieg gefährlich an.

„Aber Claus hat mich angerufen und von dieser coolen Idee erzählt. So eine Art O. J. Simpson Ding." Er trank einen Schluck Wasser. „So in der Art, ich sage nicht, dass ich es getan habe, aber was wäre, wenn … Verstehen Sie?"

„Wie was wäre, wenn?" Griffin beugte sich vor. „Im Drehbuch kommt der Mord nicht vor."

„Ich denke aber, das sollte er." Claus klopfte mit den Knöcheln auf den Tisch. „Das ist dramatischer. Sonst ist es lediglich ein langweiliger Gerichtsfilm."

„Er handelt von der Familie."

„Langweilig", wiederholte Claus und Tripp lachte. Er lachte tatsächlich. Griffin hätte ihm am liebsten ins Gesicht geschlagen.

„Wir ziehen also auch Tripps Buch als Vorlage für einen Film in Erwägung. Wenn die Drehbücher fertig sind, werde ich eine endgültige Entscheidung treffen, welches wir tatsächlich verfilmen …"

Griffin riss es den Boden unter den Füßen weg.

„Oder wir kombinieren sie einfach", beendete Claus seinen Satz. Tripp nickte. Der Anwalt nickte.

Griffin stand auf. „Ich muss raus hier."

„Griffin, sei nicht so dramatisch. Du kannst das Kelly-Drehbuch schreiben. Ich werde jemand anderen finden, der über Tripps Seite der Geschichte schreibt. Dann sehen wir, was wir in ein paar Monaten haben."

„Ich möchte gerne, dass du noch einmal darüber nachdenkst, mir die Rechte zu verkaufen." Griffin blieb so ruhig, wie er nur konnte.

„Bring mir zwei Millionen, dann reden wir darüber."

GRIFFIN STÜRMTE aus dem Büro zum Tor. Andy, ein Wachmann, den er ziemlich gut kannte, rief ihm ein Taxi. Er wollte kein Auto von Bright Side benutzen, wollte nicht noch mehr Blut an den Händen kleben haben.

Er gab dem Fahrer Daisys Adresse in Bel Air und rief Jules Handy an, während sie auf den Freeway fuhren.

„Jules, ich bin's, Griff."

„Griffin! Wo zur Hölle bist du gewesen? Daisy war die letzte Woche ein einziger Albtraum!"

„Ist mir egal. Wo ist sie?"

120

„Soweit ich weiß zu Hause. Sie versteckt sich seit Tagen in ihrem Zimmer."

„Danke." Ohne ein weiteres Wort legte Griffin auf. Er lehnte sich in dem Kunstledersitz zurück und versuchte, wieder zu Atem zu kommen.

FREIDA, DIE Haushälterin ließ ihn rein. Ihr Gesicht war missbilligend verzogen, ganz eindeutig war sie genauso sauer auf ihn wie Jules, weil er nicht hier gewesen war, um Daisy zu „händeln." Er ignorierte sie und ging nach oben ins große Schlafzimmer.

Daisys Schlafzimmer, da Claus schon seit Jahren im Gästezimmer schlief.

„Daisy, mach die verdammte Tür auf", schrie er. „Ich werde sie eintreten, so wahr mir Gott helfe."

Eine Sekunde später klapperte das Schloss und in der Doppeltür erschien Daisy im Nachthemd. Die langen roten Haare hingen zottelig auf ihre Schultern.

Sie sah beschissen aus.

„Was?", fragte sie. Den roten Augen und der ungepflegten Haut nach zu urteilen, hatte sie höchstwahrscheinlich tagelang geweint und sich selbst medikamentiert.

„Was meinst du mit ‚was'? Weißt du, mit wem ich gerade in einer Besprechung war, Daisy? Claus und dem verfluchten Ingersoll. Nicht nur, dass das Projekt jetzt Claus gehört, nein, er erzählt es auch aus der Sicht des verdammten Mörders." Griffin musste jedes Wort durch seine enge Brust quetschen. „Weißt du eigentlich, was du getan hast?"

„Tut mir leid", murmelte Daisy. Sie drehte sich um und schlurfte langsam wieder zurück zum Bett.

„Es tut dir leid? Nein, das reicht nicht. Du musst mir helfen."

„Dir helfen wobei? Ich kann nichts tun. Claus gehört alles …"

„Er sagt, er überlässt mir das Projekt für zwei Millionen. Wenn ich mein Auto, meine Eigentumswohnung und die Wohnung in Aspen verkaufe, kann ich einen Teil davon aufbringen. Hast du irgendwelches Geld, das wir als Vorschuss nehmen können? Irgendwelches, das nur dir gehört?"

„Nein." Daisy kroch in das riesige Bett und unter die seidene pfirsichfarbene Decke. „Ich habe nichts. Es ist alles seins."

„Daisy, bitte. Bitte bleib hier bei mir. Ich brauche deine Hilfe. Ich habe niemanden, zu dem ich sonst gehen könnte", flehte er. Er kletterte auf das Bett und zog an der Decke, um ihre Aufmerksamkeit zu erregen.

„Es tut mir leid", wiederholte sie. Er registrierte ein leichtes Lallen.

„Daisy, Daisy … Komm schon. Denk nach."

„Na schön." Sie zwang sich, sich aufzurichten und stützte sich schwankend an seine Schulter. „Gib mir das Telefon."

Mit zitternden Händen reichte Griffin ihr das Telefon vom Nachttisch. Langsam gab sie die Ziffern ein und hielt sich dann das Handy ans Ohr.

„Jules? Ich bin's, Daisy. Nein. Ich bin okay." Daisy holte tief Luft und konzentrierte sich auf die Decke. „Ja, er ist hier. Hör zu, ich möchte, dass du die Papiere aus dem Tresor holst. Die in dem blauen Umschlag. Genau. Bring sie so schnell wie möglich hier rüber." Ein weiterer Atemzug. Mit feuchten Augen lauschte sie Jules' Worten. „Okay. Ja, mir geht's gut. Mach dir keine Sorgen."

Sie legte auf und wandte sich Griffin zu. Sie sah mitgenommen aus. „Ich besorge dir das Geld, okay?"

„Versprochen?"

„Vertraust du mir nicht, Griffin?", fragte sie traurig.

„Zwing mich nicht dazu, das jetzt zu beantworten." Griffin glitt vom Bett. Das Adrenalin tobte wild in seiner Brust.

„Es tut mir leid, dass ich dich angelogen habe, Griffin. Das tut es wirklich. Du bist der einzige Freund, den ich habe."

Griffin schüttelte den Kopf. „Ich glaube nicht, dass du weißt, wie man ein Freund ist, Daisy. Wenn du mich so behandelst…"

„Ich hatte Angst, okay? Er wollte mich wegen dieser Frau verlassen!"

„Und ist das nicht das, was du wolltest? Scheiß auf deine Karriere, Daisy. Willst du denn nicht glücklich sein?" Er warf die Hände in die Luft.

„Meine Karriere ist alles, was ich habe."

Griffin schüttelte den Kopf. „Okay. Gut. Behalte deine Karriere und deine beschissene Ehe."

„Ich habe dich, Griffin. Das macht alles so viel einfacher …"

Griffin blickte sie traurig an. „Du hast mich nicht mehr."

Er konnte nicht bleiben.

Sie weinte und weinte, schwor aber, dass sie mit Claus und dem Projekt alles in Ordnung bringen würde. Er wollte ihr glauben, wollte glauben, dass etwas aus ihrer gemeinsamen Geschichte zählte. Sie flehte ihn an, ihr zu glauben, wie viel Angst sie hatte. Unter den abgehakten Schluchzern konnte er ihren echten Kummer spüren.

Griffin rief ein Taxi und ließ sich, den Kopf in die Hände gestützt, nach Hause fahren.

20

„JIM? KÖNNTEST du bitte in mein Büro kommen?"

Ellen Trainer, ihre neue Chefin, steckte den Kopf in den Pausenraum, in dem Jim und Terry gerade aßen. Sie tauschten Blicke, dann folgte Jim ihr und säuberte sich unterwegs mit einer Serviette das Gesicht.

„Ist alles in Ordnung, Chefin?", wollte er wissen. Als sie auf einen Stuhl deutete, bemerkte er, dass der Anwalt des Polizeireviers auf ihrer Couch saß. „Okay, vermutlich nicht."

„Jim, das ist Frank Seifer. Wir wollen dich nur darüber informieren, dass Tripp Ingersoll und seine Familie Klage gegen die Abteilung eingereicht haben. Du wirst darin namentlich erwähnt."

Ein lautes Summen erfüllte Jims Kopf. Er blinzelte ein paar Mal und nickte dann. Er war zwar geschockt, fand es aber andererseits alles andere als überraschend.

„Hat lange genug gedauert", stellte er leise fest.

Captain Trainer blickte zum Anwalt. „Du bist natürlich durch die Gewerkschaft abgesichert. Ich wollte dich nur darüber informieren."

„Sie werden sich sicher einigen, bevor es zum Prozess kommt", meinte Jim mit Blick auf den Anwalt. „Ich kann mir nicht vorstellen, dass die Abteilung oder die Stadt so viel Publicity wollen."

„Seine Anwälte haben bereits mitgeteilt, dass sie keine Einigung wollen", erklärte Seifert. „Während wir die Aufmerksamkeit vermeiden wollen, will Mr. Ingersoll so viel wie möglich davon."

Jim schnipste mit den Fingern. „Aaah, vermutlich ein Buchvertrag. Habe mich schon gefragt, warum das nicht früher passiert ist." Er seufzte schwer. Wie groß war seine Lust, sich damit zu beschäftigen?

„Kommst du klar?" Captain Trainer war eine nette Frau, der sein Wohlbefinden sichtlich am Herzen lag. Plötzlich lag es Jim ebenso am Herzen.

Er konnte das nicht. Er wollte das nicht.

„Genaugenommen werde ich mich mit meinem Gewerkschaftsvertreter über die Möglichkeit einer Pensionierung unterhalten." Nachdem ihm die Worte über die Lippen gegangen waren, spürte er, wie sich sein eigenes Gesicht vor Überraschung genauso verzog wie das von Captain Trainer.

„Das ist selbstverständlich Ihre Entscheidung. Sie werden jedoch trotzdem aussagen müssen", erklärte Seifer.

„Ich weiß. Aber ich werde nicht hier sein, nicht im Dienst. Vielleicht nimmt das hier etwas von dem Druck raus", mutmaßte Jim schulterzuckend. Es kümmerte ihn nicht, solange er sich nicht damit befassen musste.

„Ich bin ein wenig überrascht, Jim. Ich bin davon ausgegangen, dass du sauer wärst und auf einen Kampf aus sein würdest."

Jim zuckte abermals mit den Schultern. „Das Leben ist so kurz."

JIM GING zu seinem Schreibtisch zurück und setzte sich. Er starrte auf sein Telefon, sein Dienstbuch und die säuberlich geordneten Akten. Über zehn Jahre lang hatte er hier gesessen, in der Abteilung war er seit zwanzig. Er war ein sehr guter Polizist.

Konnte er das alles hinter sich lassen? Einfach aufstehen, in den Ruhestand gehen und ein Leben in Muße führen? Wusste er überhaupt, was Muße war?

Vielleicht könnte Griffin ihm das beibringen.

Vielleicht konnte er nach LA ziehen und an seiner Bräune arbeiten. Na gut, eher nicht.

„Alles klar, Mann?" Terry kam an seinen Schreibtisch geeilt und schaute über seine Schulter. „Was ist los?"

„Strafanzeige. Die Familie Ingersoll." Jim rieb sich die Augen. „Ich werde namentlich erwähnt."

„Werde ich …" Terry schüttelte den Kopf. „Tut mir leid."

„Nein, nein. Das verstehe ich vollkommen. Soweit ich weiß, wird dein Name nicht genannt. Ich bin mir ziemlich sicher, dass er nur mich fertigmachen will."

„Scheiße, das ist so lächerlich." Terry schäumte. „Kann ich irgendetwas tun?"

„Nein, im Moment nicht." Jim dachte einen langen Moment nach. „Was hältst du davon, dir einen neuen Partner zu suchen?"

„Halt die Klappe, du Blödmann. Ich lasse dich nicht im Stich …"

„Vielleicht lasse ich ja dich im Stich."

Terrys Augen wurden groß. „Was?"

„Ich denke darüber nach, in Rente zu gehen, Terry."

Terry ließ sich in Jims Besucherstuhl plumpsen. „Ernsthaft?"

„Ausgesprochen ernsthaft."

„Du bist immer noch jung. Du hast noch jede Menge Zeit zu reisen oder was auch immer. Du müsstest dir allerdings ein Hobby suchen."

„Griffin meinte, ich könnte nach Hollywood ziehen und dort als Berater arbeiten. Ich weiß allerdings nicht, was das genau bedeutet."

„Klingt nach jeder Menge Zeit, die man am Pool verbringt. Sobald du dich etabliert hast, ruf mich an und besorge mir auch so einen Job."

Jim lächelte. „Du bist ein guter Polizist. Du musst unbedingt hierbleiben."

Terry zog den Kopf ein. „Danke. Aber … äh … um ehrlich zu sein, denke ich auch über einiges nach."

„Aufzuhören?"

„Eine Versetzung. Wenn das Baby da ist, möchte ich nicht die ganze Zeit weg sein. Ich will nicht mit den ganzen schlimmen Dingen im Kopf nach Hause kommen. Ich kann mir nicht vorstellen, dass mein Kind dort auf mich wartet und ich nur an Leichen, Gewalt und ... du weißt schon was denken kann."

„Tu, was du tun musst, okay? Wenn ich einige Anrufe tätigen und dir Referenzen geben soll, kein Problem." Bei dem Gedanken, Terry nicht völlig im Stich zu lassen, verspürte Jim Erleichterung.

„Wow."

„Genau, wow."

Sein Telefon begann zu klingeln und Jim griff danach. „Jim Shea."

„Jim? Hier ist Pete Van Dell."

Ed Kellys nächster Nachbar. „Hey Pete. Was ist los?"

„Ich wollte nur Bescheid sagen, dass ich Ed heute Vormittag ins Krankenhaus fahren musste. Da es ihm nicht gut ging, habe ich darauf bestanden. Ich wollte dich anrufen ..."

Jims Magen krampfte sich zusammen. „Ich komme, so schnell ich kann."

WÄHREND ER auf dem Highway nach Tacoma beschleunigte, schrieb Jim eine Textnachricht an Griffin.

Ed krank. Bist du zu Hause????

Er bekam keine Antwort.

DER ARZT kam aus Eds Zimmer und erblickte den auf einem Plastikstuhl im Gang sitzenden Jim.

„Detective Shea?"

„Ja?"

„Doktor Pah." Der Mann schüttelte ihm die Hand. Sein Gesicht war freundlich und Jim wusste, dass jetzt schlechte Neuigkeiten folgen würden. „Ich werde keine Zeit damit verschwenden, ihnen das Ergebnis mitzuteilen."

„Wie lange?"

„Ein paar Tage, vielleicht eine Woche." Dr. Pah klemmte sich das Krankenblatt unter den Arm. „Es geht ihm gut. Wir tun alles, was wir können, um seine Schmerzen zu lindern, und überwachen ihn."

Jim nickte. Er rechnete seit Monaten damit und doch traf es ihn jetzt völlig unvorbereitet. Die Realität prallte mit 150 km/h auf ihn ein. „Danke. Darf ich zu ihm?"

„Auf jeden Fall. Ich werde an der Rezeption Bescheid sagen, dass Sie der nächste Angehörige sind und jederzeit zu ihm dürfen."

Jim schüttelte dem Mann erneut die Hand und schlüpfte ins Zimmer. Ed war wach und hatte den Kopf so gedreht, dass er aus dem Fenster zu seiner Linken schauen konnte.

„Hey, Ed."

„Jim! Haben sie dich dafür von der Arbeit geholt?" Ed schnalzte missbilligend. „Habe ihnen gesagt, sie sollen warten, bis du Feierabend hast."

„Das ist in Ordnung." Jim setzte sich an sein Bett. „Brauchst du irgendwas?"

Ed blinzelte wieder zum Fenster. „Nee. Ich muss allerdings zugeben, dass es nett ist, Gesellschaft zu haben."

„Ich bleibe so lange, wie du willst."

„Ich sage es noch einmal, Jim, auch wenn du es nicht magst: ‚Du bist ein guter Mann'."

„Stopp."

„Wird Griffin mich auch besuchen kommen?"

„Ich glaube nicht, dass du in der Lage bist zu arbeiten, Ed."

„Arbeiten? Nö. Ich will ihn nur wiedersehen. Er ist ein netter junger Mann, Jim. Da hast du dir einen guten ausgesucht."

Jim rieb sich die Stirn. „Wir sind nur ganz zwanglos zusammen…"

„Aha." Ed grinste. „Genau das habe ich meinen Freunden auch über Della erzählt. Sie haben mich ausgelacht."

„Sie scheinen unhöflich zu sein", stellte Jim trocken fest. „Aber anscheinend habe ich die gleichen Freunde."

„Dann hast du Glück. Freunde und die, die du liebst, das ist das Wichtigste im Leben. Wenn du sie hast, musst du sie festhalten und nie aufhören, ihnen zu sagen, wie sehr du sie liebst. Das Leben ist zu kurz." Ed seufzte. „Natürlich habe ich Glück …"

„Glück?", platzte Jim heraus. „Entschuldige."

„Du musst dich nicht entschuldigen. Ich weiß, dass niemand begreift, wie ich so etwas sagen kann. Aber … ich kenne so viele Menschen, die nie jemanden so geliebt haben, wie ich Della. Und sie haben ihre Kinder nie so geschätzt, wie ich meine Carmen. Ich habe Mitleid mit ihnen, Jim. Ja, das habe ich. Trotz aller Abscheulichkeiten würde ich alles noch einmal durchmachen, nur um noch einmal mit meinen Mädchen zusammen zu sein."

ED SCHLIEF. Jim sah ihm dabei zu. Im Kopf drehte er Eds Worte hin und her und versuchte, sie zu verstehen. Trotz allem, was er durchgemacht hatte, weigerte er sich verbittert oder verschlossen zu sein.

Weigerte sich.

Jim selbst hatte sich in ein Schneckenhaus zurückgezogen, dabei hatte er nicht einmal einen Bruchteil der Prüfungen durchgemacht, die Ed hatte ertragen müssen.

126

Er hatte sich geweigert zu leben.

Sein Handy brummte. Jim sah, dass eine Textnachricht eingegangen war. *Was brauchst du?* hatte Griffin geschrieben.

Jims Hand zögerte leicht. *Dich* lautete seine Antwort. *Bald. Versprochen.*

Jim steckte das Handy weg und sah wieder Ed beim Schlafen zu.

21

EDS KRANKENSCHWESTER für die Tagschicht hieß Frances. Wenn Ed bei Bewusstsein war und sie Zeit hatte, plauderten Ed und sie miteinander. Jim wusste die Updates zu schätzen, die sie ihm bei seinen Besuchen oder Anrufen, während der drei Tage, die Ed im Krankenhaus lag, gab.

Als er früh am Samstagmorgen zum Schwesternzimmer kam und Frances Tränen in den Augen hatte, benötigte er keinen Bericht oder Einzelheiten.

„Nicht mehr viel Zeit", murmelte sie, während sie ihn am Arm nahm und zu Eds Zimmertür führte. „Er wollte nicht, dass ich jemanden anrufe …" Sie wartete offensichtlich darauf, dass Jim die Lücken füllte, doch er schüttelte nur den Kopf.

„Es gibt niemanden außer mir", sagte er leise und ging alleine in den Raum.

Ed lag reglos unter der hellblauen Decke. Er wirkte sogar noch skelettartiger als gestern und war an ein Sauerstoffgerät und einen Tropf angeschlossen.

Jim blieb kurz stehen, als die Tür in seinem Rücken mit einem Rauschen ins Schloss fiel. Einen schrecklichen Moment lang wünschte er, dass es bereits vorbei wäre, sodass er sich nicht verabschieden musste. Eds Brust bewegte sich jedoch auf und ab, wie um ihn daran zu erinnern, dass immer noch Zeit blieb.

Er ging hinüber und nahm leise Platz, um auf ein Zeichen zu warten, das ihm verriet, dass Ed wusste, dass er da war. Als die Uhr zu oft getickt hatte, legte er seine Hand auf die Decke neben Eds Arm.

Die Zeit verstrich, während Jim die Sekunden zwischen Ein- und Ausatembewegung unter der Decke zählte. Er verlor alles andere aus den Augen, nur noch das Zählen war wichtig, bis er irgendwann blinzeln musste und bemerkte, dass die Schatten im Raum um sie beide herum dunkler geworden waren.

Eine Sekunde später öffnete sich die Tür. Fast wäre Jim vor Schreck zusammengezuckt, doch er zwang sich, stillzuhalten. Er rechnete mit Frances oder dem Arzt, doch ein Hauch Aftershave brachte ihn dazu, vollkommen überrascht den Kopf zu drehen.

Auf der Schwelle stand Griffin mit traurigem Gesichtsausdruck, die Hände in den Taschen seiner Khakishorts.

„Hi", formte er mit den Lippen und wies mit dem Kinn fragend auf Ed.

„Schläft", erwiderte Jim leise, während sich in seiner Brust Erleichterung und Schmerz mischten. Ihm fiel niemand ein, den er in diesem Moment lieber gesehen hätte, und das war beängstigend.

Griffin kam zu ihm, nahm den zweiten Stuhl und stellte ihn neben Jims. Er schob die beiden Stühle so zusammen, dass sich ihre Oberschenkel berührten, als er sich setzte. „Brauchst du etwas?", flüsterte er, während er auf Eds schlafenden Körper blickte.

Jim starrte Griffin an. Als ihm klar wurde, dass er antworten musste, räusperte er sich. „Nichts." Und das war die reine Wahrheit.

„Du musst etwas essen oder trinken." Griffin lehnte sich zurück und griff in die Tasche seines Blazers, um eine kleine Flasche Wasser hervorzuholen. „In ein paar Minuten hole ich dir einen Kaffee und etwas zu essen."

„Ich habe gegessen …"

„Frühstück. Vielleicht Mittagessen?" Griffin schenkte ihm ein schwaches Lächeln. „Sei ruhig und lass mich einfach etwas Nettes für dich tun."

Jim fand keine Worte. Er blinzelte nur und fuhr damit fort, Eds Atemzüge zu zählen.

Griffin blieb einige Hundert weitere Tickgeräusche der Uhr neben ihm sitzen, murmelte dann aber etwas von Kaffee. Er verschwand kurz und kam mit besagtem Heißgetränk im größten Becher, den Jim seit langem gesehen hatte, zurück.

„Ich habe auch ein Sandwich, wenn du so weit bist", erklärte Griffin und überreichte ihm den Becher, als er sich wieder setzte.

„Ja, Liebes", murmelte Jim, trank jedoch lächelnd einen Schluck.

In den nächsten Stunden kam und ging Frances, reinigte das Zimmer und verwöhnte die Männer mit einem Lächeln. Beim letzten Mal hielt ihr Lächeln nicht lange an, als sie Eds Puls maß. Man musste nicht Medizin studiert haben, um ihren Gesichtsausdruck deuten zu können.

Sie erklärte, dass sie den Arzt holen würde und Griffin drängte nicht mehr wegen des Sandwichs.

„Willst du, dass ich gehe?", fragte Griffin, sobald sie verschwunden war.

„Nein. Warum sollte ich?"

Griffin erwiderte nichts, doch Jim konnte sehen, dass er sich freute.

Das half wiederum Jim, etwas leichter Luft zu bekommen.

„Du solltest … äh … ich weiß nicht. Wenn du etwas sagen möchtest, solltest du es bald tun." Griffins Gesicht verzog sich und er starrte auf den Boden.

Jim stellte den Kaffeebecher auf das Nachtschränkchen. Er wusste, dass Griffin drängte, weil Ed nicht mehr viel Zeit blieb. Ihm fiel wieder die Geschichte ein, die Griffin ihm über seine Mutter erzählt hatte.

Er erhob sich und beugte sich über Eds reglose Gestalt. Er bewegte sich, ohne nachzudenken, nur so gelang es ihm, vom Stuhl hochzukommen.

In Jims Kopf wirbelte ein Schwall Worte herum: Entschuldigungen wegen Carmens Fall, Worte für all das, was er von Ed gelernt und was dieser ihm gegeben hatte, seit sie sich kannten. Worte, die er nie laut aussprechen konnte, wenn es um den Vater ging, der Ed war. Ob er es wusste oder nicht: Bei Carmen hatte er in mancher Hinsicht versagt, aber Jim … Jim konnte als sein Erfolg gelten.

„Ed", flüsterte er stockend und angespannt. Eine leichte Berührung an der Beinrückseite ließ ihn etwas ruhiger werden. „Ed, danke. Vielen, vielen Dank."

129

Die Tür öffnete sich und als Jim den Blick hob, entdeckte er den Arzt, dem die Störung leidzutun schien.

„Kommen Sie rein", forderte er ihn auf. Dann holte er tief Luft und ging vom Bett weg, um dem Arzt etwas Raum zum Arbeiten zu geben. Und hinüber zum Fenster, um sich selbst eine Pause zu gönnen.

Jim starrte auf den Parkplatz des Krankenhauses. Mit den Blicken verfolgte er ein paar ankommende und abfahrende Autos und ein paar dunkle Wolken, die sich über die Berge schoben und Regen versprachen. Er wandte nicht den Kopf, als Griffin neben ihn trat, wehrte sich aber nicht, als sein Geliebter die Hand sanft in seine legte.

Der Arzt räusperte sich, um ihre Aufmerksamkeit zu erlangen.

Jim drehte sich um und konnte die Miene des Arztes ebenso gut lesen, wie die von Frances. „Wenn wir bleiben dürften …"

Der Mann nickte. „Selbstverständlich. Sagen Sie einfach im Schwesternzimmer Bescheid, falls Sie irgendetwas benötigen."

Mehr musste nicht gesagt werden. *Konnte* nicht gesagt werden. Sie blickten einander noch einmal in die schmerzverzerrten Gesichter, dann ging der Arzt. Jetzt war nur noch Warten angesagt.

UNGEFÄHR EINE Stunde später schlief Griffin in einem der Kunstledersessel neben dem Fenster ein. Jim aß sein kaltes Schinken-Käse-Sandwich und trank den ebenso kalten Kaffee aus. Ed wachte nicht auf. Griffin rührte sich nicht. Jim fand einen gewissen Trost in der Abfolge der leisen Schnarcher und dem Ticken der Uhr, obwohl er sich anstrengen musste, um Eds schwerfällige Atemzüge zu hören. Es dauerte zunehmend länger, bis sich die Decke hob und senkte.

Beim Blick auf die Uhr stellte er fest, dass es fast eins war. Kurz überlegte er, ob er Griffin wecken und in Eds Haus schicken sollte, damit er bequemer schlafen konnte, wollte ihn aber aus selbstsüchtigen Gründen hier haben. Dicht genug bei sich, um ihn sehen, berühren und in Anspruch nehmen zu können, wenn die Zeit gekommen war.

Und dann war die Zeit gekommen.

In einer perfekten Welt, in einem Film, wäre Ed noch einmal aufgewacht und hätte etwas Tiefgründiges gesagt. Hätte Jim seinen Segen gegeben, ihm seine Liebe versichert, um dann mit weisen Worten das Bewusstsein zu verlieren. Stattdessen holte er um halb zwei tief und schmerzerfüllt Luft – so scharf, dass Griffin sich auf der anderen Seite des Raumes bewegte.

Jim stand auf, beugte sich über Ed und drückte fest seine Hand. Er dachte an Carmens Leiche auf dem leeren Parkplatz und Della hinten im Rettungswagen und drückte, bis ihm Schweißtropfen auf der Stirn standen.

Ed sollte wissen, dass er hier war. Ed sollte wissen, dass er in diesem Moment nicht alleine war.

130

Er hielt ihn noch einige Herzschläge lang fest. Sein eigener, rasender Herzschlag pochte in seinen Ohren, während der von Ed langsamer und langsamer wurde. Er schwor, dass er den letzten Pulsschlag spürte, bevor die Maschine anzeigte, dass es vorbei war.

Jim konnte nicht loslassen.

Obwohl sich alles geändert hatte, konnte er seine Hand nicht lockern oder sich aufrichten.

Die Tür öffnete sich, leise Stimmen erklangen und dennoch war er nicht fähig, sich zu bewegen.

„Das hast du großartig gemacht", flüsterte eine Stimme in sein Ohr. „Du hast ihm geholfen, zu gehen. Jetzt lass diese Leute übernehmen, okay?"

Griffin legte die Arme um ihn und zwang ihn, sich von Eds Körper zu entfernen. Er zog oder zerrte nicht, doch die Umarmung und der leichte Druck machten es Jim leichter, loszulassen, die Hände zu öffnen und den Rücken zu strecken. Und schließlich wegzugehen.

EINIGE WENIGE Papiere mussten unterschrieben, einige Dinge besprochen werden. Es war bereits so viel vorab entschieden worden, dass es nur noch um die Klärung der Details ging.

Während der ganzen Zeit blieb Griffin schweigend an Jims Seite. Irgendwann gelang es ihm, zu verschwinden, eine große Flasche kaltes Wasser zu kaufen und zurückzukommen, bevor Jim sein Fehlen bemerkte. Zwei Stunden nachdem Ed gestorben war, fand sich Jim auf dem Beifahrersitz seines Trucks wieder, den Griffin langsam vom Krankenhausparkplatz steuerte.

„Äh. Tut mir leid, aber … Eds Haus? Ein Hotel? Was ist dir lieber?", fragte er mit sanfter Stimme.

Jim rieb sich kräftig mit beiden Händen übers Gesicht, versuchte, sich aus der depressiven Stimmung zu reißen und eine Antwort zu finden. Alles wirkte wie benebelt und unscharf. Er hörte Griffin, wusste, was los war, doch denken schien nicht möglich.

Als er nicht antwortete, traf Griffin die Entscheidung selber. Er fuhr auf den dunklen Highway, drehte die Heizung auf und legte eine Hand auf Jims Knie.

Trost, ohne etwas zu sagen. Als sie in Eds Einfahrt bogen, war das genau die richtige Antwort.

GRIFFIN KOCHTE Kaffee, den er ins Gästezimmer brachte, in dem Jim bereits im Bett lag. Jim war durch die Eingangstür getreten, schnurstracks in das Zimmer gegangen und hatte sich ohne etwas zu sagen oder groß darüber nachzudenken, ausgezogen. In das frisch bezogene Bett zu kriechen fühlte sich sowohl tröstlich als auch traurig an.

Jim lag auf der Seite, das Gesicht zur Wand. Der kleine Fernseher war auf einen örtlichen Nachrichtensender eingestellt, der Ton leise. Er drehte sich nicht um, als Griffin hereinkam, rutschte aber etwas näher, als Griffin sich ins Bett legte.

„Brauchst du irgendetwas?", fragte Griffin.

Jim roch den Kaffee und spürte die Wärme von Griffins Körper neben sich. „Nein, danke", antwortete er leise.

Griffin sagte nichts und legte seine durch die Kaffeetasse warme Hand auf Jims Hüfte. So hielt er ihn, bis er einschlief.

22

„TERRY OH."

„Hey, Terry. Ich bin's, Griffin Drake...."

„Hi. Hi." Terry verstummte. „Mist. Vermutlich gibt es schlechte Neuigkeiten."

„Ja." Griffin seufzte tief. „Letzte Nacht. Jim schläft noch. Ich wollte die Anrufe erledigen, bevor er aufwacht, damit er sich nicht darum kümmern muss."

„Das ist echt nett von dir, Griffin."

„Das ist das Mindeste, das ich tun kann."

„Sag mir wegen der Beerdigung Bescheid. Ich weiß nicht, ob Mimi reisen kann, aber ich werde da sein. Möchtest du, dass ich mit Nick und Heather rede?"

„Danke, das wäre eine Hilfe. Ich werde als Nächstes Ben anrufen, weil mit Sicherheit noch mehr rechtliche Dinge geklärt werden müssen." Griffin trommelte mit den Fingern auf den verkratzten Küchentisch, sodass die verschütteten Süßstofftabletten auf der Oberfläche zu tanzen begannen. „Ich weiß nicht, ob es sonst noch jemanden gibt."

„Wenn mir jemand einfällt, sage ich dir Bescheid. Sag Jim, dass ich hier alles im Griff habe und er sich Zeit lassen kann."

„Du kennst Jim, oder?"

Terry lachte. „Kapiert. Danke für den Anruf."

„Gern geschehen."

Griffin legte auf und holte sich einen Kaffee. Es war Tasse Nummer fünf seit der Kanne gestern Abend, als er versucht hatte, auf Jim aufzupassen und einige Dinge zu erledigen, ohne selber in ein tiefes Koma zu fallen. Gewissenhaft überwachte er seine E-Mails und Textnachrichten, voller Sorge, dass Claus sein Versprechen brechen würde, wenn ihm die Neuigkeiten von Ed Kellys Tod zu Ohren kamen.

Daisy hatte geschworen, dass sie nach ihrem Streit mit Claus gesprochen hatte. Währenddessen hatte sich Griffin in seiner Wohnung Sorgen gemacht, war hin- und her getigert, hatte gepackt und E-Mails an Makler in LA und Aspen verschickt, außerdem sein Auto auf der örtlichen Anzeigenwebseite inseriert. Sie hatte ihn am Vormittag angerufen, als er sich gerade wegen der Verschlechterung von Eds Zustand quälte und weil er nicht bei Jim sein konnte.

Sie hatte geschworen, dass der Deal besiegelt sei. Sie hatte mit Claus einen Vertrag über die Rechte des Films abgeschlossen. Die Papiere würden in Kürze bei ihm eintreffen.

Wieder und wieder hatte er ihr gedankt, doch sie hatte ohne ein weiteres Wort aufgelegt. Danach hatte er auf die offizielle Bestätigung von Bright Side gewartet.

Als er in LA abgeflogen war, um nach Tacoma und zu Jim zurückzukehren, war sie jedoch noch nicht bei ihm eingetroffen.

Bisher schien sich nichts geändert zu haben. Daisy hatte geschworen, dass Claus ihm das Projekt zugesagt hatte. Sie würde vermutlich das Geld irgendwie vorstrecken, bis er es aufbringen konnte. Es war erst in sicheren Tüchern, wenn die rechtlichen Dokumente mit den Unterschriften ankamen.

Die Erschöpfung kroch heran und klopfte an die Tür, versetzte ihn in ein nebliges Delirium, während er ein weiteres Mal seine Nachrichten überprüfte. Wenn er nur zehn Minuten lang – höchstens – die Augen zumachte, konnte er danach noch ein paar Stunden länger …

Mit einem Ruck wachte Griffin auf. Er roch Speck und Eier.

Um seine Schultern lag eine Decke, die herabglitt, als er sich aufrichtete. Sein gesamter Rücken knackte so laut, dass es widerhallte.

„Um Gottes willen! Ich wusste ja gleich, dass es keine gute Idee ist, auf dem Stuhl zu schlafen", sagte eine Stimme. Als Griffin sich umschaute, sah er eine ältere Frau mit einer Schürze, die mit einem Bratenwender am Herd stand. „Geht es Ihnen gut, junger Mann?"

„Äh … ja, Ma'am." Griffin streckte und drehte sich, bis er sich bewegen konnte, ohne die Schallmauer zu durchbrechen. „Tut mir leid."

„Oh nein. Sie müssen sich nicht entschuldigen. Sie waren so müde", beruhigte sie ihn mitfühlend. „Ich bin Carla Kelly."

„Griffin Drake. Sind sie mit Ed verwandt?"

„Cousine zweiten Grades durch Heirat. Als Jim uns heute Morgen angerufen hat, haben wir uns sofort ins Auto gesetzt." Sie schüttelte den Kopf. „Es ist so traurig, aber zumindest sind sie jetzt alle zusammen: Ed und Della und Carmen."

Sie wandte sich wieder dem Herd zu und Griffin schüttelte den Kopf, um den Schleier zu vertreiben. Jim? Heute Morgen? Er blickte hinüber zur Uhr in Hahngestalt und sah, dass es halb vier nachmittags war. „Ist Jim da?"

„Er wollte einige Besorgungen machen. Ich denke, er wird bald zurück sein. Sie haben doch sicher Hunger. Sind Eier und Speck okay?"

„Ja, danke. Genaugenommen wäre das großartig." Griffin klappte den Laptop auf, um seine Mails zu überprüfen, und griff dann nach seinem iPhone. Nichts.

OhGottohGottohGott.

Er rief sich wieder das Treffen in Claus' Büro in Erinnerung, bei dem er Tripp Ingersoll von Angesicht zu Angesicht gegenübergesessen hatte. Unter seinen Haaren brach kalter Schweiß aus.

„Bitte sehr", sagte Carla fröhlich und stellte den Teller zusammen mit einer Kaffeetasse vor Griffin. Es war die „Bester Vater der Welt" Tasse, die Ed bei ihrem ersten Treffen in der Hand gehalten hatte; damals, als Griffin geschworen hatte, dass sie das Andenken an Carmen und Della ehren würden.

Oh Gott.

Er wusste nicht, was er tun sollte, außer das Frühstück herunterzuwürgen, das Eds angeheiratete Cousine zweiten Grades vor ihn gestellt hatte. Er trank den Kaffee, leerte den Teller und entschuldigte sich dann höflich, um sich duschen und umziehen zu gehen.

Und auszuflippen und mit zitternden Händen zu beten, während er im Badezimmer verschwand, um Daisys Handy anzurufen.

Griffin schloss die Tür hinter sich und ließ sich auf die Klobrille sinken. Alles in dem winzigen Gästebad roch nach Lavendel und auf der Tapete prangten winzige lila Bilder davon. Er überlegte, dass dies vielleicht Carmens Badezimmer gewesen war und wünschte sich jetzt sehr, dass sie in ein verdammtes Hotel gegangen wären.

„Hallo?", meldete sie sich kühl und riss ihn damit aus seinen Gedanken.

„Daisy? Gott sei Dank. Ich … Claus hat die Papiere noch nicht geschickt."

Es herrschte eine lange Pause. „Er hat gesagt, er würde es tun. Es liegt jetzt nicht mehr in meiner Hand."

„Was? Mann Daisy. Ed Kelly ist letzte Nacht gestorben, klar? Er ist tot. Ich muss wissen, dass die Papiere unterschrieben und rechtskräftig sind und alles seinen Gang geht. Ich habe ein Versprechen gegeben und beabsichtige, es auch zu halten.

„Er ist tot?" Ihre Stimme wurde leise. „Oh Griffin. Es tut mir so leid. Wie geht es Jim?"

„Er ist am Boden zerstört. Ein Zustand, der sich nicht bessern wird, wenn er herausfindet, was Claus aus dem Film machen wollte." Griffin fuhr sich mit der Hand durch die Haare und zerrte heftig daran.

„Er weiß es nicht?"

„Nein, er weiß es nicht. Ich hatte nicht das Gefühl, dass es allzu gut ankommen würde, wenn ich erwähne, dass ich mit dem verdammten Tripp Ingersoll in einem Raum war."

„Griffin, beruhige dich. Ich werde herausfinden, ob Claus die Papiere geschickt hat und dich zurückrufen. Einverstanden?"

„Bitte Daisy, bitte", war alles, was er noch herausbringen konnte, bevor er auflegte. Das Zittern wurde zu kleinen Erdbeben.

Er blieb noch ein paar Minuten sitzen und dachte darüber nach, auf wie viele verschiedene Arten die Sache enden konnte. Auf wie viele Arten er Jim enttäuschen konnte und dass alles, was er über dieses Projekt gesagt hatte, zu einer gigantischen Lüge werden konnte.

Vor der Tür unterhielten sich Leute. Griffin vernahm Jims Stimme. Schnell erhob er sich und drehte die Dusche auf, um sich Zeit zu verschaffen. Er zog sich aus, trat unter den kalten, spritzenden Strahl und betete, wie er seit seiner Kindheit nicht mehr gebetet hatte, dass Daisy schnell zurückrufen würde.

Sie rief nicht zurück.

Er trocknete sich ab und schlang sich ein Handtuch um die Taille. Das Handy in der Hand flitzte er aus dem Bade- ins Gästezimmer, um sich saubere Sachen anzuziehen.

Als er gerade die Jeans zuknöpfte, kam Jim herein. „Hey", begrüßte er ihn müde. Er war rasiert und trug einen Anzug, sein Gesicht war verkniffen und erschöpft.

„Hi. Wie geht es dir?" Griffins Herz hämmerte, doch er konnte nicht anders, ging hinüber zu Jim, legte die Arme um ihn und zog ihn in eng an sich.

„Beschissen, aber okay. Hast du etwas Schlaf bekommen?"

„Bin am Küchentisch eingepennt. Carla hat mir Frühstück gemacht."

„Sie ist eine nette Frau." Jim drückte ihn fest an sich und am liebsten hätte Griffin ihn nie wieder losgelassen. „Sie und die anderen Damen aus ihrer Kirchengemeinde bereiten Essen für den Leichenschmaus zu. Ed wollte keinen offenen Sarg und keine Zeremonie am Grab, aber wir machen hier eine kleine Feier."

„Ich habe Terry angerufen. Er wollte allen anderen Bescheid sagen."

„Danke." Jim drückte Griffin einen Kuss auf die Wange. Er löste sich von ihm, bevor Griffin bereit war, ihn loszulassen. „Wir treffen uns draußen. Ich muss mich unter die Leute mischen." Bei dieser Aussicht sah er alles andere als erfreut aus, doch wie Griffin wusste, hätte er alles für Ed getan.

Er verschwand wieder durch die Tür und Griffin schaute erneut auf sein Handy. Nichts.

NACHBARN UND Bekannte versammelten sich in Eds Wohnzimmer, die Kaffeetassen in der Hand, unterhielten sie sich leise und probierten die Kuchen auf dem Küchentisch.

Jim führte Griffin herum und stellte ihn vor. Er sagte nicht „Partner" oder so etwas, doch die Art und Weise, wie er seinen Arm hielt, rief genügend hochgezogene Augenbrauen hervor – im wahrsten Sinne des Wortes –, sodass Griffin wusste, dass die Botschaft angekommen war. Anscheinend waren „Eds schwule Freunde aus Seattle" ein Thema, über das viel getratscht wurde. Allerdings war niemand unhöflich. Sie schüttelten seine Hand und drückten ihr Beileid aus. Griffin wanderte inzwischen wie betäubt herum, aß etwas Kuchen, trank zu viel Kaffee und berührte alle zehn Sekunden seine Tasche, um zu fühlen, ob sie vibrierte.

Der Nachmittag zog sich hin. Unter Carlas Aufsicht servierten die Frauen ein Mittagessen. Griffin entschuldigte sich, um im Schlafzimmer zu hyperventilieren. Dann rief er Daisys Handy an. Mailbox. Dasselbe galt für das Telefon in ihrem selten benutzten Büro. Er versuchte es bei Jules, erreichte aber auch dort nur die Mailbox.

Das verhieß nichts Gutes.

Er ging aufs Ganze und rief als Nächstes Claus an, doch dessen Assistentin weigerte sich, ihn durchzustellen. Sie bestand darauf, dass Claus nicht gestört werden durfte. Dabei klang sie viel gestresster als sonst.

Griffin legte auf und gesellte sich wieder zu den Trauernden.

ES WURDE acht Uhr, bis der letzte Gast verschwand und Carla die Küche aufräumte. Sie versprach, am folgenden Vormittag zurückzukommen, um ihnen Frühstück zu machen und alles für den Leichenschmaus vorzubereiten. Jim geleitete sie wie ein echter Gentleman zu ihrem Wagen. Griffin sah von der Fliegengittertür aus zu.

„Sie ist wie … ein Profi", meinte Jim, als er wieder die Stufen hinaufkam.

Griffin öffnete ihm die Tür. „Kirchendamen *sind* Profis, Jim. Dafür üben sie. Krankheit und Geburt, Tod und Abendessen, zu denen jeder etwas mitbringt", erklärte er liebevoll. Carla erinnerte ihn an zu Hause und seinen Vater.

Den er anrufen würde, sobald dieser ganze Mist geklärt war.

„Na, zum Glück ist sie da, denn es waren echt viele Leute hier." An seiner Krawatte und dem Jackett zerrend, ging Jim ins Wohnzimmer. „So viel habe ich schon seit Jahren nicht mehr geredet."

„Eigentlich bist du ziemlich gut im Plaudern." Griffin folgte Jim wie ein Schatten und landete letztendlich auf dem Sofa und seinem Schoß.

„Hm. Das habe ich mir vermutlich bei Ed abgeschaut."

„Er war ein toller Mann."

„Der beste."

„Du bist auch ein toller Mann."

„Alles okay?" Jim drehte den Kopf und musterte Griffin. „Ich meine, natürlich ist das ein beschissener Tag und so, aber du wirkst nervös."

„Ich mag keine Beerdigungen und das ganze Drumherum", log Griffin und legte den Kopf auf Jims Schulter, um ihn nicht ansehen zu müssen. „Dazu kommt, dass ich mir Sorgen um dich mache."

„Ich komme schon klar. Versprochen. Ich glaube, ich habe mich darauf vorbereitet …"

„Hör mal, ich muss dir etwas sagen." Die Worte drängten aus Griffins Mund, bevor er sie aufhalten konnte.

„Was?" Besorgnis vertiefte die Sorgenfalten in Jims Gesicht. Er schien in achtundvierzig Stunden um zehn Jahre gealtert zu sein. Er war erschöpft, traurig. Er hatte gerade stundenlang ein Haus voller Bekannter von Ed unterhalten, um ihn zu ehren.

Griffin liebt ihn so sehr, dass es wehtat.

„Ich weiß, dass das hier der denkbar unpassendste Zeitpunkt ist, aber ich muss dir einfach sagen, dass ich dich liebe. Okay? Weil ich das tue. Und du musst mir nicht das Gleiche sagen, aber so ist es einfach."

„Oh." Jim wirkte völlig baff.

Mit einem Stöhnen ließ sich Griffin nach hinten auf die Couch fallen. „Tut mir leid."

„Wofür entschuldigst du dich? Ich bin überrascht, das ist alles." Jim zog an Griffin, damit er sich wieder aufsetzte. „Komm her."

„Nein." Griffin schob erneut die Hand in die Tasche, aber nichts: kein Vibrieren. „Gut." Er richtete sich auf und ließ sich von Jim in eine ungelenke Umarmung ziehen.

„Niemand … hat das je wirklich zu mir gesagt, musst du wissen. Daher … bin ich überrascht." Jim räusperte sich. „Und ah … ich selber habe es auch nie gesagt."

„Das musst du auch nicht."

„Ich weiß. Aber du musst wissen … es ist da."

Griffins Herz setzte einige entscheidende Schläge aus. „Wirklich?"

„Wirklich." Jim wurde tatsächlich rot. Griffins Verliebtheitsgrad stieg um weitere zehn Stufen an.

„Wow. Scheiße."

„Romantische Dialoge sind echt der Hammer."

„Dialoge? Was, bist du etwa mit einem Drehbuchautor zusammen?"

„Anscheinend." Jim küsste ihn und Griffin vergaß den Rest der Nacht, auf sein Handy zu schauen.

23

MIMI DURFTE auf Anordnung des Arztes wegen irrsinnig hohem Blutdruck nicht reisen, aber Terry, Heather und Nick fuhren von Seattle aus hoch. Ben und Liddy waren im Gericht, gaben den Vertretern des Ordnungshüter-Kabale-Zirkels aber einen Korb mit Blumen und eine Karte mit.

„Guten Tag?", fragte Jim, als Terry zu ihm kam und ihm die Hand schüttelte.

„Beschissener Tag." Terry umarmte ihn mit einem Arm. „Wie kommst du klar, Partner?"

„Hm."

Heather erschien und drückte Jim fest an sich, dann ein zweites Mal. „Ein Mal war von Mimi. Sie ist sauer, dass sie nicht kommen konnte."

„Sie brütet und der Arzt meint, dass sie sich nicht aufregen oder zu lange in einem Auto sitzen sollte."

„Brütet?"

„Tut mir leid. Ich habe mich gestern mit jeder Menge Landwirten getroffen."

Sie gingen ins Haus und fanden in der Küche Carla vor, die Griffin gerade mit dem zweiten Teller Pfannkuchen fütterte. Er formte mit den Lippen *rettet mich*, bevor er aufstand, um alle zu begrüßen.

Jim gefiel es, wie seine Freunde und Griffin sich beim Frühstück unterhielten. Über seine Kaffeetasse hinweg beobachtete er sie, während er über Griffins Worte von letzter Nacht nachdachte.

Er hatte es kommen sehen, weil er dasselbe empfand. Allerdings hatte er damit gerechnet, mehr Panik zu verspüren. Vielleicht hatte ja der dumpfe Schmerz des Verlusts alle anderen Gefühle abgeschwächt.

Er würde Ed sehr vermissen. Aber wenn Jim eines von ihm gelernt hatte, dann, dass es verschwendete Zeit war, beim Negativen zu verweilen. Weil man damit sein Leben verschwendete. Jim war fünfundvierzig und hatte es satt, kostbare Zeit zu vergeuden. Er konnte zurück zur Arbeit gehen und eine Kugel abbekommen oder im Fitnessstudio einen Schlaganfall erleiden. Er konnte stürzen, krank werden oder eine Million anderer Dinge und hätte nichts vorzuweisen außer einer hübschen Personalakte und einen Haufen Geld auf der Bank.

Und eine anhängige Klage von einem Arschloch. Was für ein Scheißleben war das denn bitte?

„Jim? Hey, Jim." Nick schnipste mit den Fingern vor Jims Gesicht. „Dein Handy klingelt."

„Was? Tut mir leid." Er zog das Handy aus der Tasche und meldete sich: „Jim Shea."

„Jim? Hi, hier ist Liddy."

„Hi, Liddy. Hey, danke für die Blumen. Das war echt nett."

„Kein Problem. Hör mal, ich habe im Moment eine Pause. Meine Sekretärin hat mich angerufen, um mir Bescheid zu geben, dass jemand juristische Unterlagen im Büro abgegeben hat, die den Film der Bright Side Studios betreffen …"

„Wirklich? Ich frage mich warum?" Jim blickte zu Griffin und gab ihm ein Zeichen.

„Keine Ahnung. Ich habe nichts erwartet, aber es scheinen Änderungen am Originalvertrag zu sein, insbesondere der Übergang des Eigentums an Bright Side. Ich werde ihr auftragen, sie durchzugehen und mich dann zurückzurufen. Wollte dich nur vorwarnen."

„Danke, Liddy."

Griffin entschuldigte sich und gesellte sich zu Jim auf der anderen Tischseite.

„Ruf mich an, wenn du mehr weißt."

„Was ist los?", fragte Griffin, nachdem Jim aufgelegt hatte.

„Liddy meinte, dass jemand neue Verträge für den Film geschickt hat … Bright Side irgendwas? Weißt du, wofür sie sind?"

Griffins Gesicht wurde kreideweiß und Jim sprang in Sekundenschnelle auf, besorgt, dass sein Freund gleich auf dem Boden aufschlagen würde. „Äh … nein … nein. Lass mich ein paar Leute anrufen, dann weiß ich mehr", stieß er eilig hervor und stürzte aus dem Raum, als stünde er in Flammen.

„Bin sofort wieder da", meinte Jim abwesend zu seinen Freunden und ging Griffin nach. Der andere Mann stand draußen in der Einfahrt und wählte wie wahnsinnig eine Nummer auf seinem Handy. „Was stimmt nicht?"

„Nichts. Geh wieder rein. Ich kümmere mich darum." Griffin ging ein Stück die Einfahrt hinab. „Daisy? Nimm ab. Jetzt. Ich meine es ernst."

Eine Pause, dann fluchte Griffin und wählte erneut. „Wirklich Jim, es ist nichts. Geh rein."

„Es ist ganz eindeutig nicht nichts …" Jim ging ein paar Schritte auf ihn zu.

„Dawn? Hol Claus ans Telefon. Sofort. Das meine ich ernst. In dieser Sekunde. Meetings kümmern mich nicht … Wo ist er? Zu Hause? Bist du sicher?" Er legte erneut auf, um eine andere Nummer zu wählen. Dieses Mal schaute er Jim nicht einmal an.

„Freida? Hier spricht Griffin. Ich muss jetzt sofort mit Claus oder Daisy sprechen." Er schwieg und ging noch ein Stück von Jim weg. „Das kann nicht warten. Es ist ein Notfall."

„Claus? Daisy hat mir versichert, dass ihr einen Deal habt. Ich besorge dir das Geld! Sie hat gesagt …" Griffin marschierte die Einfahrt hinab und Jim folgte. Sein Herz rutschte ihm in die Hose. „Ich brauche nur etwas mehr Zeit …"

Er drehte einen Kreis.

„Weißt du was? Du kannst mich mal. Du kannst mich mal. Ich will, dass mein Vertrag aufgelöst wird. Ich will nichts von dir. Kein Geld, nichts, Null. Gib mir einfach nur mein Projekt und lass mich in Ruhe."

Jim blieb wie angewurzelt stehen.

„Das kannst du nicht machen, Claus. Das kannst du den Kellys nicht antun …"

Griffins Gesicht lief rot an. „Sie sind alle tot, deshalb ist es egal? Das ist deine Antwort?" Anscheinend war das die endgültige Antwort, den Griffin schleuderte sein iPhone quer durch den Garten. Es prallte an einem Baum ab und zerbrach in mehrere Teile.

Er ließ sich unsanft mitten in die Einfahrt plumpsen und vergrub den Kopf in den Händen.

Jims Füße lösten sich aus ihrer Starre und bewegten sich auf Griffin zu. Im Kopf spielte er dabei immer wieder das Gespräch durch. „Was ist los?", fragte er leise, als er sich neben Griffin kniete.

„Ich hab's versaut. Ich hatte keine Ahnung, das schwöre ich." Griffin stöhnte und zerrte sich an den Haaren. „Daisy hat ihm alles überschrieben. Er will einen Film drehen. Er will Tripps Sicht der Dinge erzählen. Oh Gott, ich habe mit diesem Mörder in einem Büro gesessen und Claus will, dass ich mit ihm zusammenarbeite …"

„Was?" Jim bezwang den Drang, sich Griffin zu schnappen und heftig zu schütteln.

„Ich weiß. Ich weiß. Ich habe versucht, ihn zurückzukaufen. Ich habe ihm alles angeboten, was ich habe, und er hat Daisy zugesagt, aber jetzt …" Griffin weinte inzwischen fast, doch Jim konnte seinen heißen Zorn darüber, dass sein Freund in einem Raum mit Tripp Ingersoll gewesen war und ihm nichts davon erzählt hatte, nicht beiseiteschieben.

„Wir verklagen ihn."

„Das können wir nicht."

„Dann breche ich ihm die Beine."

Griffin lachte/weinte in seine Knie. „Brich zuerst meine. Das ist meine Schuld."

„Jim?", rief Heather vom Haus aus. „Ein Anruf für Griffin auf dem Festnetz."

„Komm", forderte ihn Jim auf und schob die Hand unter Griffins Achseln, um ihm hoch zu helfen.

„Es ist eine Daisy Mae", fügte Heather hilfreich hinzu.

GRIFFIN NAHM Daisys Anruf im Schlafzimmer entgegen. Währenddessen ging Jim im Wohnzimmer unruhig auf und ab. Da gerade Trauernde und Freunde ankamen, lenkte er sich mit einer weiteren Runde Small Talk ab und half Carla und ihren Kirchendamen, die Kisten mit Essen und Trinken in die Küche zu tragen.

Er bemühte sich, sich nicht zu sehr hineinzusteigern, aber das war alles andere als einfach. Am liebsten hätte er geschrien und die Schlafzimmertür eingetreten, um herauszufinden, was zur Hölle vor sich ging.

Die Vorstellung, dass sie aus diesem Film einen reißerischen Streifen machen wollten, die Vorstellung, dass Eds Familie in die Pfanne gehauen wurde …

Er starrte auf den Raum voller schwarz gekleideter Menschen und ihm brach das Herz.

GRIFFIN SAß auf dem Boden und lauschte Daisys leisem Weinen.

„Wir haben geredet und ich dachte … Ich dachte, vielleicht könnten wir wenigstens einmal die Spielchen lassen. Weil ich nie um etwas bitte und ich habe um das gebeten – für dich", brachte Daisy heraus. „Er hat mir direkt ins Gesicht gelogen. Er hat gesagt … dieses Mal hat er gesagt …" Ihre Stimme wurde hysterisch und Griffin fühlte sich schlecht.

Weil er alle Schattierungen von Daisy kannte – auch die hässlicheren, obwohl er so lange vorgegeben hatte, dass sie nicht existierten – und wusste, dass sie wirklich todtraurig war.

„Was können wir tun?"

Ein paar Minuten folgte leises Weinen, dann hatte sich Daisy wieder unter Kontrolle. Er hört sie atmen und husten, dann sprach sie weiter.

„Er hat sich die ganze Zeit über mit Hedda getroffen. Ich weiß eigentlich nicht, warum mich das überrascht", murmelte sie. „Ich habe ihm gesagt … ich habe ihm gesagt, dass ich die Scheidung möchte."

Griffins Körper erschlaffte und er lehnte sich mit dem Rücken gegen das Bett. „Daisy …"

„Er hat zugestimmt, weil er mit ihr zusammen sein will. Er wird das Studio nach Deutschland verlegen."

„Was?"

Daisys Stimme wurde ruhiger. „Das wird alles leichter machen. Aber du und ich werden uns eine neue Arbeit suchen müssen, Süßer."

Tränen begannen Griffins Gesicht hinabzurollen. Um sie herum zerbröckelten ihre Kindheitsträume und Hoffnungen. Er hatte Jim, aber Daisy hatte niemanden.

„Was wirst du tun?", fragte er mit sanfter Stimme.

„Was ich von Anfang an hätte tun sollen. Es tut mir leid, dass ich so lange dafür gebraucht habe, Griffin. Es tut mir leid, dass ich so lange so getan habe, als wäre nicht alles so verdammt mies."

DER PASTOR aus Eds Kirchengemeinde erschien. Wie Jim wusste, war Ed kein großer Kirchgänger gewesen. Dieser Mann hatte jedoch Ed und Della getraut und Carmen getauft. Auch auf ihren Beerdigungen hatte er einige Worte gesagt. Er schüttelte Jim herzlich die Hand.

„Ed hat so oft von Ihnen gesprochen", erklärte Reverend Peller. „Er hatte Sie so gern wie einen eigenen Sohn."

Jims Kehle zog sich zusammen und er nickte. „Danke. Das ist eine ziemliche Ehre."

„Sie haben so viel Gutes für Ed getan, Jim. Ich glaube, er hätte kein Problem damit, dass ich Danke sage. Möge Gott Sie segnen."

Jim klopfte dem Mann auf den Arm und führte ihn zum Rest der Menge. Mehr als ein leises „Danke" brachte er nicht heraus.

Kurz vor der Küche hielt Terry ihn auf und zog ihn zur Hintertür. „Flipp' jetzt nicht aus …"

„Oh, um Himmels willen, was?"

„Draußen stehen Reporter. Der Wagen ist gerade gekommen …"

„Terry, ich schwöre, ich reiße ihnen die Köpfe ab."

„Ich habe den örtlichen Sheriff angerufen. Er kommt und kümmert sich darum. Einer der Reporter hat gefragt, ob ich einen Kommentar über die Neuigkeiten zum Film abgeben möchte. Ich hatte keine Ahnung, was er meinte."

„Es gibt da ein paar rechtliche Probleme. Griffin kümmert sich darum", log/ hoffte Jim.

„Nur, dass du Bescheid weißt."

„Ja. Danke, Mann." Jim überließ Terry die Reporter und ging zum hinteren Schlafzimmer, entschlossen von Griffin zu erfahren, was los war. Da die Tür verschlossen war, klopfte er eindringlich.

„Griffin? Es sind Reporter hier", flüsterte er durch den Spalt.

Die Tür ging auf und Griffin erschien. Er sah so schockiert aus, als hätte er Eds Geist gesehen. „Was?"

„Reporter … hier. Wir haben den Sheriff gerufen."

„Bleib dran", sagte er in das Handy. „Hier sind Reporter. Willst du … wirklich? Das liegt an dir. In Ordnung Daisy Mae." Griffin legte auf.

„Daisy sagt, sie hat sich dieses Mal um alles gekümmert. Keine Dummheiten, keine Spielchen mehr", meinte er resigniert. „Ich kann nicht versprechen, was das heißt, aber sie hat es geschworen."

„Traust du ihr?"

„Nein. Vielleicht." Griffin zuckte mit den Schultern. „Früher habe ich das. Vielleicht sollte ich das ein letztes Mal."

Jim versuchte, weiterhin sauer auf Griffin zu sein, aber das hielt nicht lange an. Als der andere Mann vor Sorge zu zittern begann, zog er ihn in die Arme.

NICK UND Terry gingen nach draußen, als der Sheriff ankam. Die Reporter schienen nicht sonderlich viel Interesse daran zu haben, was die örtliche Polizei zu sagen hatte. Alle hingen an ihren Handys und lauschten begierig den Neuigkeiten.

Jim stand neben der Tür.

„Hey, ist Griffin Drake da drinnen?", rief einer der Reporter. „Ist er bereit, eine Stellungnahme zur Ankündigung der Bright Side Studios zu geben?"

„Griffin!", rief Jim ins Haus. Sein Freund erschien mit einem großen Glas Scotch in der Hand. „Jemand hat eine Ankündigung des Studios erwähnt."

„Wie sehe ich aus?", fragte Griffin, drückte Jim seinen Drink in die Hand und strich sich das Haar zurecht. Er sah etwas zerzaust aus, trat aber aus der Tür, ohne eine Antwort abzuwarten. Jim folgte ihm und stellte den Scotch auf der Vordertreppe ab.

„Ich bin Griffin Drake. Jemand hat nach mir gefragt?", rief Griffin munter.

„Hey. Steve Winzer, Entertainment Spotlight. Ich habe gerade einen Anruf erhalten, dass Bright Side im nächsten Jahr den Sitz nach Deutschland verlagert, und alle US-Projekte auf Eis gelegt oder verkauft werden."

„Den Umzug kann ich bestätigen", erwiderte Griffin unverfroren.

„Sind Sie noch beim Studio?"

„Nein, nein. Ich verlagere meine persönlichen Projekte woanders hin. Natürlich wünsche ich Claus, Daisy und allen anderen bei Bright Side das Beste für ihre zukünftigen Unternehmungen."

„Natürlich." Steve lachte. „Geht das Ed Kelly Projekt voran? Wie ich gehört habe, sollen sie auch Filmrechte an Ingersolls Buch haben."

„Davon weiß ich nichts. Nur dass das Ed Kelly Projekt mit einem anderen Studio weitergeführt wird – ohne irgendeine Beteiligung von Tripp Ingersoll."

„Welches?"

„Ach kommen Sie schon, Steve. Als ob ich Ihnen mehr verraten würde. Rufen Sie meine Agentin an, dann vereinbaren wir einen Termin, wenn ich es öffentlich verkünde."

„Das werde ich gerne annehmen." Steve schüttelte Griffin die Hand. „Danke."

„Gern geschehen. Und jetzt wird der Sheriff Sie rausschmeißen. Nichts für ungut."

„Daran bin ich gewöhnt."

Die professionelle Maske fiel, als Griffin sich umdrehte und an Jim vorbeiging. Sobald er sich außer Sichtweite der Reporter befand, wurde sein Gesicht bleich und angespannt.

„Wie viel davon war Mist?", fragte Jim leise, als er ihn eingeholt hatte.

„Ungefähr 98 Prozent. Ich muss wieder ans Telefon. Oh und ruf Liddy an. Sag ihr, sie soll alle Dokumente, die Bright Side geschickt hat, schreddern."

24

EIN PAAR Stunden später leerte sich das Haus zum letzten Mal. Die Besucher nahmen Erinnerungsstücke mit, die Ed sorgfältig für sie markiert hatte, außerdem übrig gebliebene Speisen. Als das Haus schließlich leer war, setzten sich Heather, Nick, Terry und Jim ins Wohnzimmer und genossen den restlichen Kaffee und Kuchen.

„Geht es Griffin gut?", fragte Terry.

„Geschäftlicher Mist", sagte Jim nur, nickte jedoch. „Ich denke, er ist okay."

Eine Stunde später verabschiedete er seine Freunde und fand Griffin schlafend auf dem Bett, neben sich das Telefon.

Jim stieg aus seinem Anzug und legte sich neben ihn. Die Erschöpfung pochte hinter seinen Lidern, obwohl er unbedingt wissen wollte, was los war. Ein irrationaler Teil von ihm hätte Griffin am liebsten wachgerüttelt, doch der angespannte Gesichtsausdruck war unübersehbar.

Er musste eingedöst sein, denn als er die Augen öffnete, erregte eine Bewegung auf dem Bett seine Aufmerksamkeit.

Griffin packte seine Tasche.

„Wohin gehst du?", krächzte Jim und richtete sich auf.

„Zurück nach LA", antwortete Griffin leise. „Ich habe noch ein paar Dinge zu erledigen."

„Was zum Beispiel?"

„Zum Beispiel ein Studio für mein Projekt suchen. Einen Halbtagsjob finden. Parkservice oder Hunde shampoonieren." Er stieß ein raues, erschöpftes Lachen aus.

Jim kletterte aus dem Bett. „Was ist passiert?"

„Ich habe jeden Cent von meinem Bankkonto genutzt, um Eds Projekt zu kaufen. Außerdem gehören dem Studio jetzt möglicherweise mein Auto, meine Eigentumswohnung und die Wohnung in Aspen. Claus hat alles aus mir rausgepresst, was möglich war. Und ich habe meinen Vertrag mit Bright Side gekündigt." Mittlerweile führte er während des Packens Selbstgespräche, um nicht zusammenzubrechen.

„Stopp, stopp." Jim legte die Hände auf Griffins Schultern und drehte ihn zu sich herum. „Hör auf. Okay? Um Geld brauchst du dir keine Sorgen zu machen."

„Tja, irgendwie mache ich das aber." Griffin schaute ihm nicht in die Augen.

„Griffin, ich habe Geld. Ich kann dir geben, was du brauchst. Verdammt, ich werde dir das Geld für Eds Film geben, okay? Und zur Sache mit dem Vertrag:

Du wolltest doch da raus, oder? Jetzt bist du da raus und kannst eine andere Karriere einschlagen."

„Sie hat alles aufgegeben", fiel ihm Griffin ins Wort. Ungläubig schüttelte er den Kopf. „Sie hat alles aufgegeben. Ich habe Zeug, das ich verkaufen kann. Sie hat nichts."

„Sie? Daisy?"

„Sie hat ihm die Scheidung angeboten. Eine einverständliche. Ohne Unterhaltszahlungen. Nicht einmal die 50 Prozent des Studios, die ihr zustehen, Ehevertrag hin oder her. Nur damit er meinem Angebot zustimmt. Jules sagt, sie hätte ihren Koffer gepackt und wäre gegangen. Und niemand weiß, wo sie ist."

„Oh Gott." Jim spürte, wie die Realität der Situation über ihn hereinbrach. „Hör mal ... das Wichtigste ist, dass du da raus bist und jetzt deine eigenen Entscheidungen treffen kannst. Außer die, dass du jetzt gehst – die erkenne ich nicht an."

„Willst du mich einsperren?"

„Nein, ich mache von meinem Vorrecht als Freund Gebrauch."

„Freund?"

„Es ist spät und ich befinde mich im Delirium. Ich kann nicht versprechen, was für Worte ich bei Tageslicht benutzen werde."

JIM SORGTE dafür, dass sie beide ausgezogen waren und ins Bett kamen.

„Na gut, ich habe gelogen. Wahrscheinlich sage ich auch am Vormittag noch Freund."

„Das ist cool." Griffin schwieg. Er war ein dunkler Schatten an Jims Schulter. „Und ich liebe dich immer noch."

„Danke."

„Es tut mir leid."

„Das muss es nicht."

„Du weißt nicht einmal, warum ich das sage."

„Es spielt keine Rolle. Was es auch ist, es muss dir nicht leidtun. Das Leben ist so kurz."

ES WAR nicht einfach, am nächsten Tag zu packen und Eds Haus zu verlassen. Natürlich würden sie zurückkommen, um das Haus auszuräumen und den Verkauf unter Dach und Fach zu bringen. Die Gewissheit, dass Ed nie mehr in seinem warmen, gemütlichen Wohnzimmer sitzen und Kaffee, Kekse und entspannte Gespräche anbieten würde – das konnte Jim nicht länger ausblenden.

Eds Asche war auf Dellas und Carmens Grabstätte beigesetzt worden. Griffin hatte vorgeschlagen, sie zu besuchen, doch das hatte Jim aufgeschoben. Er musste so schnell wie möglich in sein normales Leben zurück, sonst würde er nie gehen.

Die Rückfahrt verlief schweigend. Griffin schien immer noch zutiefst erschüttert von der kompletten Veränderung seiner Lebensumstände.

„Ich bin arbeitslos", sagte er immer wieder – scheinbar an jedem Kilometerstein. Irgendwann wich der mürrische Tonfall dann aber einer leichteren Stimmung. Einer optimistischeren. „Ich bin ein arbeitsloser Drehbuchautor."

„Ein Glück, dass dein Freund einen Treuhandfonds geerbt hat."

„Hey, warte mal. Wir haben Tageslicht! Du hast Freund gesagt!" Griffin lachte tatsächlich auf und Jim hatte das Gefühl, dass seine Arbeit für den Moment getan war.

ALS SIE Seattle erreichten, war es spät und Jim völlig fertig. Er war total gerädert und erledigt und wollte nichts mehr als etwas zu essen und in sein Bett. Die Tatsache, dass sich Griffin mit Gepäck und genügend Essensresten, um damit die ganze Stadt zu füttern, ins Haus schleppte, machte es jedoch viel netter, als es sonst der Fall gewesen wäre.

„Ich räume nur eben das Zeug hier in den Kühlschrank ..." Griffin gähnte und stellte sein Gepäck ab.

„Nee, das mache ich. Ich habe Hunger."

„Schon wieder?"

„Soll ich dir auch einen Teller fertigmachen?"

„Ja."

Griffin holte zwei Wasser- und zwei Bierflaschen aus dem Kühlschrank. Außerdem schnappte er sich eine Handvoll Servietten von der Theke und ging nach oben. Während Jim ihm nachblickte, begann sich in seinem Kopf wie von selbst ein Gedanke zu formen.

Er gehört hierher.

Jim holte zwei Teller und begann sie zu füllen. Seine Gedanken schwankten hin und her zwischen Angst, Freude, einem Plan, einer weiteren Sorge und der schieren Panik vor einer engen Beziehung.

„Hey, übertreib nicht", rief Griffin von oben. Jim blickte hoch und sah ihn durch das Geländer spähen. „Aber dieses Apfelstreuselding ... Dafür ist auf dem Teller noch Platz."

„Soll ich es warm machen?"

„Nö. Beweg deinen Hintern hier rauf."

Als Jim die oberste Stufe erreichte, lag Griffin mit gespreizten Beinen in Unterwäsche auf dem Bett und betrachtete den Deckenventilator.

„Im Ernst: Ich liebe dein Bett."

„Es ist ein tolles Bett. Du solltest, äh ... du solltest öfter darin schlafen."

Griffin hob den Kopf. „Nun, ich bin arbeitslos. Daher ..."

Jim stellte die Teller auf die Kommode. „Genau. Und du hast keine Wohnung mehr. Du könntest einfach ... hierbleiben. Wenn du willst."

„James Shea, hast du mich etwa gerade gebeten, bei dir einzuziehen?"

„Ist das zu früh?"

„Nein. Ich meine: für dich? Ja, vermutlich ist das früh aber … da du gefragt hast …"

„Ist das ein Ja?"

„Ja. Aber nur weil ich arbeits- und obdachlos bin und so." Griffin setzte sich auf. Einen derart entspannten Gesichtsausdruck hatte Jim schon seit Tagen nicht mehr bei ihm gesehen.

„Klar. Es geht nur darum, Geld zu sparen."

„Und du brauchst ganz eindeutig jemanden, der verhindert, dass diese Wohnung verwahrlost."

Mit einem Grinsen reichte Jim Griffin seinen Teller. „Ich habe neulich eine Wollmaus gefunden."

„Um Himmels willen. Jemand sollte beim Gesundheitsamt anrufen." Griffin rutschte rüber, damit Jim genügend Platz hatte.

„Wir essen schon wieder im Bett."

„Ich weiß. Das ist in Ordnung. Das Leben ist nun mal gefährlich."

Jim aß die Reste und trank dazu ab und zu einen Schluck von dem Bier. Das hier war nett. Er könnte sich daran gewöhnen.

Er *hatte* sich daran gewöhnt.

Nachdem sie fertig waren, trug Griffin die Teller nach unten. Er drohte damit, sie zu spülen, nur um zu beweisen, was für ein potenziell guter Mitbewohner er war. Jim schrie ‚Freund!' und Griffin kam lachend wieder nach oben.

Das würde Jim nie leid werden.

„Komm ins Bett", forderte er ihn auf und meinte damit eindeutig nicht, um zu schlafen. Es waren einige lange Tage mit verstohlenen Küssen gewesen und sie brauchten beide mehr.

„Nichts Verrücktes. Ich habe eine Tonne Essen im Bauch", sagte Griffin, legte sich auf Jim und knabberte an dessen Kiefer.

„Wie romantisch."

„Das ist die Realität." Damit küsste Griffin ihn lang und lüstern, öffnete seinen Mund und verflocht mit heißem Druck ihre Zungen miteinander. Er schob die Hände nach oben, um Jims Kopf festzuhalten, damit er keine Kontrolle über den Kuss hatte und gezwungen war, ihn hinzunehmen.

Das war genau die Art Realität, die Jim wollte. Er wölbte die Hüften nach oben und griff nach unten, um Griffin festzuhalten. Dieses Spiel konnte man auch zu zweit spielen – und sie konnten beide davon profitieren.

Jim drehte sie auf die Seite, stieß Decke und Laken weg. Nach einer Sekunde Herumgefummel fanden ihre Beine eine perfekte Scherenposition. Ihre Münder trafen aufeinander, als Griffin die Zunge durch Jims Lippen presste.

Kurz kam er hoch, holte Luft, flüsterte Jims Namen, warf dann den Kopf nach hinten und kam mit einem feuchten Rauschen gegen Jims Oberschenkel. Es war das Heißeste, das Jim je gesehen hatte.

Griffin schmiegte mit bebendem Körper den Kopf an Jims Schulter. So sehr Jim auch die Erleichterung brauchte, er musste erst seinen Mund gegen Griffins Ohr drücken.

„Ichliebedichauch", sagte er leise.

Griffin machte zum Glück keine große Sache daraus. Er schlang nur die Arme eng um ihn, begann ihn erneut stürmisch zu küssen und zwang den Orgasmus aus Jims Körper.

Danach sagte er nicht, aber das breite Lächeln beim Einschlafen war unübersehbar.

25

JIM VERBRACHTE eine Woche damit, sich mit Anwälten zu treffen. Mit den Anwälten seines Vaters, um über sein Geld zu sprechen – die tatsächlichen Zahlen, nicht nur eine grobe Kontenübersicht, die er ignorierte. Mit den Anwälten der Gewerkschaft, den Anwälten aus der Stadt. Er führte sogar eine Telekonferenz mit Ben und Liddy. Mit so vielen Anwälten, dass er ab Mittwoch in Juristensprache zu träumen begann.

Alle sagten das Gleiche: Ingersolls Klage hatte keine Aussicht auf Erfolg, es war ein PR-Gag und ein Richter würde die Klage vermutlich irgendwann abweisen. Wann dieses Irgendwann war, konnte ihm allerdings niemand verraten.

Der letzte Anwalt, den er anrief, war der von Ed. Jim wollte, dass das Geld, das Ed ihm hinterlassen hatte und alle Einnahmen aus dem Film, in einen Wohltätigkeitsfonds eingezahlt wurden, der auf den Namen aller Kellys lautete und für Projekte bestimmt war, über die später entschieden werden würde. Der Mann stimmte zu. Sie zogen in Erwägung, das Haus zum Verkauf anzubieten, doch Jim überlegte es sich anders. Er zahlte die Steuern für ein Jahr und ließ es von einem Handwerker vor Vandalismus schützen.

Er war noch nicht bereit, diesen Teil von Ed loszulassen.

Als alles erledigt war – wirklich erledigt – bat Jim Griffin, auf der Couch Platz zu nehmen. Er holte tief Luft: „Ich gehe in Rente."

„Was?" Griffin war eindeutig fassungslos. Dann wurde sein Gesicht finster. „Lass dich nicht von diesem Arschloch aus dem Job vertreiben."

„Mache ich nicht. Hier geht es nicht um die Klage. Ich bin einfach bereit, weiterzuziehen. Nächstes Kapitel meines Lebens und so Zeug."

„Ist es eine Midlife-Crisis?"

„Nein. Vielleicht eine leichte, aber eine positive." Jim legte Griffin die Hände auf die Schultern. „Ich muss dich allerdings warnen. Ich bin echt schlecht im Entspannen. Wenn ich mich langweile, mutiere ich vermutlich zu einem Arschloch."

„Okay." Griffin überlegte kurz. „Ich mag es nicht, früh aufzustehen."

„Am Ausschlafen kann ich arbeiten."

„Abgemacht."

„Abgemacht?"

„Fragst du mich, ob ich hier bei dir bleibe, Rentner? Weil ich Ja sage."

„Machst du das nur, weil du obdachlos bist?"

„Nein, weil ich dich liebe, du Trottel."

JIM GING zu Captain Trainer und teilte ihr seine endgültige Entscheidung mit. Sie wirkte nicht überrascht. Er drängte sie, Terry Oh bei der Suche nach einer anderen Abteilung behilflich zu sein, weil die Polizei sonst möglicherweise einen ausgezeichneten Mitarbeiter verlor.

Sie versprach zu helfen.

Er verließ ihr Büro mit einem Gefühl der Erleichterung und – ließ er den Gedanken zu? – so glücklich wie schon lange nicht mehr.

„Wie lange bleibst du noch?", fragte Terry, als Jim zu seinem Schreibtisch zurückkehrte.

„Fünf Wochen, dann bin ich weg. Muss noch einige Einzelheiten klären. Dan Uria kommt wahrscheinlich rüber, um dir zu helfen."

„Er ist ein guter Kerl." Terry drehte seinen Stuhl. „Mann, das ist echt seltsam."

„Ja, ist es."

„Ich hätte nie gedacht, dass ich mal miterlebe, dass du aus eigenen Stücken in Rente gehst, Jim. Ich war ganz sicher, dass sie dich irgendwann gewaltsam von diesem Stuhl vertreiben müssten."

„Die Dinge ändern sich", erklärt Jim schulterzuckend. „Vielleicht habe auch ich mich geändert."

„Okay, das ist noch seltsamer." Terry klopfte mit dem Fuß auf den Boden. „Also ... Griffin."

„Ist eingezogen. Wohnt bei mir. Ist mein Freund." Jim starrte seinen Partner an. „Da, ich habe es gesagt. Erledigt. Keine Anzüglichkeiten oder aufdringliche Fragen."

Terry erwiderte nichts, begann aber breit zu grinsen. Dann verschwand er hinter seiner Wand.

„Du schreibst jetzt allen, stimmt's?"

Terry gackerte.

ALS JIM nach Hause kam, lag Griffin auf der Couch und schaute sich einen Film an. Er schien nicht allzu glücklich über seine Wahl zu sein, blickte jedoch bei Jims Eintreten nicht auf.

„So gut also?", fragte Jim und leistete ihm Gesellschaft.

Er brauchte nur eine Sekunde, um eine sehr junge Daisy Baylor auf dem Bildschirm zu erkennen. „Hast du das geschrieben?" Jim legte den Arm um Griffins Knie.

Er nickte. „Der erste Film. Ihrer und meiner", antwortete er missmutig.

„Hast du etwas von ihr gehört?"

Griffin schüttelte den Kopf. „Jules meint, dass sie vielleicht in New York ist, aber ich weiß nicht."

„Der Papierkram ist ..."

„Erledigt. Eds Projekt gehört mir. Ohne Bedingungen." Seufzend setzte sich Griffin sich und schaltete den Blu-Ray-Player aus. „Am Ende hat sie sich für mich eingesetzt."

„Es tut mir leid."

Griffin kletterte über Jim und schmiegte sich an ihn. „Das muss es nicht. Dank dieser Erfahrung habe ich dich kennengelernt. Außerdem kann ich mein Versprechen Ed gegenüber halten. Das ist nicht zu verachten."

„Ich verachte es nicht."

„Kein bisschen." Griffin rieb seine Nase an Jims.

„In fünf Wochen sind wir beide arbeitslose Penner."

„Großartig. Ich werde mir einen Bart wachsen lassen."

26

„ICH SOLL also einfach irgendeinen Ort aussuchen? Egal welchen?" Jim blickte über die Küchentheke zu seinem Geliebten und fühlte sich durch das breite Lächeln etwas eingeschüchtert.

„Wir können auch eine Karte und eine Augenbinde holen, wenn das hilft." Griffin legte die Arme auf die Arbeitsplatte und schaute ihn nachdenklich an. „Oder vielleicht auch nur eine Augenbinde."

„Das wird uns nicht wirklich helfen, einen Ort auszusuchen …"

„Nicht *uns, dir.* Du bist derjenige, der in Rente ist und gehen kann, wohin er will. Ein paar Wochen lang einen Tapetenwechsel, sich vor nervigen Reportern und Anwälten verstecken, Unmengen beim Room-Service bestellen, ausschlafen …"

„Aber du kommst doch auch, oder?"

„Ich liebe es, wenn du das sagst."

Jim verdrehte die Augen.

„Ja, ich komme", bestätigte Griffin ernst und schob sich die Sonnenbrille auf die Nase. Das kleine Manöver wirkte auf Jim unwiderstehlich, jetzt war er derjenige, der abgelenkt war. „Wohin du auch willst, ich komme mit dir. Ich werde meinen Laptop mitnehmen und arbeiten, während du Polarbären jagst oder schnorchelst oder wofür auch immer du dich entscheidest. Ich muss wichtige Arbeit erledigen und du lernen, wie man entspannt."

„Ich bin nicht gut in Sachen Urlaub", verkündete Jim stur. Er kam um die Theke herum und schlang die Arme um die Taille seines Freundes. „Such du aus. Ich bin mit allem zufrieden."

„Dann schwebt mir eine Nudistenkolonie auf Hawaii vor." Griffin ließ die Hände in Jims Jeanstaschen gleiten und drückte zu. „Für dich nackt im Paradies könnte ich mich ausgesprochen begeistern."

Jim lachte, doch als er sich vorbeugte, um Griffins glückliches Lächeln zu küssen, überlegte er, dass Hawaii perfekt klang. Sonne, Ruhe und Ozean …

Er war bereits dabei, Pläne zu machen, als Griffin mit der Zunge sanft seine berührte.

JIM RÄUMTE zwei Bankkonten leer und rief eine Maklerin an, die er im Internet gefunden hatte. In äußerst konkreten Einzelheiten erklärte er ihr, dass er für einen Monat etwas so Abgeschiedenes wie nur möglich mieten wollte. Sie versprach, ihr Bestes zu geben, insbesondere nach seinem Zusatz, dass Geld keine Rolle spiele.

Griffin flog nach Los Angeles, um den Rest zusammenzupacken. Dann transportierte er alles nach Seattle, um es im Loft zu lagern. Nach ihrer Rückkehr von Hawaii würden sie sich mit dem Eingewöhnen und der Einrichtung einer „Home Base" befassen. Jetzt ging es nur darum, Frieden und Ruhe zu finden.

TERRY UND Mimi bestanden darauf, eine Abschiedsparty für sie zu schmeißen.

Jim wollte wie ein Ninja Urlauber mitten in der Nacht fliegen, doch Griffin zwang ihn, eine Khakihose und ein hübsches Poloshirt anzuziehen und zerrte ihn zur Wohnung der Ohs.

Mimis Babybauch hatte inzwischen die exakte Form eines Basketballs und sie geriet auf ihren Stöckelschuhen ins Schwanken. Die Schwangerschaft faszinierte Griffin und er wich ihr fast die gesamte Party nicht von der Seite, um ihr behilflich zu sein und Fragen zu stellen.

„Ihr werdet also adoptieren", stellte Terry fest und schenkte Jim an der Bar ein Bier ein.

„Du bist gut drauf – übertreib es nicht", knurrte Jim.

„Zeit für die Toasts!", rief Nick und seufzend schlängelte sich Jim durch die kleine Menge an Griffins Seite.

„Ich hasse das", klagte er, als Heather ihm und Griffin Champagnerflöten in die Hände drückte.

„Ach was. Die Leute lieben dich. Reiß' dich zusammen und lächle." Griffin hatte eindeutig nicht Jims Probleme. Er strahlte an seiner Seite und unterdrückte alle weiteren Proteste.

Terry räusperte sich. Mimi stand neben ihm. Der heterosexuelle Ordnungshüter-Kabale-Zirkel bildete wie eine Art Hofstaat einen Halbkreis um sie. Der Rest der Gäste bestand aus einigen Polizisten vom Revier.

Jim wurde bewusst, dass er sie schrecklich gern hatte. Um das plötzliche Schniefen zu verbergen, machte er schnell ein finsteres Gesicht.

„Jim, wir werden dich vermissen. Ich kann nicht sagen, dass ich es dir verüble, dass du mit deinem heißen Freund – entschuldige Süßer – nach Hawaii abhaust, aber du wirst uns hier fehlen. Vergiss nicht, dass deine Freunde dich lieben, wir stehen hinter dir und … na ja …"

„Und wir freuen uns so, dass du dein Happy End bekommst", fügte Mimi hinzu und hob ihr Glas Milch. „Du verdienst es, vergiss das nicht."

Alle fügten ein „Prost" hinzu und tranken einen Schluck von ihrem Champagner.

Jim kippte seinen schnell hinunter. In seiner Kehle begann es heftig zu blubbern und er hoffte, damit kurz die Feuchtigkeit in seinen Augen überspielen zu können.

„Und wir zwingen dich nicht, eine Rede zu halten", rief Ben.

Gelächter ertönte.

„Moment mal. Er trägt keine Waffe mehr!", warf Nick ein. „Jetzt ist der perfekte Zeitpunkt, eine Rede von ihm zu verlangen!"

„Hast du den Mann mal im Fitnessstudio gesehen? Sei nicht dumm, Nick. Gegen ihn hast du keine Chance", gab Terry kopfschüttelnd zu bedenken.

Liddy und Heather verkündeten, dass das Essen in der Küche bereitstehe. Ein Tisch und die Theke voller Speisen, die ihre Freunde beigesteuert hatten. Sogar Steaks waren darunter.

„Wow, Mimi. Tote Kuh!" Jim legte ihr einen Arm um die Schultern.

Sie schniefte. „Siehst du? So sehr liebe ich dich. Du wirst doch E-Mails schicken, oder? Und anrufen?"

„Und zurückkommen, wenn Baby Oh kommt. Versprochen", schwor er, während er ihr beruhigend den Rücken streichelte.

„Na gut, wenn du es versprichst."

Ben holte ihn am Ende der Essensschlange ein, stieß ihm mit dem Ellenbogen in die Seite und deutete auf eine ruhige Ecke.

„Oje. Hör mal, falls es um deine Mariners Kappe geht, ich habe dir versichert, dass das ein Unfall mit dem Aktenvernichter war", zog ihn Jim auf, während Ben ihn von der wuselnden Menge der Essenden wegführte.

„Ich denke, dank der Saisonkarten, die du uns zur Hochzeit geschenkt hast, bis du aus dem Schneider", meinte Ben mit gesenktem Kopf und schüchternem Lächeln. Jim versuchte, sich zu erinnern, wann er verliebt in diese Illusion von Ben als perfektem Partner gewesen war. Es machte ihm nichts mehr aus, war nicht länger ein ständiger Schmerz in seiner Mitte.

Er war froh, dass er nie etwas gesagt hatte. Froh, dass sie als Freunde auseinandergingen.

„Was ist los Mann? Alles in Ordnung?" Mit einem Mal machte sich Jim Sorgen über Bens Bedürfnis nach Privatsphäre und seine Unfähigkeit, ihm in die Augen zu sehen.

„Oh, klar. Ich wollte … ich wollte dir nur danken, Jim. Du warst ein toller Mitbewohner und Freund und ich weiß, dass nach meiner Hochzeit eine Distanz zwischen uns war …"

„Ben, Kumpel … verheiratet, okay? Das ist wichtiger …"

„Nein. Ich meine klar ist es wichtig. Aber deine Freunde auch. Und ich will, dass du weißt, dass ich für dich da bin, ganz egal, wie groß die Entfernung ist. Du hast mir geholfen, erwachsen zu werden. Durch dich habe ich es geschafft, mir jemanden wie Liddy zu angeln." Er lachte. „Ich weiß, du brauchst mich nicht für viele Dinge, aber was immer es ist: Ich bin da."

Jim war sprachlos. Der Mund blieb ihm offenstehen, fest umklammerte er den gefüllten Teller in seinen Händen. Die ganzen Jahre hatte er sich nach Ben verzehrt, die ganze Zeit, hatte er *mehr* gewollt – aber das hier war tausendmal besser.

Ben als Freund zu haben und das schätzen zu können …

„Danke", murmelte er aufrichtig und aus tiefstem Herzen. „Ich glaube, mir wird erst jetzt bewusst, was für eine großartige Familie ich habe."

Bei der Erwähnung von Familie leuchtete Bens Gesicht auf. Sein bleiches Gesicht lief rosa an, als er Jim mit einem Arm umarmte. „Ich sage nicht, dass es noch dieses Jahr passiert, aber irgendwann *wirst* du Patenpflichten übernehmen. Pass auf, dass dich deine Abenteuer nicht zu weit wegführen."

„Onkel ... Pate ... Ich werde Zeitungen austragen müssen, um mir Weihnachten leisten zu können", beschwerte er sich. „Jetzt lass uns das hier schnell aufessen, bevor Mimi wieder zu Sinnen kommt und merkt, dass das eine tote Kuh auf ihren guten Tellern ist."

EIN PAAR Stunden später war nur noch der Ordnungshüter-Kabale-Zirkel übrig. Die vier Pärchen saßen zwischen den verstreuten Tassen und Tellern im Wohnzimmer.

„Wir müssen aufräumen", stellte Terry fest, machte jedoch keine Anstalten, sich zu bewegen. Mimi hatte sich an seine Seite gekuschelt. Sie befand sich im Halbschlaf, folgte aber immer noch dem Gespräch.

„Werden wir. Bald."

„Wir räumen auf. Mimi, du bleibst liegen", sagte Liddy von ihrem Platz auf dem Boden.

„Okay", antwortete Mimi und schloss die Augen.

Griffin und Jim hatten das Zweiersofa neben den Fenstern mit Blick auf die Stadt eingenommen. In weniger als vierundzwanzig Stunden würde ihre Skyline für unbestimmte Zeit wechseln. Jim wollte noch etwas länger in ihrer Nähe bleiben.

„Wie wäre es, wenn Griffin und ich das Aufräumen übernehmen? Ihr müsst alle am Montag wieder zur Arbeit – während wir am Strand liegen", bemerkte er trocken.

Griffin stieß ihm in die Seite. „Jim, es ist nicht nötig, ihnen das Paradies unter die Nase zu reiben."

Am Ende räumten alle auf, mit Ausnahme von Mimi, die – zugedeckt mit einer Decke – auf dem Sofa schlief.

Als sie ihre Jacken anzogen und die Geschenke und Karten einsammelten, mit denen die Freunde sie überschüttet hatten, ließ Jim alle feierlich schwören, dass er einen Anruf oder eine Textnachricht bekommen würde, sobald sich das Baby auf den Weg machte – und monatliche Berichte von den Kabale-Zirkel Abendessen.

„Jetzt ist es ihm wichtig!", seufzte Heather und drückte ihn an sich.

Sie umarmten einander und niemand zog den anderen damit auf, weil er danach feuchte Augen hatte.

„Pass auf dich auf, Partner", sagte Jim mit brüchiger Stimme zu Terry. Der andere Mann nickte und blinzelte die eigenen Tränen weg.

Griffin nahm ihn beim Arm und führte ihn hinunter zum Truck. Jim wehrte sich nicht einmal dagegen, dass sein Freund die Schlüssel nahm und sie nach Hause fuhr.

EPILOG

Sechs Wochen später.

„UND, WIE ist Hawaii?"

„Fantastisch. Jim sieht toll aus in Badehose. Wir haben ein paar Wochen an unseren Urlaub drangehängt und ich überlege ernsthaft, ob ich ihn nicht für immer in den Tropen festhalten sollte."

Daisy und er lachten gemeinsam los und Griffin schluckte die aufkommenden Gefühle runter. Er war immer noch ein wenig sauer auf sie, vor allem aber vermisste er seine Daisy. Und er vermisste schmerzhaft Griffin-und-Daisy, die anscheinend nicht mehr zusammenpassten.

Das machte ihn traurig. „Wie ist New York?"

„Ach weißt du, die Proben halten mich auf Trab. Ich habe gar keine Zeit, etwas anderes als fabelhaft zu sein."

Ihm war klar, dass sie log, doch es war nicht mehr seine Aufgabe sich einzumischen und sie vor sich selbst zu schützen. „Wie ist Bennett?"

„Dramatisch und sogar *noch* fabelhafter und er lässt nie jemanden vergessen, wer der Boss ist. Er leistet tolle Arbeit mit der Inszenierung. Ich am Broadway. Es ist alles sehr aufregend."

Einen Moment lang herrschte Schweigen. Griffin beobachtete von der Terrasse ihres Ferienhauses aus, wie die perfekten blauen Wellen an den weißen Strand schlugen. Jim war ein braun gebrannter Punkt, der im schäumenden Wasser spielte.

„Ich werde zur Premiere kommen."

„Du musst nicht."

„Ich will aber, Daisy. Ehrlich."

„Okay. Ich reserviere dir zwei Plätze."

„Drei bitte. Dad kommt mit uns runter." Sie hatten Pläne: zuerst ein Besuch oben in Albany, dann weiter nach New York, um sich Daisys Stück anzuschauen. Dad freute sich, seinen neuen „Schwiegersohn", kennenzulernen. Diese charmante Einschätzung ließ Jim jedes Mal, wenn sie miteinander telefonierten, vor Verlegenheit knallrot werden.

„Das … das ist wunderbar, Griff. Ich bin so froh, das zu hören. Drei der besten Plätze im Haus, nur für euch. Und ein Hotelzimmer, falls ihr eins benötigt. Was auch immer du brauchst, frag einfach, okay?"

„Nur ein Kuss vom Star danach."

„Bekommst du." Daisys Stimme brach schmerzerfüllt und Griffins Herz zog sich zusammen. „Hör mal, ich habe Bennett gegenüber das Ed Kelly Projekt erwähnt und er möchte mit dir reden … nach der Premiere, aber immerhin."

„Wow. Okay." Bei der Vorstellung, irgendjemandem Eds Drehbuch anzuvertrauen, erschauderte Griffin kurz. Bennett Aames war allerdings kein durchschnittlicher Hollywood-Unternehmer. Er hatte den Ruf, ein Arschloch zu sein, aber man konnte sich auf ihn verlassen. Und auf seine schier unerschöpflichen Taschen voll Geld. „Ich würde sehr gerne mit ihm reden."

„Super. Ich weiß, wie viel es dir bedeutet."

„Ja." Einen Moment lang drohten Erinnerungen und Verrat hochzukochen, doch Griffin schüttelte es ab. Näher darauf einzugehen, würde sie beide nirgendwo hinbringen. „In meinem Leben gibt es im Moment eine ganze Menge Gutes."

„Ich bin neidisch."

„Du wirst das auch schaffen, Daisy Mae. Ich weiß es."

Sie lachte. „Ein großes Mädchen sein zu müssen, nervt. Aber danke, Griff. Für alles."

„Wie geht's Daisy?", wollte Jim wissen, als er die Terrasse erreichte. Er schüttelte sich wie ein großer, wuscheliger Hund und Salzwassertropfen flogen umher.

„Nicht toll, aber sie kommt klar. Genaugenommen bin ich sogar ein bisschen stolz auf sie. Zur Abwechselung steht sie mal auf ihren eigenen Beinen." Lächelnd beugte sich Griffin über die Brüstung und begaffte Jim unverhohlen. „Brauchst du ein Handtuch und eine helfende Hand?"

„Unter anderem."

SPÄTER STIEG Griffin aus dem Bett, holte seinen Laptop und ließ Jim noch ein paar Stunden schlafen, während er und das Ed Kelly Drehbuch eine Zeit lang auf der Terrasse saßen. Das war jetzt alles: sein Drehbuch und sein Freund. Belustigt stellte er fest, dass er noch nie in seinem Leben im Hinblick auf einen Mann oder ein Drehbuch so empfunden hatte. Praktisch gesehen war Griffin arbeitslos, besaß keine Immobilien und kein Auto mehr und seine Ersparnisse waren aufgebraucht. Seine beste Freundin war Tausende Kilometer entfernt und das nicht nur in geografischer Hinsicht.

Aber auf der anderen Seite hatte er einen tollen Mann, der nur ein paar Meter entfernt schnarchte und in der anderen Richtung gab es einen herrlichen Sonnenuntergang sowie ein Drehbuch, das nur ein paar Hundert Worte davon entfernt war, ausgezeichnet zu sein (und er fand nichts dabei, das zu denken).

Er würde den Tausch eingehen.

Auszug aus

Pflicht & Hingabe

Vertrauen, Liebe, & Hingabe: Buch 3

Von Tere Michaels

Ein Jahr nach dem Entschluss, das Leben miteinander zu teilen, arbeiten Matt und Evan an ihrem Happy End – was nicht so einfach ist, wie es den Anschein hat. Während der Alltag in ihr Leben einkehrt, ist Matt glücklich in seiner Rolle als perfekter Hausmann in Queens, New York. Allerdings macht er sich Sorgen, weil Evan auch weiterhin ein Workaholic ist und Gefühlen aus dem Weg geht. Hilfesuchend wendet sich Matt an seinen Freund, Jim Shea, den ehemaligen Detective der Mordkommission von Seattle, um die Beziehung zu Evan und dessen Kindern in den Griff zu bekommen.

Die Freundschaft zwischen Matt und Jim ist Evan ein Dorn im Auge. Er ist eifersüchtig und fühlt sich beim Gedanken an die kurze Affäre der beiden nicht wohl. Außerdem hat er Schwierigkeiten, sich darüber klarzuwerden, was es bedeutet, in einer festen Beziehung mit einem Mann zu sein und welche Auswirkungen das auf seine Liebe für seine verstorbene Frau, auf seine Kinder und die Sichtweise anderer Menschen hat. Seine Zerrissenheit bedroht die Beziehung zu Matt, der Angst hat, dass sich Evan erneut für ein Leben ohne ihn entscheidet. Aber jetzt steht viel mehr auf dem Spiel.

Bald bei

www.dreamspinner-de.com

1

Queens, New York

MATT HAIGHT schob den überladenen Einkaufswagen durch das Gewimmel der Einkäufer im Pathmark Supermarkt. Er hatte eine Liste, eine Handvoll Rabattcoupons und musste die Zwillinge im Auge behalten. Würde er sie einfach herumlaufen lassen, hätte er bis zur Kasse fünfzehn Kartons Cornflakes im Wagen.

„Danny, Elizabeth, bleibt im gleichen Gang wie ich, okay?" Matt stoppte an einem Shampooaufsteller und versuchte, Katies (früher Kathleen, jetzt nur noch auf Katie reagierend – besonders bei den Hunderten von Jungen, die regelmäßig anzurufen schienen) Notiz auf seiner Liste zu finden. Für eine Teenagerin mit hohem IQ war sie ziemlich nett, aber er war klug genug, nicht ihre Schönheitsroutine durcheinanderzubringen.

„Wir kommen schon klaaaar", sang Elizabeth, kam zum Wagen gehüpft und stellte sich hinten drauf. „Wir wollen nur die Dosennudeln angucken."

„Angucken? Wirklich? Oder überlegen, wie ihr sie in den Wagen schmuggeln könnt?"

„Die sind einfach so lecker", erklärte sie bettelnd, riss die Augen weit auf und ließ die Grübchen aufblitzen.

„Mit dem enthaltenen Natrium könnte man einen Elefanten betäuben." Matt entdeckte das von Katie notierte Shampoo und legte zwei Flaschen davon in den Wagen. Er hatte die Liste zu drei Vierteln abgearbeitet und fast keinen Platz mehr. Um zwei erwachsene Männer und drei Kinder im Wachstum zu ernähren, benötigte man einen Anhänger.

Danny erschien an Matts Seite und wirkte verdächtig. Vermutlich versuchte er bereits, einige Nudeldosen in den Wagen zu schmuggeln. Der Junge war neun geworden und in den Schnellwachsmodus verfallen. Wenn sie ihm nicht gerade etwas zu essen gaben, waren sie damit beschäftigt, passende Hosen für ihn zu finden.

„Mein Gott, ich bin Suzy Homemaker – die perfekte Hausfrau", murmelte Matt und strich das Shampoo von der Liste. „Hört mal, vielleicht kann ich ausnahmsweise mal ein Auge zudrücken, aber ihr müsst mir erst helfen, die Liste abzuarbeiten, bevor ich ihn verliere."

„Den Zettel verliere?", fragte Elizabeth und starrte auf die Liste in seiner Hand.

„Den Verstand verliere", schlug Danny hilfsbereit vor und zog eine Dose Ravioli aus seiner Sweatjacke. Halber Ladendiebstahl einer Dose Mist.

163

„Ja, meinen Verstand verliere. Wir müssen das hier fertig bekommen. Schließlich müssen wir auch noch in die Apotheke und Katie vom Hockey abholen."

„Und Ramennudeln für Miranda kaufen, damit sie sie ins Studentenwohnheim mitnehmen kann." Elizabeth fand das schlechte Schulessen ihrer Schwester faszinierend und glamourös.

„Stimmt." Matt kritzelte es auf seine Liste. Zwei erwachsene Männer, drei Kinder im Wachstum und eine NYU-Studentin im ersten Semester: Zum nächsten Einkauf würde er Lastwagenfahrer mitnehmen, die halfen, den Anhänger zu beladen.

Sie schoben weiter in den nächsten Gang. Matt schickte Elizabeth los, um Joghurt (er hatte einen Rabattcoupon) und Danny um Orangensaft zu holen (dito). Den letzten winzigen freien Fleck im Einkaufswagen füllte Matt mit 10 Litern Milch und zwei Dutzend Eiern.

Er ordnete gerade Thunfischdosen und drei Tüten gemischtes Gemüse neu, als ihn das vertraute Gefühl von „Nein wirklich? Das ist jetzt mein Leben!" wie ein Blitz traf. Lebenslanger Junggeselle in einer Einzimmerwohnung im vergangenen Jahr – sich um vier Kinder kümmernder Halbtags-Hausmann im nächsten. Den Großteil seines Lebens scheinbar heterosexuell mit einer Reihe unbedeutender sexueller Beziehungen – mit einem Mann zusammenlebend, in einen Mann verliebt, verrückt nach dessen Kindern – innerhalb von fünfzehn Monaten.

Diese Momente überkamen Matt ein paar Mal pro Woche. Es war kein Bedauern, eher fassungslose Erkenntnis. Er konnte sich nicht beschweren (na gut, er hasste es, Lebensmittel einzukaufen), hatte keine Sorgen (na gut, er verspürte ein wenig Angst vor Elternabenden). Er war verliebt und zufrieden. Für Miranda, Katie, Danny und Elizabeth würde er sein Leben geben. Verdammt, für sie würde er sogar seinen Namen in Suzy ändern, wenn er müsste.

Okay, wahrscheinlich würde er es nicht offiziell machen und in seinen Führerschein oder derartiges eintragen lassen. „Gefunden", verkündete Danny und schleppte zwei riesige Packungen Saft an. Er schaute abschätzend in den Wagen. „Passt das?"

„Nein. Vielleicht. In Ordnung, wir brauchen noch einen Wagen." Er gestand die Niederlage ein. Keine noch so große Neu-Sortierung würde helfen.

„Darf ich ihn holen?" Danny blickte den Gang hinab, in dem Elizabeth immer noch Joghurtbecher abzählte. Zweifellos suchte sie alle ihre Lieblingssorten aus.

„Alleine?"

Matt überlegte. Mit neun war man kein Baby mehr und sie mussten Danny ein wenig Unabhängigkeit zugestehen, einschließlich einiger Zeit ohne Elizabeth, die völlig zufrieden damit zu sein schien, ihr Leben lang eine metaphorische Gebärmutter mit ihrem Zwilling zu teilen.

„Okay, aber du holst nur den Wagen und kommst dann sofort hierhin zurück. Kein Sightseeing, keine Umwege durch den Süßigkeitengang. Wir warten hier."

Dannys Gesicht leuchtete auf. Er drückte Matt die Packungen in die Hand und rannte dann den Gang mit den Molkereiprodukten hinab. Dabei schlug er wie ein Verrückter einen Bogen um die anderen Einkäufer.

Matt seufzte. Hoffentlich schloss die Versicherung minderjährige Einkaufswagenfahrer ein.

Die Gesäßtasche seiner Jeans vibrierte, dann ertönte die Titelmelodie von *S.W.A.T* (eine tägliche Erinnerung an Mirandas sarkastischen Sinn für Humor). Er nahm den Orangensaft in die andere Hand und griff nach dem Handy.

„Hey", meldete er sich lächelnd.

„Hey", antwortete Evan am anderen Ende. Matt konnte Straßenlärm im Hintergrund hören. „Wie läuft's?"

„Die Plünderung von Pathmark ist fast abgeschlossen, danach holen wir erst die Medikamente, dann Katie", zählte Matt auf. „Auf meine Frage, was du heute Abend essen möchtest, antwortest du besser mit ‚Lieferservice'."

Evan seufzte. „Um ehrlich zu sein ..."

Matt registrierte das Seufzen und ließ ein eigenes folgen. „Ahhh, ich brauche keine Dienstmarke, um den Rest des Satzes zu erraten. ‚Es wird spät, esst ohne mich, stellt mir die Reste in die Mikrowelle, ich liebe dich und es tut mir leid'. Wie war ich?"

„Leider perfekt. Es tut mir leid. Wirklich. Das ist der letzte lange Abend in dieser Woche, versprochen."

Matt machte sich nicht die Mühe, ihn darauf hinzuweisen, dass Donnerstag war. „Klar, kein Problem."

Einen langen Moment sagte Evan nichts. Matt wusste, dass er sich gerade ein kleines Bisschen wie ein Arschloch verhielt. Er kannte den Druck, unter dem man als Polizist in New York City stand – schließlich war er selber einer gewesen. Er wusste, dass Evan schlimmstenfalls ein arbeitswütiger, bestenfalls ein aufopfernder Polizist war. Er verstand das und es war kein Problem, aber er sollte verflucht sein, wenn er nicht bei jeder Ehefrau oder jedem Ehemann eines Polizisten Abbitte leistete, die oder der jemals verbittert oder zickig wegen der Arbeitszeiten geworden war und alles selbst gemacht hatte. „Willst du später noch einmal anrufen und mit den Kindern sprechen?", fragte Matt und schaute den Gang hinunter zu Elizabeth, die gerade mit einem Dutzend Joghurtbecher zurückkam, die sie unsicher balancierte.

„Ja, das ist eine gute Idee." Die Schuldgefühle in Evans Stimme waren nicht zu überhören. „Ich melde mich gegen sieben."

„Okay. Das Essen steht dann in der Mikrowelle", sagte Matt mit vorgetäuschter Fröhlichkeit und legte auf, bevor seine und Evans Schuldgefühle aufeinandertreffen und ein Loch im Zeit-/Raumkontinuum bilden konnten.

„Du hast nur die mit Blaubeeren genommen, stimmt's?", fragte er, während Elizabeth den Turm mit dem Kinn festhielt.

„Das sind bestimmt die gesündesten", erklärte sie.

„Komische Aussage von einer Glutamat-Anhängerin." Matt blickte suchend in die andere Richtung, um zu sehen, ob Danny mit dem Einkaufswagen kam. Ihnen gingen die Arme aus.

„Das nennt sich Gleichgewicht", meinte sie zuckersüß.

„Ha, der war gut."

Endlich kam Danny um die Ecke und Matt schüttelte den winzigen Anflug von Paranoia ab, der ihn überkam, wenn die Kids zu lange außer Sichtweite waren. Zu viele Fälle während seiner Jahre im Morddezernat, bei denen ein Elternteil unter Tränen versichert hatte, dass sie sich nur ganz kurz abgewandt hatten.

„Hört mal, Dad arbeitet heute Abend länger …"

„Können wir dann Pizza bestellen?" Elizabeth schien die Nachricht nicht allzu sehr aus der Fassung zu bringen, doch als Danny schlitternd neben ihnen zum Stehen kam, hörte er die Frage und runzelte die Stirn.

„Dad kommt spät?"

„Pizza ist kein Codewort dafür, dass Dad spät kommt", stellte Matt klar, legte den Orangensaft in den Wagen und griff nach den Bechern von Elizabeth. „Nur in diesem Fall, da er tatsächlich spät kommt."

„Was soll's", brummte Danny. Matt war zwar erst seit einem Jahr ein Halbtags-Erzieher, wusste aber, was das bedeutete. Und dass es nicht gut war.

„Okay Leute, lasst uns abschwirren. Danny, du nimmst den zweiten Wagen, Elizabeth ist für die Coupons zuständig. Wir ziehen weiter. Ich glaube, wir brauchen Butter, Käse und …" Er wechselte so schnell wie möglich das Thema und brachte die Truppe näher an die Ziellinie.

IHR LETZTER Stopp war die Highschool, an der Katie „die Schule hat noch nicht einmal angefangen, aber schon" Hockeytraining hatte. Das Mädchen mit den glamourösen blonden Locken saß in dem karierten Rock und den Kniestrümpfen auf der Treppe und unterhielt sich mit einigen Jungs. Matt widerstand dem Drang auszusteigen und besagte Jungen präventiv umzubringen. Er wusste genau, was sie dachten.

Aggressiv drückte er auf die Hupe des SUVs.

Katie winkte den Jungen zu, nahm ihre Tasche und rannte zum Wagen. Matt ließ ihr kaum Zeit, sich auf dem Beifahrersitz anzuschnallen, bevor er losfuhr.

„Heute Abend gibt's Pizza und Matt hat an dein Shampoo gedacht", verkündete Elizabeth vom Rücksitz.

„Arbeitet Dad wieder lange?" Katie wechselte von Matts Classicrock Radiosender zu Menschen, die zu einem dröhnenden Bass schrien. Dann schnappte sie sich die Ersatzsonnenbrille vom Armaturenbrett und setzte sie auf.

„Ja." Matt runzelte die Stirn. „Wer waren die Jungen?"

„Schurken und Störenfriede. Ich glaube, sie sind auf Bewährung", antwortete Katie fröhlich und wippte im Takt zur Musik mit dem Kopf.

„Ach ja, ich habe ganz vergessen, dir zu sagen, dass die Prospekte von den Klöstern in den Schweizer Alpen endlich angekommen sind."

Katie kicherte.

ZU VIERT hatten sie den SUV ziemlich schnell ausgeräumt. Matt stellte den kleinen Fernseher in der Küche an, um ein wenig männlichen Sport zu schauen, während er in Kühlschrank und Speisekammer umräumte, um das ganze Essen unterzubringen. Diese Küche war etwas größer als die im alten Haus. Zum Teil hatten sie es auch deshalb ausgesucht. Nun, das und die Tatsache, dass die Kinder an ihren Schulen bleiben konnten und es genügend Zimmer und zwei Eingänge gab. Was bedeutete, dass falls die „Mitbewohner" Geschichte zum Einsatz kommen musste, sie auch plausibel wirken würde.

Nicht, dass das jemand geglaubt hätte. Matt war erstaunt, wie schnell die Nachbarn seine und Matts Beziehung durchschaut hatten. Hätte er selbst neben ihnen gewohnt, es wäre ihm erst aufgefallen, wenn sie es im Vorgarten getrieben hätten, während er zufällig vorbeigegangen wäre. Anscheinend waren die Leute in den Vororten in der Lage, es mit geradezu geschultem Blick zu erkennen.

Zwar sagte niemand etwas zu ihnen, doch ihm fiel durchaus auf, zu wie wenigen Barbecues sie eingeladen wurden und wie viele Spielverabredungen nicht in ihrem Haus stattfanden. Er versuchte, es nicht persönlich zu nehmen. Außerdem hatte er nicht wirklich Lust, zu Barbecues zu gehen, um Small Talk mit Fremden zu halten oder andere Kinder hier herumlaufen zu haben.

„Ich bestelle jetzt die Pizza", verkündete Katie, ging in die Küche und schnappte sich das schnurlose Telefon. „Übrigens zieht Danny gerade dieses Ich-rede-nicht-schmoll-Ding im Sonnenzimmer ab. Möchtest du eine mit Paprika?"

„Okay, okay und okay." Matt stopfte die letzte Cornflakespackung in die Speisekammer und schob die Tür zu. „Irgendwelche Tipps, was ich sagen sollte?" Von allen Kindern war Katie Matts Stellvertreterin. Ruhig und besonnen – wo ihre ältere Schwester Miranda das Dramatische bevorzugte – führte Katie ihre jüngeren Geschwister und Matt fröhlich und sarkastisch durch den komplizierten Alltag. Sie hatte auch kein Problem damit, dass Matt ihr dumme Fragen stellte, wie z. B. was man sagte, wenn das einzige männliche Cerelli Kind von Teenie-Ängsten geplagt wurde.

Katie zuckte mit den Schultern. „Keine Ahnung. Mom hat mir immer versichert, dass das, was Dad tut, wichtig ist, dass er Menschen hilft, die Hilfe nötig haben und solche Sachen." Sie schwieg nachdenklich. „Dann hat sie uns allen zwanzig Dollar gegeben!"

„Du bist ganz schön böse", stellte Matt fast bewundernd fest. „Bestell eine mit Brokkoli, einen Salat und etwas für deinen Dad."

„In Ordnung."

Matt ging los, um sich mit dem Teil der Beinahe-Stiefelternschaft zu befassen, die er am wenigsten mochte.

UNGEFÄHR ZWANZIG Minuten lang fläzte sich Matt einfach nur auf dem zweiten alten Sofa herum, das sie in das zusätzliche Zimmer geschoben hatten. Dort war alles untergebracht, was nicht in den Rest des Hauses passte. Das bedeutete: zwei Sofas, vier Bücherregale und drei unter die Fenster gequetschte, unterschiedliche Tische. Außerdem eine alte hölzerne Spielzeugkiste, die als Couchtisch diente. Danny blieb auf dem anderen Sofa sitzen und schien in ein Spiel auf seinem Tablet vertieft zu sein. Matt musterte die Decke, dachte über einen neuen Anstrich nach und räusperte sich schließlich. Er wollte es hinter sich bringen, bevor das Essen kam. „Also …"

„Was?" Danny blickte finster in Matts Richtung, sag ihn jedoch nicht direkt an. Matt nahm es nicht persönlich. Anscheinend war Neun das neue Dreizehn.

„Ich weiß, dass du sauer bist, weil dein Dad arbeitet", begann Matt und trommelte mit den Fingern auf dem abscheulichen Rosenmuster der Polster herum.

Danny schnaubte, während seine Finger nie aufhörten, das Spiel zu manipulieren.

„Und, habe ich unrechtunrecht?"

„Wie auch immer."

„Seine Arbeit ist wichtig."

„Stimmt."

„Er würde viel lieber zu Hause sein."

„Aha."

Matt seufzte. „Du weißt das alles und es spielt eh keine Rolle, weil es scheiße ist. Punkt. Sein Job ist dir egal, du willst, dass er zu Hause ist. Das verstehe ich. Soll ich dir zwanzig Dollar geben und wir betrachten dieses Gespräch als erledigt?"

Das brachte Danny dazu den Blick zu heben. „Zwanzig Mäuse? Was muss ich tun?"

„Dich nicht aufregen und einen Schaden fürs Leben haben, weil dein Vater lange arbeitet?"

Der Abklatsch eines Lächelns hatte einen Gastauftritt in Dannys Gesicht. „Muss ich irgendwo unterschreiben?"

„Nein, steck nur nichts in Brand und ende nicht im Jugendknast."

„Abgemacht."

Danny grub in seiner Tasche nach der Geldbörse, doch Danny schüttelte den Kopf. „Ich werde dich später daran erinnern."

„Danke. Ich muss zum Geldautomaten." Matt erhob sich vom Sofa. „Hey, gutes Gespräch."

Danny schüttelte immer noch den Kopf und kicherte vor sich hin. Immerhin, dachte Matt.

TERE MICHAELS begann ihre Schriftstellerkarriere inoffiziell im Alter von vier Jahren, als sie erfuhr, dass Leute bezahlt werden, um Geschichten zu schreiben. Es schien der perfekteste und logischste Job der Welt zu sein und von diesem Zeitpunkt an, stand ihr Weg nie außer Frage.

(Der Teil mit den Liebesromanen war Schicksal – sie wurde am Valentinstag geboren.)

Ihre Geschichten handeln von Happy Ends in großen Städten, jedoch immer in Begleitung von hönischen Bemerkungen, Drama und Humor. Ihr Fokus liegt auf den Charakteren und die Art und Weise wie sie durch ihre Leben und die Liebe stolpern. Sie hat 16 Bücher geschrieben, inklusive ihrer bekannten Reihe *Faith, Love & Devotion*, der dystopischen *The Vigilante* Saga und ihrer neuen *Broadway or Bust* Reihe.

Nichts macht sie glücklicher, als zu wissen, dass sie einen Leser zum Lachen, Lächeln oder Weinen gebracht hat. Deshalb teilt sie ihre Arbeit mit anderen Menschen. Sie freut sich sehr, von ihren Fans oder anderen Autoren zu hören und steht stets für Vorträge, Besuche und Workshops zur Verfügung.

Besucht sie auf:
Website: www.teremichaels.com
Facebook: www.facebook.com/tere.michaels.9
Instagram: https://www.instagram.com/teremichaels

Von TERE MICHAELS

VERTRAUEN, LIEBE, & HINGABE
Vertrauen und Hingabe
Liebe und Loyalität

Veröffentlicht von DREAMSPINNER PRESS
www.dreamspinner-de.com

TERE MICHAELS

Vertrauen und Hingabe

Vertrauen, Liebe, & Hingabe: Buch 1

Jim Shea, Polizist bei der Mordkommission in Seattle, nimmt niemals Arbeit mit nach Hause. Bis jetzt. Ein Richter hat den Hammer geschwungen, einen Angeklagten für nicht schuldig befunden und eine Familie ausgelöscht. Die emotionalen Folgen des Prozesses machen Jim verletzlich und er fühlt sich dem sterbenden Vater des Opfers gegenüber verpflichtet.

Es ist die Geschichte dieses Mannes, die der Drehbuchautor Griffin Drake und seine beste Freundin, die Schauspielerin Daisy Baylor, als ihre Eintrittskarte – weg von Action-Blockbustern – in anspruchsvollere Filme sehen. Doch um an die interessanten Details zu gelangen, muss Griffin den stoischen und beschützenden Detective Shea für sich gewinnen. Die beiden Männer fühlen sich sofort zueinander hingezogen und Daisy ermutigt Griffin, das zu ihrem Vorteil zu nutzen. Er soll sich den Mann und dadurch die Story sichern. Keiner der Männer hat bisher viel Glück in Liebesdingen gehabt und als aus ihrer gemeinsamen Nacht ein langes Wochenende mit schnell stärker werdenden Gefühlen wird, werden sowohl Griffins eiserne Loyalität zu Daisy als auch seine eigene Karriere auf die Probe gestellt.

Je stärker Griffin in ein neues Leben mit Jim hineingezogen wird, desto mehr gerät sein Hollywood-Leben aus den Fugen. Geheimnisse und gebrochenes Vertrauen bedrohen Griffins Beziehungen und er wird sich entscheiden müssen, ob er lieber die Wahrheit erzählen oder ein Hollywood-Ende schreiben will.

www.dreamspinner-de.com